NET GAME WAR RECORDS

ネトゲ

暇空 茜

HIMASORA AKANE

How I dropped out of high school to become a legendary online gamer, became a game developer, started a venture company, was betrayed and almost died, and then spent seven years fighting back to get ¥600,000,000.

NET GAME
WAR RECORDS

CONTENTS

第一部 ネトゲ編

第二部
起業編

第三部
裁判編

はじめに

この物語はノンフィクションです。

ネトゲ戦記——または私はいかにして高校を中退して伝説のネットゲーマーとなり、ゲームクリエイターになってベンチャー会社を立ち上げたら裏切られて死にかけて、7年かけて逆襲し6億円をゲットしたか。

俺はSAO[※1]やオーバーロード[※2]は物語としては面白いと思うし好きなのだが、実際に最前線のネトゲ廃人だった俺の感覚に近いものは一つとしてない。オーバーロードはよくて中堅プレイヤーに見えるし、SAOは下っ端の見た夢に見える。もちろん、あえてそう書いているのかもしれない。いい機会だし、ある1人のネトゲ廃人の業績に関する覚書をまとめて、本当のネトゲ廃人の半生を物語りたいと思う。

物語は三部からなる。

第一部はネトゲ編。

何の因果かレアな個体に生まれてしまい、小学生の頃IQテスト[※3]で理論最高値？をだした俺に、両親はお受験を押し付けた。幸い東大寺学園中学校に入学したが、自我が芽生えて高校で中退した。

UO[※4]にハマり、ネトゲ廃人となった。Asuka[※5]鯖[※6]のtouyaとして、たぶん最強のプレイヤーだったと思う。なぜそう思うかは物語の中で語る。隣のYamato最強だったLAPISとは、別のゲームAC[※7]でやりあって勝ち逃げを決めた。攻略本を作ろう、お前なら作れると誘われたので、UOビギナーズガイドからはじまるUOの公式攻略本を6冊くらい書いた。

次にハマったFF11[※8]ではShiva鯖のAposとしてプレイしていた。最初に初期ラスボスを倒したということでスクエニ[※9]から取材されファミ通[※10]から取材され、ライブカメラに毎日ストーカーされて中継されたりもした。楽しかったが飽きた頃に辞められない理由ができてしまい、責任を果たすために1年と少し続けてから辞めた。たぶんFF11の初期でも俺は最強だった。

※1　ソードアート・オンライン：川原礫によるライトノベル。主人公キリトが他のプレイヤーとともにネットゲームの世界に閉じこめられる

※2　オーバーロード：丸山くがねによるライトノベル。主人公アインズ（モモンガ）が、プレイしていたネットゲームに似た異世界に転移する

※3　Intelligence Quotient Test：知能指数検査

※4　ウルティマ オンライン：Origin Systems（OSI社）制作による、多人数同時参加型オンラインロールプレイングゲーム

※5　Asuka：ウルティマ オンライン日本初期のサーバー名

※6　サーバー：ゲーム上のオンラインサーバーのこと

※7　アシェロンズコール：Auberean という惑星を舞台にしたファンタジー MMORPG

※8　ファイナルファンタジー 11：株式会社スクウェア・エニックスが開発したファイナルファンタジーシリーズ初のオンラインゲーム

第二部は起業編。

攻略本を作るのに飽きて、ゲームが好きだしゲームクリエイターになりたいということでセガ※11に就職し上京して独り立ちした。セガには5年ほどいて家庭用ゲームを作っていたが、ブラ三※12にハマってネトゲの企画書を書いてだしたら、ペラ見した部長に目の前で「これはうちの部署で作るゲームではない（ネトゲは違う部署だった）」と捨てられたので、こいつらを見返してやるとgloopsに転職した。

面接官だった谷直史さん（後のグラニ社長にして訴訟被告）の下につき、三国志バトル※13の立ち上げのヘルプに入ってディレクターの席を奪ってリリースして成功が見えた頃、谷直史さんに「君の才能はこの会社では燻るだけだ、君のために会社を作ってあげるから一緒に独立しよう」と誘われたので面白そうだから乗った。

その会社「グラニ」の立ち上げにはいろいろなことがあった。だいぶ色褪せたが、本当に楽しかったように思う。できるだけ客観的に物語るようにしたい。無事ヴァルハラゲート※14をリリースできて、俺も取締役に就任し、一息つくかというところで裏切られ一文無しで放り出された。死にかけた。

余談だがブラウザ三国志ではブログランキングはずっと1位だった。ゲーム自体は出遅れて25鯖参加だったかな？　たぶんやりあえば最強クラスだったと思うが、ゲーム内の実績としては後半の鯖を統一しただけ。

第三部は裁判編。

騙し討ちと裏切りで死にかけたが死ななかったので、必ず決着がつくまで戦い抜くと自分に誓った。それから7年かけてグラニを相手に5つの裁判を戦い抜き、最終的に勝利し6億円ほど勝ち取って、俺に負けたせいでグラニは実質倒産した（被告書面より）。グラニは俺のために生まれ、俺の手によって死んだ。

途中でgloopsでソウルサークル作って更なる地獄を見たり、Cygames※15で働いて生まれてはじめて円満退社したり、いろんなことがあった。勝ててよかった。

人生をかけた裁判のストレスを感じなくて済むようになったのは7年ぶりなので、これからの自分の人生を楽しむために、ここまでの半生をまとめたいと思う。人に語って聞かせてこそ物語になるのだと思うし、昔の馴染みが聞きつけて話に混ざってくれたらと思う。

知り合いじゃなくても、俺に共感できる人、自分こそは俺よりも上の伝説のネットゲーマーだという人がいたらぜひ話しかけてほしい。もしいるならその人と話してみたいと思う。

※9　**株式会社スクウェア・エニックス：**ファイナルファンタジーシリーズで有名なスクウェアと、ドラゴンクエストシリーズで有名なエニックスによる合併会社

※10　**ファミ通：**KADOKAWA Game Linkageが発行する日本の家庭用ゲーム雑誌。かつては「ファミコン通信」が誌名であったが、現在はその通称の「ファミ通」が正式名称となっている

※11　**株式会社セガ：**日本のゲームメーカー。家庭用ゲーム機開発やアミューズメント事業なども行っていた

※12　**ブラウザ三国志：**マーベラスが運営するシミュレーションゲーム

※13　**大戦乱!!三国志バトル：**gloopsより提供されていたGvGバトル中心のソーシャルゲーム。GvGはギルド間戦闘の略（Guild vs Guild）

※14　**神獄のヴァルハラゲート：**グラニより提供されていたGvGバトル中心のソーシャルゲーム

※15　**株式会社Cygames：**モバイル向けゲームアプリなどの開発を手掛ける日本の企業

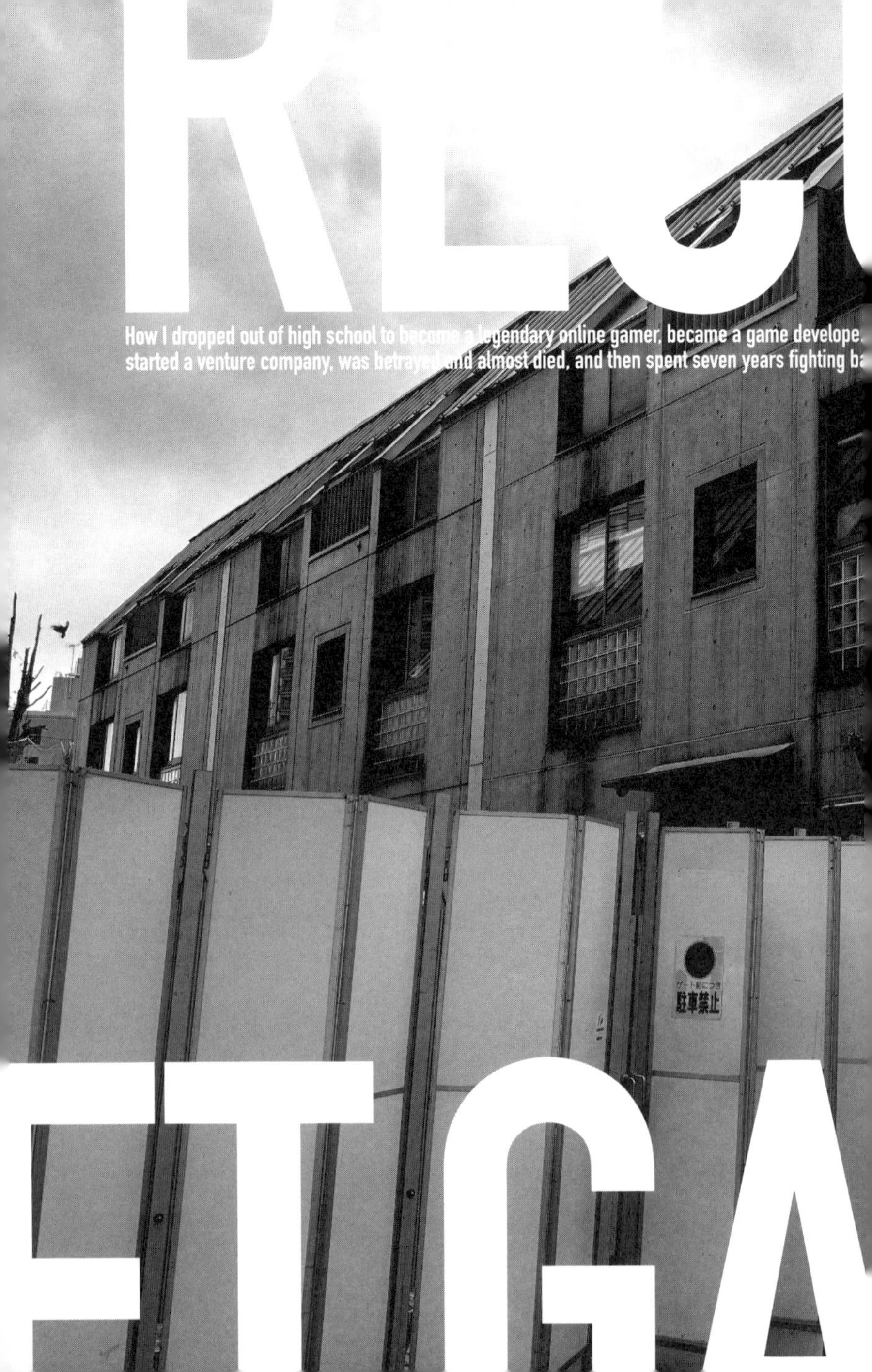
How I dropped out of high school to become a legendary online gamer, became a game develope
started a venture company, was betrayed and almost died, and then spent seven years fighting b
ゲート前につき
駐車禁止

創業当初グラニが社屋としていた住宅。
現在は再開発に向けて取り壊し中。

NET GAME
WAR RECORDS

PART 1

第一部
ネトゲ編

1.生い立ち

物心のついた最古の記憶は3歳か4歳くらいだろうか。物心がつく前からとにかく本を読むのが好きで、毎晩寝る前に漫画を3冊くらい読むのが日課だった。ドラえもん[※1]とブラック・ジャック[※2]と三つ目がとおる[※3]がお気に入りで、表紙が剥(は)がれてボロボロになるくらい読んでいた。

たしか日航機の事故をテレビで見て、心底恐怖し、家族旅行で飛行機に乗るために行った空港で日航機に乗ると告げられ、まだ死にたくないと死にものぐるいで椅子や植木鉢にしがみついて叫び倒し、日航機じゃない飛行機に変更させたのは覚えている。3、4歳だったかな。

あとは同じくらいの頃に、たぶんそれをうけて彼が死を恐れるのを面白がった親戚の大人に「夜ふかしをするとオオカミさんがきて食べられるぞ」と言われたので「ニホンオオカミ[※4]は絶滅してるので、もしきたら捕まえれば大発見でっしゃろ」と返したら大爆笑されてそれから1年くらいずっとその件でいじられたのがうざかったのを覚えている。

不意打ちで死にたくないというのは彼の行動原理の一つで、だから釣りや山登りや運転といった死につながる趣味を彼は好まない。部屋に引きこもるのが一番安全だというのは証明され続けている。理屈の合わないオオカミに食われるとかいった脅しは彼には通用しなかった。

ものづくりで言うと、幼稚園の時にお絵かきをしたいと言ったら新品のロール紙をくれて好きなことを描いていいと言うので、鳥獣戯画[※5]のようにまるまる1本すべて使い切って1ヶ月くらいかけて「勇者の冒険」を描ききったことは、親にいちいち報告されたから覚えている。変な行動だったのか。

腹が死ぬほど痛いけど大好きな藤子・F・不二雄[※6]のSF短編集アニメがテレビでやっていたから、脂汗を流しながらテレビにかじりつき、親が救急車を呼ぼうと焦るけど、これが終わるまで待てと譲らなかっ

※1 **ドラえもん：**藤子・F・不二雄による日本の児童向けSF生活ギャグ漫画
※2 **ブラック・ジャック：**手塚治虫による医療漫画
※3 **三つ目がとおる：**手塚治虫による日本の伝奇少年漫画
※4 **ニホンオオカミ：**食肉目イヌ科に属するオオカミの絶滅亜種
※5 **鳥獣人物戯画：**京都市右京区の高山寺に伝わる紙本墨画の国宝の絵巻物
※6 **藤子・F・不二雄：**日本の漫画家。代表作は『ドラえもん』、『パーマン』、『キテレツ大百科』など

たこともある。あと数日で盲腸が破裂して命が危なかったと医者に言われ、即手術入院だった。

あとはそう、小学校の時によくある、自分の名前の由来を聞くというクエストを受けて訊(たず)ねたところ、近所のお寺のお坊さんにつけてもらったと言われて自分の名前への愛着がゼロになったのを覚えている。彼は自分の子供には自分で名前をつけてほしいタイプだった。数多く読んだ本のどれかでそういう人がいたのだ。

寄生獣※1でミギー※2が名前なんてどうでもいいというが、全く同意見だ。だから彼はゲームごとに名前をコロコロと変えた。今思えばそれがよかったのだと思う。FF11でtouyaと名乗り、ブラウザ三国志でAposと名乗ったら、たぶん面倒くさいことになっただろうから。

小学生の時に、うろ覚えだが当時はIQテストみたいなのが流行(はや)っていて、一斉に受けさせられたんだったか。とにかく、なにかそんなテストで異常値を出したということで、学校からお宅のお子さんは異常ですみたいな連絡がきた。それで彼の親は、タカを産んだのだとどうかしてしまった。

「お前は医者か弁護士になれ」とずっと言われ、小学生の夏休みは週に6日、朝の9時から夜の7時まで塾に通わされた。小学生の思い出といえばずっと勉強をしていたことだ。暗記する系の勉強は特に嫌いだったが、地頭はあったのかそこそこ成果は出た。

まあ、そんなこんなで東大寺学園高等学校附属中学校※3という、関西ではそれなりの進学校に入った。そこは、彼のような勉強嫌いだと中の下くらいになってしまう素晴らしい学校だった。今思えば凄まじいコミュニティだった。一流企業でもそうそうない、その年代のトップクラスの学力を持つ者しかいないのだから。

そのへんでやっと彼にも自我が芽生えてきて、親にパソコンをねだってインターネットを始めた。インターネットは素晴らしかった。まさに魔法の箱で、情報を摂取することが好きな彼の要求に応えたし、UOはとんでもなく面白かった。彼は自分のやりたいことを見つけ、そ

※1　**寄生獣**：岩明均による日本の漫画。宇宙から飛来した寄生生物と人間との関係を通し、哲学的なテーマを描く
※2　**ミギー**：主人公へ寄生した宇宙から飛来した正体不明の生物
※3　**東大寺学園高等学校附属中学校**：奈良県奈良市山陵町に所在し中高一貫教育を提供する私立校

れは勉強ではなかった。
彼は学校に行っても寝てるだけで、机で寝てると寝心地が悪いのでついには学校のロッカーの上で寝るぐらい学校の勉強を完全に捨てた。当然親が呼び出され、親は家庭教師をつけたり塾に行かせたりと解決策を探したが、彼はもう勉強が嫌いだったのですべて無意味だった。
もとから殴って言うことを聞かせるタイプの親だったので、気を失うくらい殴られるようになった頃、彼は殴られ倒した後、包丁を持って構えた。父親が刺せるものなら刺してみろというので刺した。
刺したといっても腕のスナップで刺しただけだし、相手も避(よ)けたので肩に刺さっただけだった。ただ、親を刺したと父親は泣き崩れた。刺せと言ったのはそちらなのになぜそう言うか不思議だったが、病院に行ったので家に一人になった。
彼は、自分の人生を親に縛られるのが嫌だったので、彼を思いどおりにしようとしたらこれくらいの反撃ができるぞと示したかったのだ。示せたので満足した。それでも殴られたらまた考えよう。UOをしていると、警官が家にあがってきた。どうかしたんですか？　と聞くと鳩(ハト)が豆鉄砲を食らった顔をしていた。
その行動には相当な効果があったらしく、彼は高校を中退できたし、自由に行動できるようになった。彼はのびのびと攻略本を作ったりネトゲ廃人にいそしみ、このまま家にいてもニートになるなと気づいたので大学に行きたいと申し出ると親は金を出してくれた。
近畿大学[※4]なので、東大寺学園の卒業生からすると下の方の大学だが、受験戦争で勉強したおかげか、大検[※5]をとってするりと下の方の学部に滑り込めた。大学では哲学が面白い講師だったので真剣にうけて満点を取り、他は単位だけ取れればよかった。大学時代はFF11に夢中だった。
彼は親が毒親だとかそういうことを言うつもりはない。むしろ、ある程度彼の特性を伸ばしてくれたことや、育ててくれたこと、大学にも行かせてくれたことは感謝している。彼の人格を侵害しようとした

※4　近畿大学：大阪府東大阪市小若江三丁目に本部を置く私立大学
※5　大学入学資格検定：高等学校を卒業した者と同等以上の学力の有無を判定し、試験合格者は大学、短大、専門学校の受験資格が得られる国家試験のこと。2005年より高等学校卒業程度認定試験となった

から争ったのであり、今は干渉しないようにしてるので何も問題はない。

だから彼は独り立ちしてからは親に頼ることはしたくなかったし、帰省もしたくなかったが、谷直史さんと戦うために金を無心したら、顔を見せろと言われたのでそれはそのとおりだなと渋々帰った。谷直史さんはそんなつもりはないだろうが、ここでも谷直史さんへの恨みが増した。

そういえば東大寺を中退したくなったころ、でも負けっぱなしは嫌なので、一番気難しそうな高村先生の化学の授業だけを真剣にやったことがある。80点くらいを期末か中間で取って、高村先生が心から褒めてくれたのは彼の学校でのきれいな思い出の一つだ。

たぶんあの学校で、どうしようもない問題児になった彼にも公平に接してくれたのは、高村先生だけだったと思う。だから先生の授業で一度だけ真剣に勉強ができた。あれこそは恩師というべき、すばらしい先生だろう。

2.はじめてのMMO

ついに、LOGIN[※1]で見かけて以来、理想の新時代ゲームとしか思えなかった、あのUOの日本鯖(さば)が出来た。日本橋のT-ZONE[※2]で残り数本だったパッケージを買い、今までで一番ワクワクしながら家に帰ったのを覚えている。

家に着いてインストールし、起動した。キャラクターネームを決めなくてはいけないことに気づいたが、名前に執着心はない。困って周りを見ると、WHITE ALBUM[※3]のパッケージが目に入った。よし、キャラクターネームはtouya[※4]にしよう。

この時彼は未成年だが、この頃の18禁ゲーム[※5]というのは、18歳に

※1 **ログイン：**アスキー（現：KADOKAWAグループ）から刊行されていたパソコンゲームを主に扱ったパソコン・ゲーム雑誌
※2 **T-ZONE：**日本・台湾・韓国に存在したパソコンショップやパソコンパーツ販売店に使用されていた屋号
※3 **WHITE ALBUM：**Leaf（株式会社アクアプラス）が制作・発売した18禁ゲーム
※4 **藤井冬弥：**WHITE ALBUMのキャラクターで、主人公
※5 **成人向けゲーム：**18歳未満の者の購入・プレイが禁止されているかもしくは推奨されないコンピュータゲームのこと

なったら卒業するサブカル趣味だったので問題ない。まあランス※6はいつまでも最高のゲームだし、もしランスを超えるゲームが遊べるなら悪魔に魂を売ってもいいが。

ブリテイン※7に降り立ち、LOGINで学んだ知識でトレーニングダミー※8を殴るとスキルが上がった。この、ネットワーク上に生まれたキャラクターが成長し、ゆくゆくは他プレイヤーにその力を行使できることに彼は打ち震えた。最高に楽しく人形を限界まで殴り続けた。

ログインした時に持っていた初期装備がダガー※9だったので、最初彼はフェンサー※10になった。といっても、動物を狩って、皮を売り、また動物を狩るというスローライフだったが。そんなプレイをしていたらギルド※11に誘われて、PAF※12に入った。

PAFとは、Asukaで最も人数が多い仲良しギルドであり、少なくとも彼がプレイしてる間はずっと、最も弱く最も人数の多いギルドとして知られていた、初心者でも必ず受け入れ、初心者でなくなると抜けるというギルドだった。

後にはPAF村とかいう家の集まりまで形成していたし、PAFデパート城まで建ててたから、一応それなりに頑張ってるギルドだったが、彼が最初に入ったギルドがPAFだと言っても誰も信じてくれないくらいには、後の彼からは最も縁遠いギルドだった。

そんなのんびりスローライフをしつつ、少しずつ強くなってリングメイル※13一式を着るくらいになった彼は、その全財産ともいえる装備を身に着け、オーク砦（とりで）へ狩りにむかった。集団を相手にしないよう1匹ずつ誘（おび）き出し、包帯※14を巻きながら着実に仕留めていく。ただマウスをクリックするだけがこんなに楽しいとは。

※6　Rance：アリスソフトから発売されたアダルトゲーム。アダルトゲームながら骨太なゲームシステムが好評を博し、多数のシリーズがつくられた
※7　ブリテイン：ウルティマ オンライン内の町。ゲーム内世界ブリタニアの首都
※8　トレーニングダミー：訓練用の人形
※9　ダガー：主に近接戦闘や自衛のために用いられる短剣
※10　フェンサー：ウルティマ オンラインでプレイヤーが選べる職種の一つ。刺突武器を使用する戦士
※11　Guild：ゲーム内で結成されるプレイヤー同士の集まりのこと
※12　PAF：Sofia氏率いるAsuka最大登録数のギルド名
※13　リングメイル：ウルティマ オンラインでキャラが身に着けられる防具の一つ。革や布に金属製の輪を縫いつける
※14　包帯：包帯スキルを使用することで戦士でもHPを回復することができる

そこにPK[※1]が現れ、彼にEB[※2]をぶちかました。当然彼は即死した。全財産を失った。悲しくて悔しくて震え、泣きそうになった。彼はPKK[※3]になろうと誓った。PKなどという鬼畜をのさばらせていていいはずがない。PKKについて調べるとAWC[※4]というのがあるらしいので、IRC[※5]にお邪魔した。

自分がいかに酷(ひど)いやつにやられ、復讐心(ふくしゅうしん)に燃え、PKKになりたいのかを彼は熱心に語った。フェンシングスキル[※6]が60くらいで、リコール[※7]の4thも唱えられない彼の言葉に耳を傾ける者はいないかに見えたが、1人だけ、その覚悟があるなら教えてあげようと言ってくれた人がいた。

LESTATというその人につき、彼はUOの対人戦の手ほどきを受けた。スクロールの使い方や狩場の選び方、Allname[※8]の使い方など。対人に必要だからといって、結局はUOの遊び方を教えてくれた。彼はメキメキと強くなり、ゲームの仕様を把握していった。

彼は、得た情報の中で最高の狩場はデシート[※9]のLL[※10]部屋で段差ハメでLLを狩ることだと見出(みいだ)した。この頃LL部屋では、段差の上にEV[※11]を出すハメ狩りが流行(はや)っていて、行列を形成し、順番にLLにEVを撃っていた。日本人はゲームの中でも礼儀正しいものだ。

EVでサクサクとLLを狩る行列に混じって、彼はBS[※12]をスクロールで唱え、他の人の3倍時間をかけてLLを倒した。ディスペル[※13]も当然使えないので、残ったBSは自分でタゲを取って遠くに捨てにいった。オーク砦の10倍以上の稼ぎで、さらに彼はメキメキ成長した。魔法スキルはEBを100%成功できる数値になった。

※1 **Player Killer**：他のプレイヤーに対し何らかの目的で攻撃を行うプレイヤーを指して言う。その行為をプレイヤーキルと言いこれもPKと略す
※2 **Energy Bolt**：最も実践的である攻撃魔法。魔法の球を放つ
※3 **Player Killer Killer**：PKを返り討ちにすること。または狙ってPKを狩る者たちのこと
※4 **Anti Wicked Clan**：各サーバーに存在する自警団のようなPKK連合
※5 **Internet Relay Chat**：ウルティマ オンラインでよく使われていたチャットソフト
※6 **Fencing Skill**：槍系の武器を使いこなすためのスキル
※7 **Recall**：あらかじめ登録した場所に瞬間移動する魔法
※8 **Allname**：画面上のキャラクターの名前を表示する機能
※9 **Deceit**：ウルティマ オンラインの北極に存在した人気ダンジョン
※10 **リッチロード**：ウルティマ オンライン内のモンスター。高い知性と能力を持つアンデッドであるリッチの王
※11 **Energy Vortex**：使用する際の難易度が高い、エネルギーの渦を召喚する召喚魔法。近くの敵を自動で攻撃する
※12 **Blade Spirits**：剣の精を召喚する召喚魔法
※13 **Dispel**：召喚されたBSや動物、エレメンタル、デーモンなどを消し去る魔法

彼はPKKに参加することを願い出て、AWCチャットに常駐し、各ダンジョンのルーン[※14]を作らせてもらった。自分は正義のPKKだ、PK死すべし。慈悲はない。安定して馬を買う金もなく、徒歩でよく置いていかれたが、彼は何度かPKにEBをぶち込んだ。

彼は気づいた。真面目にPKKをしてるのは、LESTATさんと、Masa.Fさんと、自分くらいだ。チャットに常駐して、偉そうに対人戦の講釈を垂れるやつらは、PKが5人デシートに現れたというアラートの時は静かだ。そして彼ら3人だけが現地に向かう。

彼はまだ1人もPKを仕留めたことがなかったし、大抵はやられて床をなめていた[※15]が、PKへの恨みよりもPKKを名乗る雑魚(ざこ)への疑問が大きくなりつつあった。それでもまあ、PKKをひたむきに頑張っていたら、ある日PAFのギルドマスターから話があると呼び出された。

PAFのギルドメンバーがPKにやられた時、恨むなら彼を恨むんだな、彼がいるからPAFを狙うと言われたのだと言う。そんな馬鹿な。赤ネーム[※16]のPKが敵を選べるわけがない、それは彼への嫌がらせでしかないと釈明したが、糾弾会にしかならないので彼はPAFを脱退した。

PKに狩られる農民のために頑張ろうと思っていたら、その農民から糾弾会を開かれ、PKKを騙(かた)る雑魚は鬱陶(うっとう)しい。何のために戦うのかわからなくなった彼は、AWCのチャンネルも抜け、デシートで適当にlich[※17]を狩っていた。そこに、PKギルド側で強くて有名だったZP[※18]のギルドリーダー Pitさんが現れた。

PAFを抜けた彼を見て、どうかしたのかと聞いてきた。PKに狙われるから迷惑だと言われたんでアホらしくて抜けたんですよと説明すると、そうか、ならうちのギルドに来ないかと誘われた。え？と聞き返すと、ガッツがあるから目をつけていた、PKはPKKより楽しいぞと言う。

まだ下っ端(したっぱ)PKすら仕留めたことのない彼にとって、遠い目標であり畏怖(いふ)していた相手からこう誘われたので、彼はPKになることにした。

※14 rune：魔法店で販売されている場所を登録できるアイテム
※15 床をなめる：死亡すること。キャラクターが倒れている様子が床をなめているように見えることから
※16 赤ネーム：PKを複数回したプレイヤーは名前が赤くなり、町などに入れないお尋ね者となる
※17 リッチ：ウルティマ オンライン内のモンスター。高い知性と能力を持つアンデッド
※18 ZP：Pit氏が設立したギルド

そのあとLESTATさんには経緯を説明してすまなく思うと伝えたら、しょうがないね、君がそう決めたならと言われた。こうして、PKtouyaが生まれた。

3.UltimaOnline

ZPはAsuka最強といわれたPKギルドだったが、いわゆるPK（赤ネーム）は一人もいなかった。キリトさんの世界は違うようだが、基本的に赤ネームになってデスペナルティ[※1]を背負う赤PKは、弱い者いじめの中毒者しかおらず、ゲームも下手な二流の遊び方だった。

当時は回線も安定してなかったし、クライアント[※2]が落ちることもよくあった。赤ネームのPKとは、斥候の青ネーム[※3]が偵察した雑魚を、集団で一方的に魔法を撃ち込んで倒し、戦利品を確保したら即座に逃げる、追い剥ぎとか野盗の類でしかなかった。

ではZPはなんだったかというと、主な戦い方はFPK[※4]だった。当時のシステムの穴をつき、合法的にPKをしたり、必要があればキルカウント[※5]も背負う。全員が1vs1の決闘の腕を磨き、だからここぞという時は野盗よりも強い、蛮族のギルドだった。

ZPに加入するとスキルなどについて聞かれ、まだまだ7GM[※6]に遠いとわかると、7GMになるためのノウハウを伝授され、それが終わってからがゲームの始まりだなと言われた。彼はキャラビルドを当時最もポピュラーで最強だったTMS[※7]にきめて、毎日ひたすら効率的にキャラを育てた。

キャラが完成してからは、本当のUltimaOnlineが始まった。やってることは生意気なやつを誘ってFPKしたり、キルカウントは8時間ごとに1減るので0になったら金持ってそうなやつを青ネームなのにいきなり襲って身ぐるみをはいだり、PKしたやつが家ルーンと鍵を持って

※1 **デスペナルティ：**赤ネーム中に死亡し蘇生された場合、スキルに約2割減少ペナルティを受ける
※2 **クライアント：**ゲームを動かしているパソコン、またはアプリケーションのこと
※3 **青ネーム：**PKを行わない一般人プレイヤー
※4 **Flag Player Killer：**灰色ネームのプレイヤー（犯罪者）を殺しても犯罪行為にならない仕様を巧みに利用したPK行為
※5 **殺人カウント：**他のプレイヤーをPKした際に報告されると増えるカウント
※6 **GrandMaster：**スキル値が上限の100に到達するとそのスキルのGrandMasterと称される。当時の合計値の上限は700で、7GMはUOプレイヤーが目指す一つの到達点だった
※7 **Tank Mage Swordsman：**魔法と剣を併用するビルド。実力が影響するキャラタイプ

たらみんなで遊びに行ったりだった。

当時のUOプレイヤーは質が高く、人間的に強いやつが多くて本当に楽しかった。自分で目標を作ってUOの世界を楽しめるやつらばかりだった。後発MMOでレベル制[※8]と超廃人システム[※9]にしたEQ[※10]以降にはない、本当の別世界としてのゲームがそこにはあった。その中でも対人戦を主とした蛮族は本当に粒よりだった。

彼が蛮族として遊ぶうちに蛮族仲間も増えた。その中にぱきちがいた。対人がそれほど得意でもなく、決闘をやるわけでもないが、家襲撃の時には一番手にいるようなやつだった。なぜかウマが合い、それから20年以上の付き合いになる親友だ。出会いはどうだったか思い出せない。いつのまにか友達だった。

彼は1対1の決闘でも最強級だった。同じくらい強かったのはmatatanくらいかな。この頃のUOの対人戦は、魔法コンボでトドメを刺すのが基本だが、凌(しの)がれるとマナ[※11]が尽きて不利になる。流れを作っていかにトドメを刺すかの戦いだった。EXEBのコンボが主とされたが、それが最も重ねやすいだけだった。

彼はむしろ最速で唱えるEBEBを好んだ。ただ、毎回同じコンボだと読まれるので、その時の直感に従って使っていた。大好きなUOに熱中し、負けたくない決闘をして、彼は直感で戦うようになった。彼が集中すると、なんとなく1秒後に敵のしたいことがわかるし、パッと思い浮かんだ潰(つぶ)し手をすれば簡単に勝てた。

確かマクロ[※12]も、ファンクションキーの1-6しか登録してなかったし、1はAllnameで6がリコールで、2、3、4、5の順にEX[※13]、para[※14]、EB、GH[※15]だった。今でもこれらは指を見ないでも確実に押せるだろう。あとはマウス捌(さば)きだけで戦っていた。loot[※16]の速さでは、彼とぱきちと

※8　レベル制：UOはスキルを使用することでそのスキルに習熟するゲームシステムだが、EQやFF11は経験値を溜めてレベルアップするシステムで、レベル上げに必要な経験値は膨大だった

※9　廃人システム：EQのシステムが寝食を忘れてネットゲームにのめり込むユーザーを生み出すとして、「EverKrack」と呼ばれる社会問題となった

※10　EverQuest：ウルティマ オンラインの次に流行したオンラインゲーム。レベル上げを延々と楽しむレベル制ゲームの源流で、ラグナロクオンラインやFF11の元となった

※11　Mana：魔法の使用に必要なポイントのこと。いわゆるMP

※12　マクロ：よく使う動作や発言を登録し、ボタン一つで呼び出せるようにするもの

※13　Explosion：威力は少し落ちるが時間差でダメージが入る攻撃魔法、EBとコンボでよく使われた

※14　Paralyze：敵を麻痺させて動けなくする攻撃魔法

※15　Greater Heal：ヒットポイントを多く回復する回復魔法

※16　loot：倒した敵からアイテムを取得する行為

matatanが三強だった。

当時の、トランメル[※1]ができる前のUOは、本当に自由で、新しくて、熱気があり、最高だった。対人戦の攻略サイトもあるにはあったが、そこに書かれているのは入門用の手引き程度で、本当のコツは強いやつだけが知っていたし、お互いに隠していた。本当の仲間とだけ教えあっていた。

彼は本当に対人にしか興味がなかったので、銀行が一杯になって困った時に一番安くて小さい家を買った。その家も、雑に木箱を積み上げて倉庫にしていただけで、金稼ぎは残高が心許(こころもと)ない時にしかしなかった。時には金が切れて馬すら買えない日もあったが彼は最強で、毎日が本当に楽しかった。

たとえば、この頃のUOの楽しさを物語れるエピソードとして、彼は島送りという遊びをたまにやっていた。PKしたあと、気まぐれにゲート[※2]という魔法を1マスしかない島に出して先回りし、出口側をディスペルの魔法で潰してスタック[※3]させるという、酷(ひど)すぎる遊びだった。

一応、これ以外にも無人島とかで詰む可能性があったので、1日1回町に飛ぶワープが使えたが、それにしても酷い遊びだ。彼は無邪気だった。ある時、無人島送りに成功した幽霊[※4]に、ワープでの帰り方を説(と)いていると、ooOooOO[※5]とうるさい。何が言いたいのか聞いてみようと蘇生してみると、命乞いをされた。

たしか、町には妻も子供もいるとか、何でもするから助けてくれとか、町に帰してくれとか、子供を抱かせてくれとか言われた。面白かったので、身代金を10万ゴールド払うなら帰してやると持ちかけた。結構な大金だ。それでいいというので、彼はブリテインへのゲートを開けてやった。

安全地帯に帰ったら支払うわけがないと彼は思っていたから、最後に憎まれ口でも言ってきたら、今後見かけたらPKするリストに名前を載せようとか、そんな軽い気持ちで彼が相手の行動を待っていると、

※1 **トランメル：**ウルティマオンライン内にできた平行世界。PKが禁止されている
※2 **Gate Travel：**ルーンに唱えることで現地までのゲートを開く魔法
※3 **スタック：**同じ場所に固まって集まって身動きが取れなくなること
※4 **ゴースト：**キャラクターが死亡した際になる状態
※5 **ooOooOO：**幽霊は幽霊同士でしか会話ができないため、生きているキャラクターからはSpirit Speakというスキルがないと意味不明な表示にしかならない

本当に10万ゴールド渡してきて、助けたことのお礼を言われた。だから彼は今でもこのことを覚えている。

そんな楽しいゲームにも少し飽きがきた頃、誰が言い出したか、戦争こそが一番面白い対人戦だということになったんだったか。ギルド戦争をすることになった。彼のいたZPは全員が乗り気というわけではなかったので、蛮族仲間のLoH[※6]にやりたいやつだけ移籍して、Asuka最強ギルドを決める戦争に参加することになった。

4.GuildWar

GuildWarがどのようにAsukaで立ち上がったのかは覚えてないが、Duel[※7]が盛んになってDuelPit（開けた沼地がDuelしやすいからDuelしてたら、GM[※8]がPit[※9]を作った）が出来た頃だったろうか。対人戦の極みとはGuildWarである、みたいな論調が現れた。

もう昔すぎて本当に思い出せないんだが、「Duelなんてスポーツではなく、GuildWarこそ最高の遊びで、最強を決める本物の闘争なのである」みたいな意識があったことだけは覚えている。当時、UOがあまりにも新鮮であったから、UOは特別であり、UOだからできる遊びこそ至高であるという風潮だった。

ではその、真に自由で公平でメンツをかけたGuildWarとはどんなものだったのか。だいたい22時〜 1時くらいに、どこかの町やダンジョンに集合して布陣し、ぼーっと相手が来てくれるのを待つ。相手が来てくれたら戦闘。と同時に斥候を各地（町とダンジョン）に飛ばして待つ。見つけたら攻めて戦闘。

システムの限界ともいえる。当時のGuildWarには、ルールもなければゴールもなく、ただお互いにペナルティなしに攻撃できるという“許可”しかなかった。しかし彼らは歴史の轍（てつ）を踏んだ。UO当時のネトゲ廃人達は、シャイな鎌倉武士[※10]だったのだ。

常識的に考えて、22時から23時に決めて戦うことにしようとか、お

※6 **LoH**：Adis Tia氏率いるAsuka最強ギルド名
※7 **Duel**：予め決めたルールなどにのっとり試合としておこなう1対1の対人戦のこと
※8 **Game Master**：ゲームをシステムサイドからサポートしている人々
※9 **Pit**：1対1の対人戦を楽しむ場所
※10 **鎌倉武士**：インターネット上では初期の武士の残虐さ・勇猛さを強調する文脈で使われている

互いに探し合うのではなくて場所を決めようとか、交互に指定しようとか、何戦やって勝敗を決めようとか、ルールはいくらでも考えつく。だが彼らはそうしなかった。なぜか。“スポーツっぽくてダサい”からだ。

GuildWarが来週から始まることだけが決まり、各ギルドで人を募っていた頃、彼もZPからLoHに移籍したわけだが、その準備にデシートLLで狩りをしていたら、傭兵ギルドにスカウトされた。お前、俺の傭兵ギルドにきて一緒に傭兵しようぜ、と。

その場でお前こそ俺の部下になれと彼は持ちかけたので、話し合いの結果、そこでタイマンをして、負けた方が勝った方に、たぶん3ヶ月だったか、従うというルールが決まった。彼は勝ったので、そいつは本当に3ヶ月彼の部下になった。

UOを遊んでいた廃人達は、UOのあまりの面白さに、このように鎌倉武士ゲーマーとなっていたのだ。彼らGuildWar参加者上位はほぼ全員、舐めたことを言われたらとりあえず相手の人数が倍だろうが襲いかかる蛮族だった。蛮族がスポーツみたいなルールを決めて戦うなんてダサくて恥ずかしかったのだ。

GuildWarはだから、だらだらとしたものであり、そのおかげともいえるが、戦力差が固定されないものだった。ひょっとしたらそういう作戦だったのかもしれないが、1時になってから人数が増えるギルドとかもあり、彼の参加したLoHは最強だったが、人数的に不利な戦いもよくあった。

彼はGuildWarの集団対人戦の経験を、水を吸うスポンジのように吸収した。本当に楽しかった。わかったことは、同じ7GMの完成したビルドのキャラであっても、操作する人間によって、通常が100とすると70 ～ 200くらいの個体差が生じる。彼とmatatanは200だった。

100が10人と200が2人（計1400）と、100が15人（計1500）が戦ったら、後者が勝つのか。違う、それは作戦次第だ。強さが200の個体が集団戦に紛れ込むと、それが一番恐ろしい。200の個体は、100の2人に狙われても生き延び、多数の弱った70の個体を一瞬で葬り去ってしまうのだ。

彼とmatatanはまさに戦場を翔けるエースパイロットだった。あきらかに戦局を左右している。だから彼は、敵に同じような個体がいたら、そいつを真っ先に集中攻撃するように指示しようと思っていた。だが、引退するまでそういう個体は見かけなかった。

また、逆に敵が彼やmatatanだけを集中攻撃してきたら、守勢に回って引き込もうとか、そういうことも打ち合わせていた。しかしそれもなかった。敵はそれぞれバラバラに適当に戦っているだけで、戦場は彼とmatatanの狩場だった。

matatanは戦うだけのエースパイロットだったが、彼は自分から名乗り出て、指揮もしていた。もっと楽しみたかった。仲間の70 ～ 100をいかに高めるかを試行錯誤した結果、単純でわかりやすい指示をするのがベストだと気づいた。

全員が乱雑に戦っていると人数と運で勝敗が決まるが、戦いながら倒すべき敵、弱った敵とか突出した敵を狙うよう彼が指示すると、それだけで簡単に70が100になったし、100が120になった。本当に面白いようにそれだけでよかった。

彼はLoHのIRCで、@@@をキーワード登録し、UOのWindowの横にIRCのウィンドウを並べて両方が見えるようにして、@@@と彼が発言したら、その次に発言される命令に従うようにルールを作った。彼自身戦いながらなので、@@@右赤マント殺せとか、@@@右に集合とか単語レベルの命令だ。

だが効果は絶大だった。敵がバラバラの烏合(うごう)の衆であるなら、彼が指揮した集団は粘菌のような意思を持った塊だ。勝負になるわけがない。勝率ははっきりと覚えてないが、美化されてる分を引いても7割は堅かった。対戦ゲームで勝率が7割である。いかにクソゲーかわかるだろうか？　プロゲーマーでも6割だ。

しかしこれも最初はもっと長文で指揮をしていたのだが、うまくいかなかった。それはやっていて手応えでわかる。最終的にこう落ち着いた。ここに至るまでの試行錯誤は、至福ともいえる楽しさだった。彼は夢中で遊んだ。夢中すぎて手加減することを忘れた。

ある時、彼は戦場で死んだので、ためしにゴーストのまま戦場に隠れていた。そうすると、敗残した敵ギルドが残って回収作業をしている。ヒーラー[※1]前に開かれたゲートに潜り込んでついていくと、敵のギルドハウスがあった。敵ギルドの部隊がフィールドにたむろし地面に資源が乱雑に置かれていた。

彼はすぐさま座標を調べて、そこへの行き方を調べろと指示しながら、GMコール[※2]の機能で町に戻った。座標からそれがどの島かわかるやつと、そこのルーンを持ってるやつが見つかり、3分後には襲撃をかけていた。油断しているところをついたので一方的すぎる戦いになった。

敵がギルドハウスの中にこもって出てこないので、外で敵の死体をバラしてならべたり、みんなでくるくるまわって踊ったり、暇になってきたら仲間同士で決闘するほどの舐(な)めプ[※3]を見せつけた。そうしたら、今まで折れなかった敵ギルドが、翌日休戦願い（実質降伏）をしてきた。

なるほど、こういうゲームは、倒しても倒しても敵が生き返ってくるが、心を折ればいいのだなと彼は学んだ。それから、他の敵ギルドにも片っ端から思いついた遊びを試していった。LoHは最強ギルドとなったが、敵がいなくなってしまった。それが、彼が攻略本に書いた、このギルドハウス襲撃事件である。

これは、彼がその場での思いつきで異常ともいえる大戦果をあげた最初の出来事だったので、彼はそのスクリーンショットを撮影し、大事にとっておいた。後に攻略本を作成する時、そこで2枚しか載せられない写真の1枚にそれを選ぶくらいに。

戦争とは「終わらせる」ことが必要であること。終わらせるためには「相手の心をへし折る」ことが必要であること。心をへし折るためには「お作法どおりに普通に戦っていては不可能で、圧倒的な差や恐怖を叩(たた)き込む必要があること」。多くのことに彼は気づいた。はじめて「仕留めた」経験が、彼を育てた。

その後、彼はもっとUOにハマって、真剣に敵対ギルドをいじめ始

※1　**Wandering Healer：**町の決まった場所にいたり、野原をうろうろしているNPCで近寄ったプレイヤーを無差別に生き返らせてくれる。町のヒーラーハウス前へのゲートを開くことでキャラクターの回復や蘇生を行う

※2　**Game Master Call：**ゲームマスターを呼び出し、自分だけでは解決できないトラブルに遭遇した場合などに使用する

※3　**舐めたプレイ：**対戦相手を侮るようないかにも手抜き・手加減・不誠実なプレイを行うこと

めた。LoHが最強であるという評判とともに、AsukaのGuildWar参加者はどんどん減っていった。彼に心をへし折られたプレイヤー達が降りていったからだ。彼は後先を考えず、無邪気に仕留め続けた。

5.ビギナーズガイド

高校を中退したくらいだったと思うが、UOはだんだんとつまらなくなっていった。家はbanシステム[※4]がついて強盗できなくなったし、極めつけはトランメルとフェルッカ[※5]に世界が分かれたことだ。もうぼんやりとしか思い出せないが、T2Aパッチ[※6]を呪ったことは覚えている。

ギルド戦争で、LESTATさんをAWCから追放する運動を起こした仇(かたき)である、AIMI率いるPKKをボコボコにしたものの、AIMIは戦争から逃げただけで元気に遊んでいる。彼らZPのアンチだとして立ち上がったAZP[※7]もボコボコにしたが逃げて適当にUOを遊んでいる。UOがだらだらしてきた。

別に名声もない。収益もない。領地もない。ただネットゲーマーとしての誇りだけを懸けて戦ってきた。“ネットゲーマーとしての誇りがないやつ” には勝つことさえできない。負けるリスクだけがある。質が高かったUOプレイヤーは、その質の高さ故にUOに見切りをつけて去っていく。

ネットゲームの中でもMMORPG[※8]と呼ばれるゲームは、UOという壮絶な始まりに、EQという超絶な廃人ゲームが応え、WoW[※9]という最適解が蓋(ふた)をした。FF11はEQの亜種だ。FF14[※10]はWoWの亜種だ。その他雑多な、泡沫(ほうまつ)のような、大量のMMORPGは論じる価値さえない。

※4　**banシステム：**ゲーム内に建てたパブリックハウスに特定のキャラクターを出入りできなくする機能
※5　**フェルッカ：**ウルティマ オンライン内にできた平行世界。PKが許可されている
※6　**T2Aパッチ：**はじめての大型パッチ（追加ディスク）で、このパッチでゲーム性が大きく変化したため、T2Aパッチ以前、以後で語られる
※7　**AntiZP：**ZPへ対抗するギルド名
※8　**Massively Multiplayer Online Role-Playing Game：**インターネットを介して数百人～数千人規模のプレイヤーが同時に参加できるオンラインゲームのこと
※9　**World of Warcraft：**UOからはかなり後発の、Blizzard Entertainmentが開発したMMORPG。世界的にヒットし、MMORPGの代名詞になった時期がある
※10　**ファイナルファンタジー 14：**スクウェア・エニックスが開発したファイナルファンタジーシリーズの2作目のオンラインゲーム

彼が決定的にUOに飽きたのは、共著のビギナーズガイドの、彼のコラムのページの右下。何の説明もなく置かれている写真に写っている戦いがトドメだった。敵のギルド名はLoH。これは、彼が指揮官として戦い、Asuka最強と言われたLoHだ。最強ギルドと言われて敵がいなくなったので、彼は敵の傭兵になった。

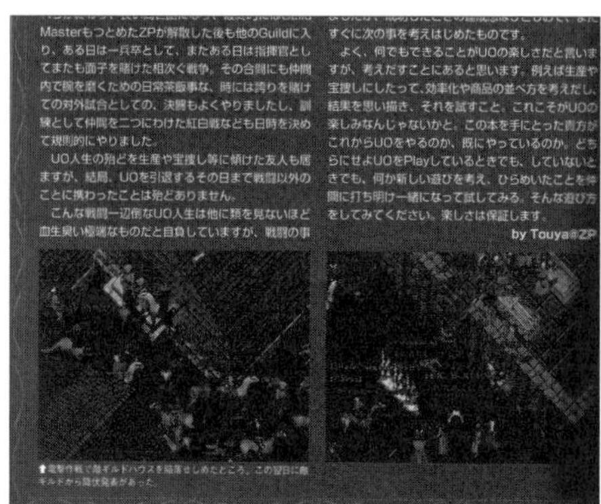

MasterもつとめたZPが解散した後も他のGuildに入り、ある日は一兵卒として、またある日は指揮官としてまたも面子を賭けた相次ぐ戦争。その合間にも仲間内で腕を磨くための日常茶飯事な、時には誇りを賭けての対外試合としての、決闘もよくやりましたし、訓練として仲間を二つにわけた紅白戦なども日時を決めて規則的にやりました。

UO人生の殆どを生産や宝捜し等に傾けた友人も居ますが、結局、UOを引退するその日まで戦闘以外のことに携わったことは殆どありません。

こんな戦闘一辺倒なUO人生は他に類を見ないほど血生臭い極端なものだと自負していますが、戦闘の事

すぐに次の事を考えはじめたものです。

よく、何でもできることがUOの楽しさだと言いますが、考えだすことにあると思います。例えば生産や宝捜しにしたって、効率化や商品の並べ方を考えだし、結果を思い描き、それを試すこと。これこそがUOの楽しみなんじゃないかと。この本を手にとった貴方がこれからUOをやるのか、既にやっているのか、どちらにせよUOをPlayしているときでも、していないときでも、何か新しい遊びを考え、ひらめいたことを仲間に打ち明け一緒になって試してみる。そんな遊び方をしてみてください。楽しさは保証します。

by Touya@ZP

↑電撃作戦で敵ギルドハウスを陥落せしめたところ。この翌日に敵ギルドから降伏発表があった。

結果から言うと、彼が指揮したギルドがLoHに勝った。その程度のことだったのだ。彼は怖くなって傭兵をやめた。彼が選んだ傭兵先は、やる気だけはあって彼に先のギルドハウス襲撃事件でボコボコにされても諦めず戻ってきたLSS※1というギルドだ。彼はLoHにコテンパンにされて、このボンクラどもを育てる遊びができると思っていた。

彼はどう言い訳したのか。覚えてないが、冗談だよとか言って戦争傭兵は辞めて隠居した。攻略本を作ったりでこの後もUOは遊んでいたが、対人戦はこの時引退した。最強と呼ばれた自分の古巣を、自分が簡単に踏みにじりたいわけではなかった。苦労の末に弱小チームを育て上げて肩を並べる遊びがしたかった。

といっても、彼はこの時、あるいは今も、自分がどれくらい普通よりうまいのかわからなかったから、実際はなんか気持ち悪いから辞めるわ、くらいだったと思う。というわけで何の目標もなくブラブラしてると、ギルドメンバーのL.SOPP（FSS※2クソオタ）に攻略本を作らないかと誘われた。

彼は暇だったし、面白そうだと思ったので二つ返事で飛びついた。そうして作ったのが、彼がはじめてプロとして仕事をしたこのビギナー

※1　**LSS：**Asuka WARに参加していたギルド名
※2　**The Five Star Stories：**永野護による日本の漫画作品「ファイブスター物語」のこと。L.SOPPはFSSの主人公レディオス・ソープ

ズガイドだ。発売日に、本屋の陳列棚の前で、誰かが買うまで監視してたのを覚えている。エクセルガイドとかを出してる、今はもうない小さな出版社に持ち込んだ企画だった。

当時UOの攻略本といえば2冊くらい出てたが、どちらもクソつまらなかった。ブリタニアの地図と、NPCが売ってる品物のリストと、あとは魔法とスキルのリストが付いてるくらいか。個人のHPを見た方がマシなくらいだった。SOPPからは、どんな攻略本がいいと思う？初心者に向けた本にしたいんだがと言われた。

アイデアを出し合って決めたからどう決まったか覚えてないが、今までにない初心者にも中級者にも使える攻略本にして、アイデアは全部入れようとなった。まず、彼は、実際に初心者が近接キャラでドラゴンを倒すまでの攻略を書くために、一からHakuというキャラを作ってそれを実際にゲームで体験した。

Hakuが、FomやJetsやKazeといった人々と出会い、UOにハマるという、かなり美化して敵側にも言い分を与えたショートストーリーもSOPPとの合作で書いた。初心者Hakuと彼をモデルにしたPKJetsの部分は彼が担当し、FomはSOPPが。共通の知り合いであるKaMiKaZeGoDをモデルにしたKazeのところは分担したかな。

あとは、地図にこだわった。先にあったUOの攻略本は、ただの地図しか載っておらず、あまりにも心細かった。だから、彼は、見てその情報から狩場を想像できるよう、地図に書き込みを入れた。当時、参考に攻略本コーナーでいろんなゲームのを調べたことがあったが、他にはなかったと思う。

危険度も、情報は多いほどいいだろうと思って、全部のモンスター、全部のダンジョンを1人で回って調べてまとめた。かなり大変な作業でとても時間をかけたと思うが、彼は学校に行ってなくて暇だし、夢中だから楽しかった。人に伝えるという目標をもって作るのも楽しかった。

この地図書き込みと危険度リストなどは、これは絶対新しい！　受ける！　と、彼がはしゃいで無理やり詰め込んでもらったのを覚えている。だから作りも粗く、今見直すと青臭いが、初心も思い出せる。最初にやったプロとしての仕事が、このビギナーズガイドで本当に良かったと思う。

彼は自分が作る部分以外は編集長のSOPPに任せていたので知らないが、UO公式の冠（かんむり）と、初月無料特典付きUOインストールディスクも付いたこの本は、攻略本としては異例の売上で何度も増刷されたらしく、その後UOの公式攻略本は彼らが一手に引き受けることになった。

攻略本の原稿料は数十万円だったか。執筆にかけた月で割ってもバイトより全然稼げたし、何より楽しかったのでそれから就職するまで6冊作ったろうか。UOの辞書を作った時は本当に校正が大変で、おかげで誤字脱字がなんとなく浮いて見えるスキルが身についた。

就職活動の時は、やはり中退してるというのはハンデだったと思うし、何で中退したんですか？　と必ず聞かれたが、ゲームにハマって仲間と攻略本を作って出してました、攻略本作ってたらゲームそのものを自分で作りたくなりましたと言えば通じたので、そこでも助けられた。

彼はネトゲで自我を得て、ネトゲを好きになり、ネトゲで自信をつけ、ネトゲではじめて金を稼いだ。ネトゲ戦記という書名にしようと思ったのは、自分の人生はネトゲとの出会いがあってこそだという思いと、好きな本であるガリア戦記[※1]への敬意からである。

6.LAPIS

ScarletcoloredVampires（ScV）のリーダーLAPISは、彼が今まで直接やりあったなかで、最も手強（てごわ）かったネットゲーマーだ。一応勝ち逃げはしたので彼が上だとは思うが、それ以上続けると最終的に人数差で負けると悟ったから勝ち逃げをしただけで……まあそれでも上だが。

LAPISのことを意識したのは、誰だったか忘れたが、他のプレイヤーのUO日記（当時はまだブログ[※2]という名前はなかった）でLAPISについての説明を見た時だった。その日記でLAPISはチーター[※3]扱いされていて、直接話して聞いてみたらその誤解がとけるという話だった。

※1　**ガリア戦記：**共和政ローマ期の政治家兼軍人のガイウス・ユリウス・カエサルが自らの手で書き記した遠征記録

※2　**blog：**WebにLogするという意味のウェブログ（weblog）をブログと略称しネット上に覚え書きや論評などを記すウェブサイト

※3　**Cheater：**いかさまを意味する英単語（cheat）に由来する言葉で、ゲーム制作者の意図しない動きをさせる不正行為で有利になろうとするプレイヤー

なぜLAPISがチーター扱いされていたかというと、彼らは「aghfakjgfaif」「ajgfagffagjf」という風に意味のない文字列を連打しながら戦っていたからだ。この謎の呪文が、UOのシステムをバグらせる[※4]コードで、それを唱えているScVはチーターギルドだ、なんていう噂（うわさ）があったのだ。馬鹿らしい。

それについてLAPISにたずねたところ、これは相手のヒールを妨害するために文字を相手の上にランダムに重ねるために唱えているだけだという説明だったという。UOA[※5]が公式認可する以前は、直接魔法のターゲットをクリックする必要があり、文字もクリック対象なので、相手の南側に立てば発言を被（かぶ）せられた。

これはまさに、彼がAsuka鯖で、15人で40人の敵を打ち破った時に使った戦法だった。ただ、彼は@@@111@@@や@@@222@@@という風に文字列は「クリックしやすい大きさと意味のある数字」に設定して、さらに作戦に使っていたが。

いきなり戦闘中に@@@111@@@とか何か意味がありそうな発言をして、足並み揃（そろ）えて襲いかかってくるのだから、それが指示であることは当然敵に見抜かれ、対策がされると彼は覚悟して、本当に不利な戦いではじめてその作戦を使った。15人で40人を打ち破った時はAsuka鯖で大騒ぎになった。

結果は、誰もその作戦を理解しなかった。こちらは一方的に符丁を使って勝率7割をキープし、勝てない他のギルドはどんどん衰弱していった。心底がっかりしていたが、LAPISは彼の作戦を一部でも理解していた。LAPISは彼よりも作戦では弱く、カリスマ性では上だったように思う。

だからLAPISのいたYamato鯖では、敵が弱ることなくYamato大戦が行われた。Asukaは、彼が傭兵として参加したLoH最強でつまらなくなってしまい、大戦は起こらなかった。彼はLAPISが羨（うらや）ましかったのだと思う。UOに飽きた後もBBS[※6]でレスバ[※7]を続けていた。

※4　**bugらせる：**パソコンなどのハードウェア・ソフトウェアに不具合を起こさせ、仕様書にない処理や動作をさせること
※5　**UOAssist：**ウルティマ オンラインで正式に使用が認められた公認のUO補助ツール
※6　**Bulletin Board System：**電子掲示板システムのこと
※7　**レスバ：**レスポンスバトルの略

あるとき、じゃあ新作の別のMMORPGで勝負をつけようという話になった。今考えても頭がおかしい。選ばれたのはAsheron's Call(AC)というゲームだった。

このゲームも頭がおかしくて、PvP[※1]鯖という無法地帯のサーバが一つだけ用意されていた。そこは世界中のどこにも安全圏がないという修羅の国だった。キャラクターを作成しログインすると、はじまりの町に待ち伏せしていたPK（LV30）から魔法の矢を打たれて即死した。レベル1の死体が100は転がっていた。

まるでウミガメの赤ちゃんのように、必死ではじまりの町の外に走り抜け、本来はチュートリアルをするはずのはじまりの町ではなく、隣の町で身支度を整えた。彼らは最強のネットゲーマーだったので、そんな修羅の国でも強くなった。

しかし、ACは本当に頭のおかしいクランシステム[※2]があった。人数無制限のクランを作ることができ、部下は上司に経験値を何%か上納するというシステムだった。全プレイヤーの6割が「Blood」という一つのクランに集まり、Bloodの幹部陣はレベルが250～300になった。まともにプレイしてる彼は70だ。

ACは、ダッシュキャンセル[※3]もできて魔法をかわしながら撃ち合うスーパーアクションMMORPGだったが、レベルが30違うと奇跡がないと勝てないし、レベルが50違うと魔法がすべてレジスト[※4]されるので奇跡があっても勝てない。

というわけで全部で12個くらいある町のうち唯一Blood以外も使える一つの町（それ以外の町に行くとレベル200の警備隊が飛んできてやられる）でほそぼそと遊んでいたが、いい加減これはだめだなとさすがに思ったので、LAPISとのPvPに狙いをつけた。

詳しい説明をしても誰もわからないだろうから省くが、ACというゲームには拡散WM[※5]という、「誰も使ってないコスパが悪すぎる魔

※1　**Player vs Player**：対人戦を意味する
※2　**Clanシステム**：他のプレイヤーと共にクランを作成し協力してさまざまな恩恵と報酬を享受することができるシステム
※3　**ダッシュキャンセル**：ここでは魔法の詠唱ポーズをダッシュでキャンセルすること
※4　**レジスト**：魔法による攻撃を無効化すること
※5　**拡散War Magic**：アシェロンズコール内で、7つのダメージ要素でさまざまな発射物攻撃を行うことができる魔法

法」があった。彼はLAPISのキャラ構成から、密着してやられる前にやる戦法でくると踏んだのでその魔法をわざわざセットしておいた。

どこかのダンジョンの横でLAPISとその仲間2人の3人に見つかった(相手は3人でACを続けていたが彼は1人になってた)ので、そのダンジョンの中に飛び込み、追いかけてきた相手をダンジョン内の壁の端に誘って彼は拡散WMをぶっ放した。射程が絶望的に短く詠唱もクソ長いので普通は当たらない超威力魔法だ。

狙いはドンピシャに決まり、誰も使ってない魔法の呪文を見抜けなかったLAPIS達3人とも、HP30くらいでぎりぎり生き残った彼の前に倒れていた。彼は大喜びであらゆる角度から勝利の決めポーズ写真を撮影し、それを日記に貼り付けまくって引退を宣言した。本当に気持ちよかった。

7.ゲームと才能①

ゲームに関して、通して言えることは、すべてのゲームにおいて別に彼は細かく考えたり覚えたりはしていないということだ。基本的に直感で遊んでいただけだ。楽しいからゲームをするのだから当然のことだと思う。

UOについて話すと、当時対人戦の基本として3行マクロ[※6]があった。UOでは魔法を使う際にsay[※7]で呪文を唱える。たとえばEBならCorpPor[※8]だ。そして、基本中の基本テクニックとしてprecast[※9]がある。魔法はいったん詠唱してセットしながら、武器を持って戦うものだった。

何も工夫をしなければ、何の呪文をセットした状態か丸わかりということだ。どのタイミングでコンボを決めるかというゲームなので、これがバレるのは致命的と言っていい。3行までsayが表示されるから、唱えてない魔法2つのダミーsayを混ぜるのが3行マクロだ。これは攻略サイトにも載っていた。

※6　3行マクロ：呪文の詠唱1行と発言2行とまぜて3行の表示にすることで、その3つの詠唱のうちどの魔法を唱えているか相手からわからなくするテクニック
※7　sayマクロ：sayコマンド(発言)のマクロで、ここに呪文の詠唱を入れることで呪文を唱えているように偽装できる
※8　Corp Por：EB(Energy Bolt)の詠唱呪文
※9　precast：魔法をあらかじめ唱えておき、ターゲットカーソルが出た状態にしておくこと

ただ、これは言うまでもないことだと思ったのだが、3つの魔法は同じタイミングでセットする魔法にしておくべきだし、3行の並びもすべて同一にするべきだ。たとえばEBとGHとparaが彼のセットだったが、どの魔法を唱えても全く同じ3行が表示されるようにセットしてあった。

これは本当に、少し考えたらわかるだろうという話なのだが、これができてるプレイヤーは、“Duelをやるようなプレイヤーの中で2割もいなかった”。強いとか言われてるやつのなかでもできてないやつがいた。そういうやつは何回かやれば、今何を唱えたか丸わかりだったので彼が負け越すことはあり得なかった。

丸わかりといっても、“こいつのこの3行はGHだから今GH唱えたな”みたいな、よく漫画とかで天才キャラにある描写ではない。対人戦の時にそんな、思考を言葉にして考えるような時間の無駄はやらない。なんとなくわかるし、なんとなくそれの潰し手が勝手に入力されている。そんなものだった。

たぶん格闘ゲームとかもそうじゃないかなと思うのだが、UOの対人戦とは、ゲームを通して相手の今の気分やしたいことを察して、それをことごとく潰し、相手の心を折りながらゲーム内の勝利を目指すゲームだ。心こそ戦う強さの源なので、ゲームだけで勝つより、心を攻撃した方が強い。

そもそも、思考を言葉にするという無駄は、他人に説明する時くらいしか彼はしない。それはすべてのゲームにおいてそうだった。いちいち言葉にすると、たくさん抜け落ちるし、時間もかかるし、良いことがない。SLG[※1]のブラウザ三国志も感覚で遊んでたし、感覚でこいつは敵になるだろうとか決めていた。

3行マクロのコツは、集団戦のギルド戦争においてはほぼ意味がないものだったので、彼はギルドの仲間にも、誰にもそれを説明したことはない。今思うと、彼が強いと認めて気に入ってたプレイヤーとはこれができているやつで、できてないくせに強いとか調子に乗ってるやつは何かムカつくから潰してたと思う。

※1　**Simulation Game**：現実の事象を仮想的に体験することを目的とするゲーム。戦争を題材にしたウォー・シミュレーションゲームや育成シミュレーションゲームなど

意識してやってたわけではないが、対等にそのゲームについて語れるプレイヤーであるかないかの基準を自分の中で引き、特に若い頃はその基準を超えてないプレイヤーは全く対等に扱ってなかったようには思う。同じギルドの仲間を下に見たりはしなかったが、敵の時は人として見てなかった。

この3行マクロのコツは、UOAが見破り機能を実装したことで無意味になった。そのことが強く記憶に残っているし、その頃引退したので、たぶん彼はそれが嫌だったんだろう。対等に扱われるべきでない雑魚が道具でその差をカバーしてくる。農民の鉄砲になぎ倒された武士にはなりたくなかった。

他に、たとえばギルド戦争では、いろいろな場所が戦場になったが、彼は戦場になりやすい場所の、「外から見えづらく、軍団の進軍ポイントとなる場所」を下調べして、鞄(かばん)の中に地図のようにルーンを並べて使っていた。基本的に、進軍する時のゲートはいつも彼が出していた。

それでも彼も見落としたりして、ルーンがなくて、「デシートfele通路[※2]の左側のルーンないか」とかやることはあったが、不思議と毎回同じ2、3人が彼の持ってないルーンを持っていた。そいつらがいる時は戦い方は任せて彼は指揮に専念したり、攻撃に特化したりと、万能であることを捨てていいから楽しかった。

今でも思い出すだけで熱くなる戦いがある。彼らが布陣している目の前に敵のゲートが開いた時で、彼が何も言わずにそのゲートにEF[※3]を重ねてボム[※4]を投げ始めたら、何も指示してないのに前後にEFを重ねてボムを投げ始めたやつだ。それだけで15人くらい仕留めたし、無言で連携できたことの余韻がすごく良かった。

といってもそいつらは、あくまで彼の下にいる時にとてもいい働きをするだけで、自分から指揮とかをやりたがるわけでもなかったし、Duelをするわけでもなかったし、彼が敵の傭兵になったときはそいつらから狙って倒したので、脅威ではなかったが。

当時は全く点数とかつけてなかったが、頼りになるメンバーかどう

※2　**Deceit fele通路**：ダンジョンDeceit内のFire elementalがいる通路。Fire elementalは炎の精霊型モンスター
※3　**Energy Field**：エネルギーの壁を出現させるフィールド魔法
※4　**Bomb**：生産スキルなどで作成する爆弾アイテムのこと

かで彼は全体の戦術も変えてたし、自分の立ち回りも無意識に変えていた。だが、頼りになるメンバーから先に引退していった。手札が少なくなっていくのをつまらなく思ったのも覚えている。

理想のメンバーがいる時なんて、彼は指揮などせず、始まりのゲートを開いたらあとは倒した人数競争をするだけだった。頭が真っ白になるくらい面白かった。頼りにならないメンバーしかいない時は、下がれとか、上がれとか、右の赤いやつを狙えとか、ほとんど指揮をするゲームだった。

誰かがPKして、どこかのギルドハウスの鍵をゲットした時は最高だった。誰も何も指示してないのに、輸送役と戦闘部隊と送り役にチームが分かれ、誰も何も指示してないのに彼らは一つの嵐となって押し寄せた。彼は金目のものに興味がなく、もっぱら防衛部隊を圧倒するのが大好きだった。

そんな時は、使えないと思ってたメンバーも自主的にキビキビ動いたりするので、いつもこの力が出せたら無敵なのになあと思ったことはある。本当に楽しかった。やられた方はたぶん心をバキバキに折られてゲームから引退したと思うけど。

そして、彼以外に誰もその真の意図を汲めなかったのが、@@@マクロだ。あれは、相手に被せてのターゲットの阻害が目的の一つなのに、言ってしまえば嫌がらせが目的であるとは説明しない方がいいと思ったので彼は説明しなかったが、誰かに指摘してほしかった。気づいて常に敵の下側に回るやつがいてほしかった。

だから彼は誰が気づくかワクワクして見ていたが、それに気づいたやつは敵にも味方にもいなかった。1人もいないことは彼を落胆させた。だから、鯖が違うのに、それがわかるだけでLAPISを認め、BBSでどっちが最強かわかるだろ？　お前は制圧できないから大戦になったと、喧嘩を売りにいったのだろう。

結果として彼の見立ては正しく、LAPISは彼のゲーム人生を通して、直接やりあった中では最も彼に肉薄したプレイヤーだった。タイマンなら彼が勝つが、人数差もあって彼は勝ち逃げせざるを得なかった。まあ、勝ったのは彼なのだ。LAPISとやりあっておいてよかった。勝ったから言える。

8.FF11

UOは隠居して、昔取った杵柄で攻略本を書くだけになった。EQが出たので彼も当然参加した。これまでPKばかりしてきたから、人を癒すクレリックになろう。jboots[※1]キャンプを12時間した時はおかしくなりそうだった。レベル制MMORPGの新鮮さに脳がやられた。

Unrest[※2]でTrain[※3]を魂で理解したし、LowerGuk[※4]でキャンプチェック[※5]も頑張った。この時学んだ根気強さが、FF11に活かされたのかもしれない。レベルキャップまでは遊んだが、彼の鯖にはエンドコンテンツ[※6]をプレイしてる日本人ギルドはなくて諦めて引退した。この心残りもFF11で解消したのかな。

他にはアナーキーオンライン[※7]とかいうマニアックなSF MMORPGもやった。ディアブロ[※8]みたいなハクスラ[※9]MMORPGという一発ネタだが、ゲーム部分がつまらなさすぎてレベル50くらいで飽きた。MMORPG以外だと、AoK[※10]の拡張AoC[※11]にも少しハマった。UOで知り合った仲間内では敵なしになったので、#AoCにお邪魔した。

そこは修羅の国で、確か中級とか上級とかの階位があり、恐ろしく強い人達が揃っていた。たぶん、新宿ジャッキー[※12]とかがいた頃のゲーセンみたいなものだ。TAITAI って人が最強だといわれてたので、何度か混ざってプレイしてリプレイを入手し、見てみた。すごかった。

彼はUOの経験から、自分はネトゲ廃人としては最強だと思っていたが、今でいうプロゲーマーとして最上位にいって、ここで戦うのはつらそうだなと悟った。毎日死ぬほど修練すればあるいは、とも思ったが、ネトゲほどこういう対戦ゲームを好きになれない。暇になった

※1 **Journeyman's Boots：**エバークエスト内のクエストでもらえるアイテム。移動速度が向上する
※2 **Estate of Unrest：**エバークエスト内のダンジョン。Trainの名所として知られた
※3 **Train：**モンスターを大量に連鎖させて電車のように引き連れて走ること
※4 **Lower Guk：**エバークエスト内のダンジョン
※5 **Camp Check：**経験値稼ぎに適した場所に他のパーティがいるかどうか確認すること。狩場でモンスターの取り合いになることを防ぐ
※6 **End Contents：**主にネットゲームにおいて、レベルが最大になった後に用意されているコンテンツのこと
※7 **Anarchy Online：**Funcomが開発したオンラインゲーム
※8 **Diablo：**Blizzard Entertainmentが発売したオンラインゲーム。MMOとは違って少人数のプレイヤーが同時にプレイするMORPGの先駆けとなった
※9 **hack&slash：**敵との戦闘に終始し、それが主目的であり醍醐味となっている種類のゲームのこと
※10 **Age of Empires II The Age of Kings：**Microsoftが発売したオンラインゲーム。リアルタイムストラテジーと呼ばれるアクションシミュレーションゲームの一つ
※11 **Age of Empires II: The Conquerors：**Age of Empires II The Age of Kingsの拡張版
※12 **新宿ジャッキー：**有名ゲーマー

頃、FF11をやることにした。

彼はあやしいわーるど[※1]の空気感が好きだったので、りみくす[※2]@クリスマス島の@FFXIのギルドに参加した。彼らがShiva鯖を選んだのは、あやしいわーるどの創設者しばさんにちなんでである。リーダーはGoteだったかな。それぞれ別々にミミズ[※3]を殴ってレベル上げをしつつ、セルビナ[※4]のサポジョブクエスト[※5]の情報を共有しあったりした。はじめて集合したのはジュノ[※6]だった。

StrangeWorld[※7]のLS[※8]をつけてプレイしていたが、その中でCionだけが彼についてこれる廃人だった。彼はナイト[※9]で、Cionは白魔道士[※10]。レベルが33になった頃、鯖の最先端だった彼らは狩場の情報に困り、サーチして33のタルタル[※11]の集団が7人くらいと戦士[※12]がダボイ[※13]にいるから、見に行ってみようとなった。

現地に行くと、戦士が盾[※14]をしてとてとて[※15]のオーク[※16]を釣り[※17]、アライアンスを組んだ[※18]タルタルの火力で焼くという狩りをしていた。最初期のFF11は、挑発[※19]さえすれば絶対にタゲ[※20]が揺れなかった。混ぜてくれないかと交渉すると、戦士はそろそろ抜けたかったという。彼とCionが混ざり、そこから数時間狩り続けた。

その狩りはとても効率がよかったので、彼は明日もプレイできるなら、待ち合わせてこのメンバーで同じ狩りをしないかと持ちかけた。彼

※1 **あやしいわーるど：** 日本最大の規模を誇ったインターネット上のアンダーグラウンドサイト群
※2 **REMIX：** トピックごとに掲示板が作れるマルチ掲示板
※3 **ワーム：** FF11内のモンスター
※4 **セルビナ：** FF11内の町。ゲーム中盤に到達する中継地点の一つで、サポートジョブクエストを受けられる
※5 **サポートジョブクエスト：** 現在就いているジョブの補助として他のジョブの能力を追加で使える仕組みを取得するクエスト
※6 **ジュノ大公国：** FF11の中心部に存在する最も大きな町
※7 **Strange World：** Goteが創立者の、あやしいわーるどという掲示板から生まれたFF11のギルド
※8 **リンクシェル：** FF11内の遠く離れたキャラ間で会話を行うことができるアイテム
※9 **ナイト：** FF11内のジョブの一つ。防御力に優れる
※10 **白魔道士：** FF11内のジョブの一つ。回復魔法を唱える
※11 **タルタル：** FF11内の一種族。小さな子供のような見た目をしている
※12 **戦士：** FF11内のジョブの一つ。攻撃力と防御力が高い
※13 **ダボイ：** FF11内のダンジョン。オークの拠点
※14 **盾：** モンスターの攻撃を引き受ける役。タンクともいう
※15 **とてもとても強そうだ：** FF11で敵の強さを表す表記。多くの経験値を得られる
※16 **Orc：** FF11内のモンスター
※17 **釣る：** モンスターの集団から一匹を引き抜き、獲物としてパーティーメンバーの元に連れていくこと
※18 **Allianceを組んだ：** 複数のパーティ間で同盟を組むこと
※19 **挑発：** FF11内で戦士が使用するアビリティ。モンスターの攻撃を自分に引きつける
※20 **ターゲット：** モンスターの攻撃対象のこと

らは了承した。これが、闇の王を倒し、FF11を最初にクリアしたLS「タル組[※21]」の誕生の瞬間だった。

後に闇の王をはじめて倒し、取材されたヴァナディールトリビューン[※22]の初期タル組のメンバーだ。Matarinu、Apos、Baldr、Longe、Cion、Narutan、Owen、Kai、Ririn、Aruzado、Manabu、Takatoかな？懐かしい。

この、ヴァナディールトリビューンに掲載された「タル組3つの言葉[※23]」は、一応全員でいろいろと案を出し合って送ったのだが、採用されたのは3つ中2つがあやしいわーるどコテハン[※24]でもあるMatarinuのものだった。センスというものだろうと感心した（みんなで嫉妬して足手まといのシーフ[※25]が目立って！　と笑った）。

レベル上げのタル組とギコギコのStrangeWorld（SW）で二足のわらじの生活をしていたが、HNM[※26]が実装された時に、タル組をHNMLS[※27]にするということで、SWから抜けてタル組のリーダーになった。希望者を募って、SWから移籍してきた廃人はCionとLongeとMatarinuだったかな。

タル組で唯一の盾として、ずっと盾をし続けた彼は、なんとなく盾をキープするための最適な行動や、いつ頃タゲが誰にいくのか、敵がいつ頃WSを撃ってくるのか、ありていに言えば数秒先の未来がなんとなくわかるようになった。HNMが相手でもそうだった。タル組は、他のLSが狩れないHNMを余裕で狩り続けた。

この頃がFF11で一番楽しかった頃だった。メンテ後にみんなが集まってから狩りに行くと、ロック[※28]やシムルグ[※29]が待っていてくれる。

※21 **タル組**：リンクシェルでつながったパーティ名
※22 **Vana'diel Tribune**：FF11内で月刊で出されている公式の読み物のこと
※23 **タル組3つの言葉**：「あきらめるな」「至高の瞬間をかすめとれ！」「辛い事があったら空を見上げて」というもの
※24 **固定ハンドルネーム**：ハンドルネームが同じである固定状態、またはその当事者のこと
※25 **シーフ**：FF11内のジョブの一つ。さまざまな役割をこなすが、攻撃力は低い
※26 **High Notorious Monster**：FF11内で各地に配置された固有の名前を持つハイレベルな悪名高き（notorious）モンスター
※27 **High Notorious Monsterリンクシェル**：最強クラスの敵（HNM）を討伐することを目的とするリンクシェルのこと
※28 **Roc**：FF11内のモンスターでHNM
※29 **Simurgh**：FF11内のモンスターでHNM

たまにNelaが先行して挑んでいるが、全滅して笑わせてくれる。タル組は6人でRocを狩れるが、Nelaは12人で負ける。狩るための人を集めようとしてもタル組が狩ってしまう。

彼はEQのエンドコンテンツには参加できなかったが、EQで有名なRaidGuild[※1]が公開していたDKPシステム[※2]には興味があった。当時公開されていたのは、ここでいうシンプルDKPシステムだった。彼は改良したオークションDKPシステムを思いつき、タル組はそのルールで動いていた。

タル組の活動に参加すると、1時間につき1ポイントが付与される。このポイントをLotto[※3]の際に宣言した中で、最も大きい値で入札した人だけが宣言したポイントを消費し、ドロップアイテムを取得できる。こういうルールにした。ポイント管理システムは、CionがPHPで作ってくれた。

このオークションDKPシステムだと、人気のアイテム（たとえばリディル[※4]であるとか守りの指輪[※5]であるとか）は高騰する。タル組はHNMを独占していて、ロット品は潤沢だったので、結果的にギルド資産が膨れ上がっていった。そのためShiva鯖では市場[※6]にHNM品はほとんど流通せず、独占販売で価格を左右できた。

9.闇王討伐

闇の王[※7]にはじめて挑んだのはレベル50の時だったが、明確に「今のレベルでは勝てない」とわかったので1回しか挑まなかった。それより、レベル上限が上がった時にすぐに挑もうというのがタル組の方針だった。

たしか、クロウラーの巣[※8]に、ロランベリー[※9]をトレードするとネー

※1 **Raid Guild**：EQにおけるHNMLSのようなもの。多人数で1体の強敵と戦うことをRaidと呼び、FF11におけるHNM戦に近い
※2 **DKP System**：EQのギルド「Afterlife」が発案公表し、他のギルドでも採用された、ギルド内の貢献度にポイントをつけて可視化するシステム
※3 **Lotto**：パーティを組んでいる時の戦利品を振り分ける時に行われる方法で、一番高いポイントを出した者にそのアイテムが割り振られる
※4 **リディル**：FF11でキャラが装備する片手剣の一つ。複数回攻撃が可能
※5 **守りの指輪**：FF11でキャラが身に着けられる指装備の一つ。被ダメージを減少する
※6 **市場**：FF11のゲーム内にはオークションシステムがあり、レアアイテムは高値で売買される
※7 **闇の王**：FF11においてストーリー上の討伐目標となるボスモンスター。通称闇王
※8 **クロウラーの巣**：FF11内のダンジョン。クロウラーが多数棲息する
※9 **Rolanberry**：FF11内の食材

ムド[※10]の芋虫[※11]が湧くクエストがあって、レベル50の時にこの芋虫がとてとてだったので、これを用意しておけばひっきりなしに倒せるだろうと、ロランベリー800？　なにか数字のついたアイテムをダース単位で大量に用意しておいた。

55の限界突破クエスト[※12]をクリアしたあとは、巣にこもってアライアンスでネームド芋虫を狩り続け、Shivaでは最速で55になった。55になったら闇の王だ、ということで主力メンバーが55と保険をある程度稼いだ時点でズヴァール[※13]に向かった。

闇の王は1回目の挑戦で第一形態を突破したが、第二形態があるなんて思ってなかったので即座に全滅した。キレ散らかしてGMコールしてお前ら倒させる気がないのかと文句を言ったのを覚えている。

この頃のFF11での強敵との戦いは、「いつどれだけ攻撃にスパートをかけるか」と「メイン盾がタゲを保持し続けられるか」というゲームだった。少なくともタル組（盾がAposしかいない）においてはそうだった。

タル組の何が強かったかというと、「チャットフィルター[※14]などについては最適な設定が共有され、チャットを追えないやつはいなかった」ことと、「彼の指示に従い戦う」この2つだったと思う。

指示といってもすごく単純なもので、「@@@@111111@@@@」と彼が発言すると攻撃を控えて温存。「@@@@222222@@@@」と彼が発言すると、あとのことを考えず攻撃をしてよい。ただこれだけだった。

特にHNMは、HPが減るほど特殊技を連発してくるので、「トドメまで押し切れるまでスパートをかけない」「このままだとラストまで走りきれないと思った時は休憩する」、これが彼には感覚で見えていた点が他LSとの違いだったのではないかと思う。

話を戻すと、闇の王が第一形態で終わると思ったから「@2@」を出したのであって、第二形態があるとわかっていれば倒せると思ったか

※10 Named Monster：固有名を持つモンスター
※11 芋虫：FF11内のモンスターで、クロウラーのこと
※12 限界突破クエスト：レベルキャップを解放するためのクエスト。このクエストをクリアすることで、レベルを50以上に上げられる
※13 ズヴァール城：FF11内のダンジョン。闇の王の拠点
※14 チャットフィルター：チャットログにどのような情報を表示するかを決めるフィルター。最適な設定にすることで、必要な情報のみを目で追えるようになる

ら、次の日にもう一度挑み、今度は第二形態まで倒しきった。全鯖で初だった。

はじめて倒した時のパーティはナ白白黒黒黒[※1]だったが、シーフのMatarinuや戦士のBaldr、狩人[※2]のHiyorinnと黒[※3]を入れ替えても普通に一度も負けずに倒せた。特に当時のシーフや狩人は弱かったので、MatarinuやHiyorinnを混ぜていく時は、こりゃ負けるなーとか冗談を言いあったのを覚えている。

闇王が討伐されたというニュースは全鯖を駆け巡り、一気に挑むパーティが増えたが、2、3日はなかなか他に倒せるパーティは出てなかった。ところが、全鯖に「Apos戦法」という戦い方が広まって、一気に闇王は倒されるようになった。

Apos戦法とは、最初に倒したタル組のメンツに、ナイトのApos（彼）と戦士のBaldrがいたことから推察したやつが編み出した、「盾2枚で挑発を交互に繰り返し、闇の王をお手玉する」という戦法だった。誰が見つけたのか知らないが、なぜか彼の名がついた。

誓って言うが、彼はそんな戦法は一度も使ったことがない。ナイトとして単純に最適な行動を取り続け、一度もタゲを揺らさなかっただけで、そんなピンポン[※4]なんてハメ技[※5]は一度も使ったことがない。自分達がタゲ固定して倒しきれないからといって、ハメ技に勝手に彼の名前をつけたことを今でも許してない。

今思えば否定すればよかったのかもしれないが、かといって最適に行動したナイトのほうが安定するとバラしてHNMが取り合いになっても嫌なので黙っていたが、本当に許してない。勝手にズル技にApos戦法とか名づけた人は謝ってください。

そういえば、数日遅れて、やはりピンポン戦法で倒したNelaがジュノで「おめでとう俺」とかいちいちシャウトしたのはずっと笑い話だったが、それから10年後に当時を懐かしんだブログのなかで、ナイトで

※1　**ナ白白黒黒黒：**FF11内のジョブ略称。ナ＝ナイト／白＝白魔道士／黒＝黒魔道士
※2　**狩人：**FF11内のジョブの一つ。物理遠隔攻撃を行う
※3　**黒魔道士：**FF11内のジョブの一つ。攻撃魔法を唱える
※4　**ピンポン：**ヘイト値を2人のPC（プレイヤーキャラクター）で交互に稼ぐことで、その2PC間を敵が往復する形で殴られないままに時間を稼ぐ戦術のこと
※5　**ハメ技：**一定の攻撃の流れをループするだけで回避やガードが困難に、あるいは完全に不可能になる状態

はなくて欠員がでたパーティに黒で混ぜてもらって倒しただけと真相を知った。

闇の王を倒した後は、Sage Sundi※6対談がゲーム内で秘密裏に行われたり、トリビューンの取材があったり、ファミ通の取材があったりと忙しかったが、FF11が一番楽しかった頃だった。あの頃はHNMを倒せるのはタル組だけで、湧き待ち※7も取り合いもなかったから。

10.タル組

闇王を倒した頃と前後して、FF11にはHNMという、サーバで最強クラスのパーティでないと倒せない、倒すと3日くらい再出現しないモンスターが続々と追加されるようになった。EQで始まった、大人数で挑むボス、Raidモンスターだ。最初はカニ、虫、ロック、シムルグだったか。

この頃のHNMLSの最先端にいたのがタル組だった。想像もつかないだろうが、この頃だと、カニ（King Arthro）や虫（Lumber Jack）でさえも超強敵であり、たしかNelaが負けるところを見た。タル組は盾が完全に安定するので少人数でも狩れるが、他は最低でも2倍の人数が必要だったので取り合いにはならなかった。

Shiva鯖において、HNMといえばタル組がメンテ明けにサクサクと刈り取って回る収穫物だった。そんなShiva鯖において、絶対に諦めなかったHNMLSリーダーがいる。Nelaだ。Nelaは、シムルグに勝てないがシムルグを狩ろうとした。どうしたか。

FF11には敵占有という概念があり、最初に攻撃したパーティがそのモンスターと戦う権利を持つ。名前が赤くなるのがそれだ。これは、後にFF11が行き詰まった頃、HNMLS同士の取り合いという形でまざまざと見せつけられるが、この頃はまだそこを厳密に争う必要がなかった。

Nelaは、その敵占有システムを放棄し、正面から勝てないシムルグ

※6　**Sage Sundi：**FF11を管理するGMの一人。UOの初代日本運営プロデューサーも務めた
※7　**湧き待ち：**HNMなどが再登場するのを待つこと。多くのHNMは討伐後に一定時間を経過しなければ再登場しない仕組みになっていた

をクロウラーの巣とのエリア境界線まで引き込み、エリアチェンジ[※1]によるタゲリセットと、ポイズン[※2]を入れれば放置しても回復しないことを利用してシムルグを狩り始めた。Nelaシムルグエリアハメ事件である。

この後、敵占有システムに関して様々な揉(も)め事が起こり、それらすべてを見てきた経験から言うと、ここでシムルグを敵占有してないことを理由にかっさらうべきだった。Nelaに倒させるべきではなかった。彼は、UOで敵対ギルドを虐(いじ)めすぎたら敵がいなくなり、EQでクレリック（ヒーラー）をした経験から優しかった。

たしか、ハメでシムルグを倒すところを見守って、tell[※3]でNelaに「このクソ雑魚がエリアハメして恥と思わないってどんなスラムで育ったんだよお前は。親から誇りというものを学べなかったのか？」って送って、LS内であのカスとか呼んだり、他の有名LSリーダーに愚痴ったりしたくらいだったと思う。

たぶんこれがNelaに火をつけた可能性がある。このあとさらに1年くらい、Nela達はタル組の下位として、ずっと弱いHNMだけを倒し続け、しかしHNMLSであることをやめなかった。これが最終的に「引退したAposに7年間粘着するNela」を生み出してしまうのだろう。

ここで完全に開き直ったのか、Nelaはその後も様々な自己中理論でシステムの穴をついた。「カニトリガーキープ事件」とは、カニの前トリガーであるKnight Crab[※4]を倒さずにキープし続け、「今取り合いになったら我々は勝てないから取り合いができない。だから我々は根比べで勝負したい」という提案である。

バーミリオクローク[※5]の材料となるダマスク織物[※6]をタル組が市場に流さなかったこともあって、最人気HNMだったカニに他HNMLSも挑めるようになった取り合いの黎明期。全部のLSがNela達を非難し、数日後、トリガーキープ禁止条約がShiva鯖HNMLSにおいて締結

※1　**エリアチェンジ**：FF11などのMMORPGではエリアの切り替え時にローディングを挟む必要があり、プレイヤーキャラクターがエリアチェンジをすると追っている敵はターゲットを見失う
※2　**ポイズン**：FF11内の攻撃魔法。継続的なダメージを与える
※3　**tell**：チャット機能の一つ。1対1で直接会話をする。原義は「話しをする、告げる」の意
※4　**Knight Crab**：FF11内のモンスター
※5　**バーミリオクローク**：FF11でキャラが身に着けられる防具の一つ。継続的にMPを回復する
※6　**ダマスク織物**：FF11内の素材。主にHNMがドロップする

された。だがNelaはまだ続ける。
「Fafスリプル事件」は、同じようにファフニール[※7]にスリプル[※8]を入れれば少人数でキープできるからと、自分達以外がいなくなるまで少数でキープし続けて、その後都合の良い時間に狩るという戦法だ。これにもHNMLS一同で非難したが、この頃にはNelaは条約を結ぼうとはしなかった。それがNelaだった。

彼は、ゲームでそういうシステムの穴をついた、卑怯(ひきょう)なことまでして泥沼勝負をしたくなかった。同じことをやり返すことは可能だが、それは嫌だった。これも彼が圧倒的強者の立場にいたから、自分に都合のいいルールを押し付けようとしたのかもしれないが。

そうこうしているうちにCion事件(次頁(ページ))が起こったり、FF11のHNMやエンドコンテンツの設計がファフニール以降[※9]様変わりしたりしていって、彼は引退する時までどうでもよくなるが、このネトゲ戦記を書くにあたって背筋が凍ったことがある。

彼はCion事件も解決し、セガへの就職も決まった2007年頃にはFF11をすっぱり引退し、社会人として頑張るためにMMORPGは足を洗うと決めた。その後転職のための研究も兼ねてブラウザ三国志にハマるまで、実際にゲームは家庭用ゲームを嗜(たしな)むくらいだった。だから気づかなかったのだ。

Nelaは、彼が引退したあとのShiva鯖で、ずっと彼の幻影と戦い続けていた。したらば[※10]では、彼が引退したあとずっと、AposはまだFF11をプレイしており、Nelaに負けたメインキャラは捨ててサブキャラに切り替えただけだ、NelaはAposに勝ったと書き込みが続いていた。証拠を出せと言われてもガン無視だ。

そして、そんなApos粘着も7年間ほど続いて、ぱったりと途切れる。"Nelaの引退と時を同じくして"。彼は背筋が寒くなった。Nelaならやる。証拠はないがこれはあいつだ、あいつの気配がする。引退したあと7年間粘着されてるとかどんなホラーだよ。

※7 **Fafnir**:FF11内のモンスターでHNM
※8 **スリプル**:FF11内の魔法。敵を眠らせる
※9 **Fafnir以降**:Fafnirの次の追加HNMから、裏世界やバトルフィールドなど占有型のフィールドで戦う形式が増えていった
※10 **したらば掲示板**:匿名掲示板の一つ。利用者がカテゴリを申請することができ、2ちゃんねるの避難所的に利用されていた

彼にとって、「最強のライバル」はLAPISであり、「最恐のライバル」はNelaであり、「戦わなかったけどたぶん戦ったら最強だったライバル」が後述するlalha氏なのは、こういうわけである。彼がブラウザ三国志で、「彼なりに気持ちのいい戦い方」にこだわったのは、Nelaのトラウマがおそらく影響している。

そうやって振り返ってみると、最初のシムルグエリアハメは即座に占有を奪って倒させないべきだったのに、UOの経験からそれをしなかった。すべてはつながっている。通して読めば、なぜ自分がその時そうしたのか、彼には納得がいく。通して振り返ってみたら面白かったから、ネトゲ戦記を書こうと思った。

11.Cion

彼がもし1人でリーダーをしていたなら、Cionが秘書でなければ、レベル上限が75になりすべてのHNMが馬鹿げた取り合いになった頃、タル組は早々に解散していたと思う。あの頃のFF11は、MMORPGは、本当に馬鹿げていた。

彼がEQのDKPシステムを説明し、タル組ではこういうアイデアを足して運用したい、だから個別にポイント管理できるようにできないかと相談したら、倒したHNMのログと個別の付与ポイントが一覧で確認できる機能が実装された。Cionはそういう人だった。

Cionの功績の一つに、HNMの湧きシステム[※1]を見抜いたことがある。この頃のFF11は、21 ～ 24時間でランダムに湧くHNMを、現地に複数のLSが詰めて、湧いた瞬間に最初に攻撃したLSは戦い、それ以外のLSは何の成果もなくトボトボとデジョン[※2]するという、馬鹿げたゲームだった。

Cionはマメに HNMのログを入力してくれていた。他のLSに取られた場合も、その倒された時間をその場に残って調べて、次は何日の何時から湧き待ちなのかわかるようにしてくれていた。ある日Cionが気づいた。HNMが倒された時間は、30分前後しかずれない。抽選には

※1　**ボス湧きシステム：**前回討伐の72時間後から抽選がはじまり、30分間隔の抽選でランダムに再出現していた

※2　**デジョン：**FF11内の魔法。ホームポイントへワープする

法則があるのでは？　と。

仮説があれば立証はすぐだった。HNMは、倒された時間から21時間後から、30分おきにしか湧かない。間の29分は、コントローラーを握って画面を見る必要がない。このことは馬鹿げた湧き待ちを、漫画を読んだりHangame[※3]でビリヤードをする時間に変えた。

Hangameのビリヤードがなぜか流行ったが、Cionが最強だった。ボコボコにされた。なぜこんなシステマティックなゲームなのに結果を予測して正確にプレイできないのか？　と煽(あお)られた。Cionはそういう人だった。

Cionが拡充して実装してくれたHNMログ機能は、もう一つの発見を生んだ。キングベヒーモス[※4]の、守りの指輪ドロップ率がある日を境に急激に上昇したことに気づき、ログと突き合わせてわかった。参加者全員がピクシーピアス[※5]を所持していると、100%守りの指輪が出る。

これは、ピクシーピアスが1つしか持てないrareアイテム[※6]で、その抽選時に全員が所持していると弾(はじ)かれ、同じ枠で抽選されていた守りの指輪が出るという仕様バグ[※7]だったのだと思う。他に気づいていたLSはいたろうか？　倒すときにピクシーピアス未所持が抜ければいいので、タル組は全員が守りの指輪を持っていた。

これらはわかりやすい一例でしかなく、Cionは指示しなくても期待以上に動いてくれる秘書だった。「彼の人格はどうかと思うが、彼の才能だけは否定のしようがない」なんて言うような人だった。実社会で仕事をしていてCionが欲しいと思ったことはある。

そんなCionが心から喜んではしゃいでるなあと思ったのは、闇王を倒した時と、キャシー[※8]でライブカメラにストーカーされた時だろうか。闇王の話はもうしたから、キャシーの話をしよう。

Cionがいた頃のタル組は最強のHNMLSで、その時最強のHNMを余裕で倒せた。その最たる例が気まぐれキャシーだろう。このHNM

※3　**Hangame**：韓国のNHNが運営するオンラインゲームサービス
※4　**King Behemoth**：FF11内のモンスターでHNM
※5　**ピクシーピアス**：FF11でキャラが身に着けられる耳装備の一つ。DEX（器用度）が上がる
※6　**rareアイテム**：FF11で1キャラにつき一度に1つしか所持できないことを示す
※7　**仕様Bug**：仕様書の内容の矛盾や間違いに起因するバグ
※8　**Capricious Cassie**：FF11内のモンスターでHNM

は本当に強くて、その鯖最強のHNMLSでさえも無惨(むざん)に敗退して、誰も倒せない鯖も多数あったという。

この頃、FF11の公式HPにあったライブカメラは、タル組をストーカーしていた。毎日タル組のキャシー戦を中継していた。2ch本スレ※1でまたApos軍団のキャシーか、とか言われていたが、彼は正式名称のタル組で呼ばれないことが不満だった。Apos戦法とか名付けたアホのせいだと思う。許さない。

あとから、仕事で関わった人から聞いた話では、タル組があまりに強すぎて、他のLSと比べて異常だったから、戦闘中のログを採取してスクエニチームに研究されてた、と言われた。彼の指揮は見事である、とか。ストーカーされた話はしてないのに向こうからその話をされた。

その後、彼はゲーム業界に行ったので、スクエニと仕事をする機会があった時に本当か調べてほしいと頼んでみたが、当時の人はもういなくてわからないということだった。本当のところはわからない。

ただ、ストーカーされていたのは事実だし、ライブカメラの当時の担当キャラではなく、時々 Destiny※2というキャラがタル組ライブカメラに映っていた。意外とミーハーだったCionが、今日のキャシーにはDestinyが来てるとはしゃいでたのを覚えている。

Destinyは広報かなにかの特別なキャラなので、GM権限はありそうだし、それでログを取っていたのか、ただ担当がその日いなくて代役だったのかはわからない。ただ、タル組の強さが異常だった実例として、倒せない鯖もあったこのキャシーを、タル組が11人で倒すところがライブカメラに映った。

タル組はこの後、新人とかを受け入れて湧き待ちLSになっていくが、この頃は無理に人を増やすより身内でやりたかったので、全員集まった日がやっと18人という規模で、人が少ない日もあった。そんなのはお構いなしにライブカメラが先にフェイン※3で待ち構えてるので、やらないといかんなということでやってみたら普通に勝てた。

2chは祭りになり、キャシーを倒せてない鯖のスレッドでは「この

※1　**2ch本スレ**：一定のジャンルを総合的に語るために2chに立てられる中心的なスレッドのこと
※2　**Destiny**：FF11のゲーム内でオフィシャルスタッフが使用するキャラクター
※3　**フェ・イン**：FF11内のダンジョン

鯖1位LSの〇〇はApos軍団が11人で倒すキャシーをフルアラ[※4]でも倒せないクソ雑魚」という構文が流行った。またしてもApos軍団である。本当に、Apos戦法とか名付けたやつは許せない。

実際は、タル組の戦い方（最初から最後までナイト盾で固定）が最適だと広めたくて、タル組がモデルに選ばれただけかもしれない。真相はわからない。ただ、タル組以外に真似できるLSはなかった。真似しようとして18人で挑んだNelaは全滅して、塊になって床をなめていた。

他のHNMLSでは、どこも盾2枚で交互に挑発する、Apos戦法と呼ばれた彼の使ってない戦法を使っていて、後にこれはスイッチ戦法と名前を変えたらしい。SAOのスイッチ戦法がもしこのスイッチ戦法を元ネタにしているのであれば、彼はキリトさんのモデルであるとも言えるし、モデルでないとも言える。これも真相はわからない。

だが、そんな“強いLSしか倒せないHNM”がいなくなり、すべてのHNMが取り合いになってからは、FF11はとてもつまらないものになった。その上、倒せるようになったNelaがスリプルキープだ。最悪だった。それでもCionはマメに記録をつけて、彼と同じくらい廃人だった。

辞め時を逃して、ビリヤードをしながら不毛な取り合いをしていたある日、Cionが消えた。ログインしてこなくなったし、連絡もつかない。彼はCionにタル組の資産管理もすべて任せていたので、数億ギルの資産も一緒に消えた。数日経っても音沙汰はなく、Cionが消えたのだと実感した。生死すらわからない。

彼は、全部を任せていた自分のせいだから、足りないが自分の手持ちの資産で精算して引退してもいい。それか、彼の管理でタル組を続けてもいい。選んでほしいとメンバーに問うた。続けることになった。Cionに任せた責任ならと、彼はそれから嫌いになったゲームを1年ほど続けた。

1年くらいした頃、不意にCionが戻ってきた。リアルで不幸なことがあり、数日ログインできなかったら、そのままログインできなくなっ

※4 **Full Alliance**：アライアンスは同盟という意味で、最大で3パーティのプレイヤー18人まで組むことができる。フルアライアンスとは人数上限に達しているということ

た。身の回りが落ち着いたので謝りにきたと言う。
　彼は肩の荷がおりたので、戻ってきたタル組の資産をその時いたメンバーに均等に配り、さらに自分の資産を初期メンバーに形見分けとして渡せるものはすべて渡して引退した。Cionが戻ってきてくれて、きちんと辞め時ができて良かったと思う。

12.ゲームと才能②

　彼は自分勝手に暴れまわったUOと違って、FF11のゲーム性ゆえに、タル組というHNMLSのリーダーになった時は、HNMという目標のために仲間の底上げをすることに努めた。たとえばケアル※1でヘイト※2を稼ぎやすい白魔導士の効率化を推し進めた。
　これは白魔導士に限らず全員にだが、HNM戦で必要ないチャットログは全部切るように、どのチャットフィルターを入れればいいのかリストにして指導していたと思う。それでも彼の指示を見落としているタルタルがいると、Cionがガチ切れして怖かった。Cionはそういう人だった。
　他には、白魔導士がケアル4だったかな？　当時の最大回復魔法を彼に向かって唱える時は、パーティチャットで「@@@ケアル4→Apos」だったかな、と発言するルールと、詠唱が被（かぶ）った場合はパーティチャットの発言で遅い方がキャンセルするルールも設定した。
　最初のうちはぎこちなくて3人くらい被ることもあったが、ずっとこれでやると慣れてきて、自然にお互い合わせるようになっていたと思う。このルールを導入する前と後では段違いにヘイトが安定したし、MPにも余裕ができた。
　FF11すべての鯖で最強と言われたが、別にやってることはこれくらいシンプルだったし、大した秘密もなかった。たかだかゲームをプレイする時にできることなんてのは限られるのだから、やるべきことはとても簡単に導き出せる。しかも相手はAIだ。人間と戦争したUOのほうがよほど難しかった。
　それでもいちプレイヤーとしてのゲームへの集中力は、FF11が彼の

※1　**ケアル：**FF11内の魔法。ヒットポイントを回復する
※2　**Hate：**モンスターがもつプレイヤーの目には見えない隠された恨みゲージのこと

全盛期で、特に強敵のキャシーを11人で倒したとかはしゃいでいた頃が最も集中してプレイしていたと思う。どうしてかというと、当時彼には3秒先の未来が読めた。

これはもう、なんとなくとしか言えないのだが、キャシーの臭い息[※3]などのWS[※4]にはなんとなく法則性があり、また敵のTP[※5]の溜(た)まり具合や残りHPで変化していくWSの頻度。そういったものをなんとなくすべて把握するくらい経験を積み、その上で集中していると、3秒先がわかった。そうとしか言えない。

彼は別に触る前からわかるような神のような天才ではなく、積んだ経験を感覚で処理することが得意なだけなので、FF11のHNM独占という立場は、最も彼の才能を生かせるゲームだったと思う。彼がのちに裁判で苦労したのは、裁判が彼の苦手な出たとこ勝負で経験の通用しないゲームだからだろう。

彼は絶対にタゲを揺らさないナイトだったが、そんな彼と一緒にHNMを狩る経験を積むことで、仲間も最適化されていって、どんどん楽に狩れるようになるのが本当に楽しかった。UOは究極のゲームだったと思うが、くだらない取り合いになる前のFF11はチームを率いる至高の楽しさだったと思う。

他に、彼は自分にケアルをかけるタイミングは絶対に詠唱キャンセル[※6]されないタイミングで唱えるようにしていた。たぶん、95%くらいで通していたと思う。敵のWSは阻害にならなかったんだったかな？それも読んで唱えてたような。もう遠い記憶でおぼろげだが、彼はケアルがうまいと自慢した覚えはある。

彼自身の攻撃もできるだけ止めないようにタイミングを計っていたし、他にアビリティ[※7]もリキャスト[※8]ごとに挟み、挑発もなんとなくずらしたりすぐに使ったりと、研ぎ澄まされた感覚でHNMのメイン盾をずっとやるのは性に合っていて本当に楽しかった。

※3　**臭い息**：ファイナルファンタジーシリーズでモンスターが使用する技。さまざまな状態異常を与える
※4　**Weapon Skill**：モンスターやプレイヤーキャラクターが使用する特殊技のこと
※5　**Tactical Points**：溜まるとWSなどが使用可能となるポイントのこと
※6　**詠唱キャンセル**：魔法の詠唱中に敵の攻撃を受けると詠唱がキャンセルされることがある
※7　**Ability**：ジョブ特性、ウェポンスキル、遠隔攻撃、マウント、ペットコマンドの総称
※8　**Recast**：アビリティ使用後に再度同じアビリティを使用可能になるまでに要する時間

だからたぶん、彼は当時のFF11で最強のナイトだったと思う。パーティの成果とはいえ、倒せない鯖もあったキャシーを11人で倒せたのは彼らだけで、彼らタル組の軸は彼だったのだから。

Cionがいなくなる前くらいからのFF11は、彼のそんな得意分野をすべて潰す方向に向かっていて、つらかった。追加されるHNMは彼らだけが使っていたメイン盾1枚では理論的に絶対に倒せないように調整され、マラソンと呼ばれる引き回して魔法を撃ち込む倒し方が正解とされた。

最大64人で挑む裏世界[※1]も最悪で、18人で研ぎ澄ましてきた彼らは全く通用しなかった。ただ最大レベルで装備が欲しい人達を集めて管理する裏世界主催も、それまでのHNM独占と比べたら馬鹿げていて心底つまらなかった。このあたりの管理はCionに投げていたのだが、Cionがいなくなって彼がやっていた。

これらは、彼が最も苦手とする、人の調整や単純作業といった仕事のようなゲームだ。不満を口に出したら壊れそうだからできるだけ心を無にしてFF11を遊んでいた。この経験が、セガに入社して、面白い仕事もないまま彼が何年も耐えたことにつながっていたのではないか。

歴史や人生にもしもはないのと同じように、歴史や人生は連綿と続いていて、その瞬間一つをとっても、そこに至る轍(わだち)が必ずあるのだと思う。だから、才能を生かせて最高に楽しかった頃のFF11も、全く生かせなくてどこまでもクソゲーだった頃のFF11も、今の彼を形作るに不可欠なピースなんだろう。

終盤で悲惨なことになったから弱っていったとはいえ、全盛期には最もプレイヤー人口の多いネットゲームで一番になったという経験は、彼に自信の芽を与えた。若いときは根拠のない自信を不安に思うことも多かったが、たかがネトゲと言われるかもしれないが、後々ネトゲこそが彼の自信の根拠となる。

谷直史さんは――gloops時代、彼がFF11の時の話をした時――「俺はゲームがうまいわけではなかったけど、LSのリーダーとして抜群の才能があった。だから俺がやろうと声をかけたら、俺の仲間が水原く

※1　裏世界：FF11のバージョンアップ後に実装された似て非なるもう一つの世界

んより先に闇の王を一番に倒していたはずだよ。そうしなかっただけで」と言ったことがある。

その時は谷直史さんが何を言ってるのか全く意味がわからず、相槌（あいづち）すら打たずにスルーして、今になるまで何を言われたのかも思い出せなかったくらいだが、谷直史さんにも歴史があり、彼と会社を起こして社長になろうと思い立つ過去があったのだろうなと思う。

この話からも思うが、当時、自分は能力が低いと前置きしてた谷直史さんは自分に自信がなかったのだと思う。彼を裏切った理由も一言では表せないようないろんな感情があってのことだと思うが、一つは、自分に自信が持てなくて、彼がいつか谷直史さんを裏切ることが怖くなったのかもしれない。

もちろん、彼には裏切るつもりなど毛頭なく、せいぜいが一緒にやってられないとなった時に辞めて去るくらいしかないのだが、当時の谷直史さんにはそうは思えなかったのではないか。自分の力量が低いと評価できるというのは、それだけで谷直史さんにはリーダーをやる能力があったということなのに。

谷直史さんは一番好きな漫画はベルセルク[※2]だと言っていたが、彼との間に起こった出来事はベルセルクのグリフィス[※3]とガッツ[※4]をなぞっていると言えなくもない。確かグリフィスが一番好きなキャラだと言ってたが、だからなりきってしまったのだろうか。

彼もCionが失踪してすぐの頃は、裏切られたのかと怒りや困惑が湧き起こり、慌てふためいたが、1年の長い冷却期間とつらかった日々のおかげで、Cionを許すことができた。近況を聞き、失踪した原因が解決したから戻ってこれたというので、よかったねと言うことができた。

彼がFF11をプレイしていた期間は長く、このように、才能を生かした全盛期と、Cion失踪後の才能を全く生かせない衰弱期があった。才能で暴れ回り、飽きたら辞めたUOやブラウザ三国志とはちがって、FF11こそが最も彼に影響を与えたゲームだと思う。

※2　**ベルセルク**：三浦建太郎による日本の漫画。骨太な絵柄で描かれる大河ファンタジー
※3　**グリフィス**：ベルセルクのキャラクター。主人公ガッツのライバル
※4　**ガッツ**：ベルセルクの主人公キャラクター

How I dropped out of high school to b
started a venture company, was betra

グラニ社員たちがよく利用していた
会社最寄のファーストフード店。

PART

第二部
起業編

1.SEGA

タル組への責任も果たし、FF11から解放された彼は、残りのモラトリアム期間を三国志大戦2[※1]に費やした。1年で100万円以上使った。取りたての免許と親の車で西大寺にあった24時間ゲーセンのキャノンショットに行って夜通し遊び、夜明け前に車を戻したりしていた。

だがもうモラトリアムも終わる。就職活動の時だ。攻略本を作るのにも飽きてきたし、ゲームが作りたいなということでゲーム会社だけを狙い、練習で電通や三大出版社やTV局を受けた。当時はそれらはとても早くから就職試験をしていた。

電通の面接に行ったら、5人で10分でアピールしてくださいと言われ、手前の体育会系が3分くらい喋（しゃべ）ったせいで1分しかもらえなかったのが印象深い。電通さんには理不尽さを教えていただいた。ゲーム会社では、大学時代にしてきたことの説明のために作った攻略本6冊を持っていったら話が早かった。

カプコンとセガとコーエーテクモから内定をもらった。独り立ちしたいのと東京に出たいので、コーエーテクモの社長面接でDOAX[※2]の次回作に入れようと思ってるスケベ機能について熱く語り合ったのに後ろ髪引かれる思いがあったが、三国志大戦を作りたいのでセガにした。

しかし希望の配属先には行くことができず、家庭用ゲーム機の部署になった。それも彼が最も遊ばないスポーツゲームの部署だった。新人研修でマナー講師に習ったお茶の淹（い）れ方は一度も使う機会がなかったし、ジョイポリス[※3]で立たされたのも何の学びもなかった。いや、理不尽さをまた教わった。

説教が始まると最大2時間になると噂（うわさ）の話の長い上司がいたが、彼が一番真面目にゲームに向かい合ってた人だと思う。この映画を参考に見ろと言われて見に行ったら、映画館でバッタリ会い、勧めたからには自分も見ておいてお前が見たかチェックするつもりだったとカレー

※1　**三国志大戦2**：三国志をテーマにしたセガのオンライントレーディングカードアーケードゲームの続編

※2　**DEAD OR ALIVE XTREME**：コーエーテクモゲームス（旧テクモ）より発売されたXbox用ゲームソフト

※3　**東京Joypolis**：CAセガジョイポリス株式会社が台場で運営するアミューズメントパーク

を奢ってもらいながら聞かされた。

セガはよくゲーム専門学校だと言われる。それは、セガで一通り学んだあと辞めて他の会社に行く人が多く、元セガはいろんな会社にいるからだと。彼がいた頃のセガの印象は、野心がある人間ほど耐えられない会社だった。ギラギラした人がすぐいなくなる。

彼も新卒だったので先輩の言うことは聞こうという思いはあり、ギラギラした先輩に、「お前ネトゲでなんかすごかったらしいけど、そんなの笠に着ても仕事じゃ使えねえからな」と釘を刺されたので、できるだけ大人しくするよう気をつけていた。

しかし、大人しくしてると仕事はつまらない。投げられた仕事はサクッと答えが見えた。仕事場には勉強のためにプレイしていいとゲーム機があったので、昼休みの後2時間くらい遊んでいたら、呼び出されて説教された。社会とはそういうものだと知った。結局、彼以外は昼休みか就業時間後しか遊んでなかったのだ。

あとは、雑誌の管理係にも立候補し、管理してるという名目ですべてのゲーム雑誌を読めたのはいい暇つぶしになった。なるほど専門学校かもしれない。それでもゲームのシステムを設計することやアイデアをまとめることは好きで、評価もそこそこされ、仕事の基礎は学べた。

ちょうどモバゲー[※1]とかの、ポチポチゲー[※2]が流行ってた頃、ブラ三にハマり始めていたのもあって、これからはネットゲームですよと企画書を書いて出したら、部長にペラ読みされてこれはうちの部署の担当するジャンルではないと目の前でゴミ箱に捨てられた。なるほどなあ。転職して見返すことにした。

転職、自分から安定を捨てて大海原に漕ぎ出すという行為は、成長に必要なんだと思う。少なくとも転職して芽が出た人にとっては。セガ時代に尊敬する企画担当はいなかったし、デザイナーもいなかったし、説教の長いプロデューサーを尊敬してたくらいか。エンジニアは組んだ2人がすごく尊敬できた。

※1　**Mobage**：株式会社DeNAが運営する携帯電話向けのゲームポータルサイト兼ソーシャル・ネットワーキング・サービス

※2　**ポチポチゲー**：ゲーム画面に表示されるボタンをひたすらポチポチ押しながら進めていくゲームのこと

その2人も当然のようにセガを卒業していったので、まあセガ専門学校という評価は妥当だ。縦割りの派閥が強すぎて、彼がいた頃のセガは野心がある人ほど閉塞感がすごかった。今はどうなってるか知らない。セガのゲームを遊ぶとムカムカするようになったので彼はそれからは遊んでない。アトラス[※3]は別。

転職を決めてからは会社での仕事は最低限にこなし、あとはずっと堂々とブラ三をしていた。彼の持論として、他人から隠れて仕事場でゲームをするやつはカスだが、堂々とプレイするのは漢（おとこ）理論はこの時生まれた。おかげでブラ三の戦争も一日中戦えて、すべてに勝利した。金をもらいながら勉強できて楽しかった。

2.Travianとブラ三のむかしばなし

ブラ三の記憶は、UOやFF11の鮮烈な思い出に比べると彼の中ではとても薄い。ただ、ブログにまとめていたのを読み直すことで思い返すことはできた。彼はゲームが大好きなので、ブラ三も当然アンテナにかかっていたのだが、プレイしていなかった。

それはブラ三の元ネタでもあるTravian[※4]というゲームで負ったトラウマが原因だった。なのでまずTravianについてから語ろうと思うが、Travianなんて本当にコアなゲーマーしか知らないだろうから、ブラ三をもとに語ろう。

Travianは、「ブラ三からカードやデッキの概念を消去して」「資源（木とか）が各町ごとに別々に管理されていて、荷馬車（速9だったかな？）で資源を運ばないといけない」という、どうかしているブラ三だった。戦争時ではない日常農耕期でも、終盤になると長時間眠る暇がなかった。

だが、それでも「オンライン信長の野望[※5]シムシティ[※6]」とでもいうべき、マス目に実際の距離があり、時間をかけて戦争ができるゲーム設計にコアゲーマー達は目を輝かせて遊び、ただただ新しくて面白

※3　**株式会社アトラス**：コンソール用ゲーム等の企画・開発を主な事業とする日本の企業で株式会社セガの完全子会社

※4　**Travian**：ドイツのTravian Gamesが開発したMMOブラウザゲーム

※5　**信長の野望**：株式会社コーエーテクモゲームスが発売した日本の戦国時代をテーマとした歴史シミュレーションゲーム

※6　**SimCity**：米国Electronic Artsのリアルタイム都市経営シミュレーションゲーム

いとシムシティとしてプレイした。Travianにはカードの概念がないので、防衛があまりにも優位すぎたのもある。

みんな戦争をせずシムシティをした。戦争ができなかった理由は、「シムシティ要素が忙しすぎた」ことだった。常に村同士で資源をやりくりしないと最適な村開発ができないので、効率が理解できる人ほど忙しくなるゲームだった。3時間おきに起きて荷馬車を出さないといけなかった。

今でこそそれが彼の強みだとわかってはいるが、当時はなぜ皆はそんなに不真面目に遊ぶのか、どうせゲームに時間を使うなら真面目に遊べばいいのにと憤るほど効率を追い求めた彼は、当然にサーバでトップクラスのプレイヤーになった。

Travian最強の攻撃は「米村」と言われる、ブラ三でいう★MAXの超レアな土地で作った最大米生産の村から、資源を送り続けて、3時間おきに兵糧を送り続けないと兵士が餓死(がし)し始める規模の「大砲」を作ることだった。彼は当然大砲役になった。

彼はついに大砲を限界まで鍛え上げたが、その大砲は最後まで撃たれることはなかった。みんなシムシティに忙しすぎて戦争をしようとなどしなかった。結局一度も戦争をしないまま、ずっと大砲を維持させられることにどうにかなりそうになった彼は、ある日いきなりアカウントを削除した。

そんなトラウマがあったから、ブラ三が出始めた頃にすぐに飛びつくことができず、暇になったからちょっと触ってみるかと24鯖でプレイするまで遊ばなかった。もしTravianを知らず、初期にプレイしていたらもっと面白かったのかもしれない。

空白日記[※1]の初期を見ると、彼は初心者であるのにいきなり鯖トップのプレイヤーとなり、盟主[※2]に無能だと食ってかかり（一応本当にゲーマーとして無能だったっぽいが）、鯖トップのプレイヤーとして立ち回って裏から自分の同盟を支配し、天下統一連合を作らせた。彼はまだ青く、自信にだけ満ちていた。

“空白は2000万課金してるから強いのは当然” なんて嘘(うそ)もささやかれ

※1　空白日記：Amebaブログで綴る著者の日記
※2　盟主：同盟の中心になるもの。他のゲームにおけるギルドリーダー

るくらいには強かったらしい。実際は初期投資2万くらい、あとは月5000円で、盟主になってから月2万くらいだったかな？　たぶん24鯖とはいえ異常な強さだったのではないかと思うが、彼はブラ三に遅れてハマった負い目から、所詮24鯖は後発鯖だと思っていた。

FF11でリーダーを張っていたタル組終盤でのCion事件や、その後の1年間のグダグダを経験した彼は、盟主が無能だと噛み付くくせに、盟主にはなろうとしなかった。これもトラウマのせいだと言えるだろう。1期の盟主は無能すぎたので、2期は自分に全権を委任してくれるお飾りの盟主を選んだ。

同盟の実権を手にした彼のスローガンは「平等よりも公平」だった。当時のブラウザ三国志の常識は、とても日本的というべきだろうか、平等な同盟運営がヨシとされていた。彼はこれまでの経験から、平等な羊の群れの中、公平に競い合う狼のようなギルドになれば勝てると考え実行した。

平等と公平の違いを最も実践したのが僻地不要論だろう。当時ブラ三では、僻地と呼ばれる大草原をいかに全員で協力して囲い込み、領土とするかというプレイが基本中の基本だった。囲い込んだ後、領地の配分が行われ、同盟全員がまんべんなく強くなる。

この僻地領地化は、彼の同盟以外すべての同盟が実践していたが、彼はあまりにも効率が悪いと、「領地はすべて実力で切り取り次第」というルールで全員に自由に領地を作らせた。その結果、雑魚いやる気のないプレイヤーは完全に雑魚となり、最強にやる気のあるプレイヤーが最強になった。

ブラ三は「効率倍々ゲーム」なので、最強のプレイヤーが3人いれば雑魚100人を敵にしても勝てる。この頃彼がずっとスローガンにしていたのは「ゲームは所詮生活には不要な娯楽」というもので、これはセガに入社して作る側に回ったことで思うようになった考え方だった。「ゲームは所詮生きていくのには不要なもので、だからこそ素晴らしいゲームを作るクリエイターは素晴らしいし、そんなゲームに必死になれるプレイヤーも愛すべき素晴らしいものなのだ」という考えだと気づいたのはもっと後のことだった。当時はやる気のないやつはしょうがないという考えだった。

他が足の引っ張り合いをしてるなか、最強のルールで最強精鋭部隊を作った後のブラ三は、とても楽しいかと思ったが、蹂躙（じゅうりん）するだけの戦争は一回やったら十分ですぐに飽きてしまった。後に統合される近縁のサーバにlalha氏がいた。ブログを読む限り、氏だけは彼の歯ごたえのある遊び相手になりそうだった。

どうもこのゲームにおいて彼は強すぎて、相手になりそうなのは半年くらい先に統合されるこの人くらいだなと思った彼は、lalha氏とネチネチとブログでレスバをしていた。そうこうしているうちに、なぜか仲良くなり、実際にリアルで会って飲みに行った。ブラ三は戦う前にもう飽きてやめた。

経営者の先輩ということでグラニ設立の際にはいろいろと相談に乗ってもらったし、死にかけて一文無しだった時には恥を忍んで裁判費用を貸してもらった。最初の裁判に勝利した時には、ワインが好きな氏と、二人でお祝いにロマコン[※1]を生まれてはじめて飲んだ。一生頭があがらないであろう人の一人だ。

ブラ三というゲームはあまりにも彼と相性が良すぎた。仕様を把握して最適な行動を取るだけでよく、アクション性が皆無のブラ三において、おそらく彼は本当に最強のプレイヤーだった。強すぎてつまらないくらいには。だから飽きるのも早かった。FF11やUOと違って数字で差が明確に見えすぎた。

ただ、そのおかげでブログはAmebaブログ[※2]でも上位になり、その縁でリアルで一生頭があがらないような人と知り合えたのだし、自分の特性を把握することもできたので、ブラ三は彼にとってとても良い経験になったゲームだったように思う。

3.ブラウザ三国志と論功行賞

全体を語ると1回で終わってしまうくらいあっさりとしたブラウザ三国志の思い出だが、これが彼が最後にハマったネットゲーム(FGO[※3]のようないわゆるソシャゲは別とする)だった。UOでの心残

※1　**Romanée-Conti**：フランス・ブルゴーニュ地方のヴォーヌ＝ロマネ村にあるドメーヌ・ド・ラ・ロマネコンティ社が造る世界で最も高価なワインの一つ
※2　**Ameba Blog**：株式会社サイバーエージェントが提供するレンタルブログサービス
※3　**Fate/Grand Order**：TYPE-MOONが開発したFateシリーズのスマートフォン向けゲーム

りだった大戦を、課金ゲーであるブラ三で、2500vs2500を果たしたら満足した。

ブラ三での戦争や、当時は革新的だった攻略論は、ブラ三をやったことがある人は空白日記を読めばわかるとして、どういう戦争だったかというと、2500vs2500の大連合の戦争で、彼が指揮する最精鋭部隊200人が、相手連合の2000を倒した。それは一方的すぎてほぼ2日で終わった。

なぜここまで一方的になったかというと、彼はFF11でのタル組DKPシステムの失敗が、システムを用意するだけで個別な調整をしなかったことと、飽きてからは完全に放置したことにあると思っていたからで、ブラ三においては個別に気を配ることを心がけた。

といっても、彼は自分ができて当然なことと、他人ができないことの差がいまいちわからないところもあるため、論功行賞を意識することにした。遠征部隊や衝車部隊など、1期と2期で傍目になぜ彼らは報われないのにあんなに頑張るんだろう？　と思った人達を名指しで褒め、同盟内で報奨も用意した。

たとえばキングダム[※4]なんかも論功行賞を大事にしてる漫画だと思うが、その結果、同盟200人のうち50人くらいはまさに精鋭部隊となったように思う。特にそのなかの20人くらいは、彼らだけで勝てるほどの最精鋭だった。“たかがゲーム”なのに、ひたむきに打ち込める状態だった。

あとは、ブログにも書かないような細やかなゲームのコツも同盟内で細かく伝えていたはずだと思う。その結果、だいたい彼の同盟以外が強さで言うとレベル50くらいが最高のなか、彼の同盟の上位50人はレベル80くらいの強さがあり、彼はレベル100だった。

ブラ三の鯖全部を巻き込んだ最終戦争は、彼にとっては念願であったのだが、ただの圧勝に終わる肩透かしで、ネットゲームに飽きるには十分だった。また、この戦争のあと転職したのもある。彼はセガ時代の上司を見返すために仕事に打ち込むために、ネットゲームを卒業しようと決めたのだ。思い残すこともなかった。

※4　キングダム：原泰久による日本の漫画作品。古代中国の春秋戦国時代末期、始皇帝の時代を描く

彼はなぜ自分だけがあんなに強かったのか今でも不思議ではある。即建設を使うようになったのも盟主になってからなので、普通に建築をしているだけでなぜ内政ポイントだけで初心者が鯖1位になってしまったのか。ゲームを真面目に遊んでいるのは彼だけで、みんな適当にしか遊んでないのだろうか。

強（し）いて言うならば、彼はゲームに関して違和感を感じるのが得意だった。レベル上げ3倍法の、違う兵種を混ぜた時のバグのような挙動もそうだが、少しでも変なことがあると、何かを感じて試して理論化するのが好きだった。

ゲームのデバッグ※1にしてもそうで、仕事でデバッグプレイをしていると他人が絶対見つけないようなSバグ（フリーズやストップするバグ、これは絶対直さないといけない）を頻繁に見つけた。冗談だと思うがマスターアップ3日前からはお前はデバッグプレイをするなと言われたと思う。

ひょっとしたらブラ三でもバグめいた仕様の抜け穴をついていたのかもしれない。もう飽きてからは、レベル上げなどすぐ使えるめぼしい攻略法を公開したが、それでも使っていたコツの半分も公開しなかったはずだ。今ではもう忘れてしまったが、彼はたぶん最強のプレイヤーだった。

4.空白日記

百花繚乱（ひゃっかりょうらん）戦争を制した彼は、正直言うとブラウザ三国志に飽きたのだと思う。飽きたというか、このまま21-24鯖※2で戦争をしてもつまらないと感じた。当時ブラ三界においては、スタープレイヤーはkawangoであり内田であり音無であり、ブログ主だ。

というわけで彼はブログを立ち上げることにした。どうせなら、できるだけ毎日書くべきだろう。だからタイトルは空白日記とした（ちなみに空白はあやしいわーるどからであり、ノゲノラ※3は全く関係な

※1　**debug：**ソフトウェアのソースコードのエラーやバグを見つけて修正するプロセス

※2　**21-24鯖：**ブラウザ三国志はサーバーの番号が1から順に振られ、またその鯖（サーバー）が統合されていった。1、2、3、4鯖が統合されたサーバーは1-4鯖と呼ばれていた。彼がプレイしていた21、22、23、24鯖が統合されたサーバーが21-24鯖

※3　**ノーゲーム・ノーライフ：**榎宮祐による日本のライトノベル。『　』（くうはく）と呼ばれる天才ゲーマーが登場する

い。空白日記の後半でノゲノラ1巻が刊行されているから空白日記が先だ）。

当時の空白日記のファンから、空白日記はピリピリしていて、空白雑記[※4]は柔らかくなっているとコメントがあった。まあそうなのかもしれない。空白日記の初期はセガでMobageの台頭にゲームファンとして絶望した頃である。彼は、ブラ三のような、マニアックなネットゲームの企画を出そうとした。

空白日記の終盤はgloopsに転職した頃であり、末期、更新が途絶える時がグラニの設立でgloopsを辞めた頃である。なお、空白日記の読者にバレたというのは、gloopsで三国志バトルを作っていた頃、雑談で俺は三国志を題材にしてたブラ三ってゲームでも強かったんだって話をしてた時だった。

たしか、谷直史さんが、俺はFFでも鯖最強だし信長Onlineでもトッププレイヤーだったからネトゲの神だみたいなことを言うから、FF11でAposとして強かったし、ブラ三でも空白日記ってやってたぞって話をしたら、少し離れたところにいたエンジニアがいきなり立ち上がって「空白さん!?」とか叫んだ。

話してみると空白日記のファンだったとかで、ほらみろ、俺は有名だろとドヤ顔を決めたのを覚えている。なお、谷直史さんは「FF11の闇の王討伐とかは、俺もやろうと思えば先にできた。だから水原くんより優れていた」という謎すぎる理論を展開していた。ギャグだと思って流したが、マジだったのかな。

この場をかりて懺悔（ざんげ）しておくと、空白日記の末期に、gloopsのゲームをヨイショしてリンクを貼ってあるのは、その後にステマと呼ばれる行為だろう。ただ、リンクからのインストール数を調べたら、読者の0.1%に満たなかったので、ブログ読者じゃインストールは稼げんなとそれっきりにした。

話を戻すと、空白日記はそんな、ソシャゲの台頭にイライラしつつブラ三にもイライラしていた頃から、実際にソシャゲの現場に入ってシャカリキに働き、評価される過程であるから、まあそのように感じ

※4　**空白雑記**：はてなブログで綴られていた著者の日記

たというなら、彼のことをよく読み取れているのだろう。ファンの鑑である。

空白日記の頃の彼は、せっかくハマれたブラ三の、UOで叶(かな)わなかった念願の大戦争が、あまりにも呆気(あっけ)なかったことに苛立(いらだ)ちと諦めを覚えていたのだと思う。鯖最強の君主になると、聞いてもいないのにいろんな書簡で裏事情や思惑が寄せられる。それにも辟易(へきえき)していた。

みんな、あまりにも獣(けだもの)じみている。弱った者には平気でひどくあたり、自分ルールを掲げ、都合が悪くなると破る。ブラ三というゲームが、そのシステムから、外交の窓口としてそれほど望んでなくてもリーダーが必須であることが、人間の本性をさらけ出させるのだろう。

UOではAIMIが、FF11ではNelaが生理的嫌悪を覚えるプレイヤーだったが、ブラ三においてはかなりのプレイヤーに虫唾(むしず)が走った。また、複利格差ゲームで勝者側に立ったやつの、彼からすれば低能としか思えない攻略指南にも腹が立った。

鯖統合も、他鯖のスケジュールを見ると叶いそうにないし、1-3期でシメてしまったこの鯖がこれ以上面白くなることはないと悟ったので、彼はその期で引退することを宣言した。ダラダラと続けてもしょうがないと思ったし、彼は自分が最強だったのは攻略法にあって、他のブログの攻略はカスだと思った。

引退すると決めたのは、惜しげもなく攻略法をひけらかし、彼の格の違いを知らしめたいという思いがあったから。また、彼が欺瞞(ぎまん)に思っていた、戦争をしたいくせに戦争をしたがらないシムシティ的プレイヤー全員に喧嘩(けんか)を売ってみたかった。

たしか3期が終わる時、「割と今までにないプレイスタイルの独立愚連隊でやろうと思う。最悪連合を組まれてボコられるかもしれないが、ボコられなければ天下無双の同盟だろう。それに俺は期中は全力を尽くすことを約束するが、その期で引退する。それでもいいやつだけついてこい」、そう言ったように思う。

みんな3期で鯖をシメたと思ったのか主力はついてきてくれた。当時の空白日記を見ればたまに掲示板の画像が載っていたかと思うが、外交まわりの書簡[※1]はすべて同盟内で公開していたと思う。外交自体は彼の独断だが、情報は隠さず共有する。無茶なプレイをするための、それが誠意だと彼は思った。

結果としては、ついてきたメンバーを十分に満足させるプレイができたと思う。3期までにはなかった、お互いに育ち、相手からふっかけてくる戦争もほどほどに楽しめた。最悪のケースは、すべての同盟が頭(こうべ)を垂れて、シムシティだけをさせられることだったから。

空白日記は、ブログランキングの1位を独占し続けたし、ブラ三というゲームのプレイスタイルそのものにも影響を与えただろうから、結果は満足している。結局、彼は、自分より何か恐ろしい人に出会いたかったのだ。lalha氏だけはその可能性があると見たあたり、それは文章なりを読めばわかると思う。

彼の、自分より何か恐ろしい人に会って、尊敬したいという望みは、このあと何人かと出会えて果たされる。セガで働いてた時、先輩から、お前はお前以外全員お前以下だと思ってるだろと言われたことがある。実際そうだったのかもしれない。

空白日記のピリピリさは、自分より上の、自分の全力をぶつけられそうな人を探していた飢餓感からのピリピリであり、それはいろいろあって満たされたと自分でも思うので、空白雑記のまろやかさはそのためだろう。

当時彼が先発鯖のくだらないと思った同盟をdis[※2]ると、「なら新規でアカウントを作って自慢の理論で天下統一してみろ、できないならお前の負け」とか意味不明な理屈でコメ欄[※3]を荒らされ、「自分ルールを勝手に押しつけて勝ちを言い張るな」と言ってきたログには笑ってしまった。

5.gloops

セガから転職する先は、当時最もナウでホットなMobageかGREE系統のベンチャー会社にしようと彼は思った。セガで大手に嫌なイメー

※1　**書簡**：書状をしたためること。ブラウザ三国志におけるメール機能
※2　**disrespect**：軽蔑し攻撃する状態や行為を表す言葉
※3　**コメ欄**：ブログなどで意見や感想を記入するために使える箇所を指す

ジしかなかったからだ。とりあえず面接に行ったgloopsで即座に納得のいく内定が出たのでgloopsにすることになった。

セガでネトゲの経歴を抑えていた彼は、今後はそういう経歴もガンガン表に出して使っていこうと履歴書の備考欄に書いていたはずだ。指定された日に面接に行くと、面接官は谷直史さんだった。

たしか一番好きなゲームや、ネトゲの経歴、そこで面白かったこととかを質問されたように思う。一番好きなゲームは当時はクロノ・トリガー※1と答えたんだったか。今ならランス10※2だが。面接が終わると、谷直史さんは「どうやら君は本物だ、うちのチームに来てほしい。それでいいなら上に通すが」と言った。

彼はよくわからないので「はい、それでいいですよ」と答えると、上長の面接官に交代した。そちらはゲームの話なんて全くせず、いつから来れるのかとか、給与はいくらがいいんだみたいなことを聞かれた。彼は思うままに生きようと思っていたので、給与は500万欲しいと大きく出たら、鼻で笑われた。

「へえ、500万だってね、狙えますよ、うちの会社なら。うちは半年ごとに給与改定があって、そこで最大評価を取れれば、年収500万、なりますよ。最短3ヶ月でいけますね。だけどそれまでは君は今はこれくらいですね」「わかりました」この約束がグラニ設立につながるとは、思いもよらなかっただろう。

働き始めてみると、gloopsはセガと真逆の会社だった。毎日が高校の文化祭の前夜のようだった。そこにはルールも前例もなく、仕様書の見本すらなかった。体力がありそうというだけで元営業のゲーム業界志望者を適当に雇って企画にして、使えなかったら試用期間で切るようなすごい現場だった。

だから、セガ時代には咎(とが)められた彼のルールを無視して好きに作った仕様書は、むしろ「仕様書がきちんと実装するために用意されたのはこの会社でははじめてだ、しかも仕様書どおりに作ればちゃんと作れる、奇跡だ」とエンジニアに感動された。そんな会社だった。

それでも会社の皆は熱に浮かされたように野心に燃えていた。セガ

※1　**Chrono Trigger**：スクウェア・エニックスから発売された日本のゲームソフト
※2　**RanceX**：アリスソフトから発売されたアダルトゲームでシリーズの最終作

はボスの顔も見えないしルールも曖昧な会社だったが、gloopsはルールは「勝てばいい」だったし、ボスは皆を鼓舞しにビッと決めたスーツを着てたまにフロアを回って社員を激励していた。

彼も三国志バトルをリリースした頃、トイレで顔を洗って歯をみがいていたら、ケツをモミモミィ！　と力強く後ろから揉(も)まれて、ヒイ！と後ろを向いたら社長がいた。両肩をガッッシ！　とつかんで振り向かされ、ガクガクと体を揺すられながら「聞いてるよ水原くんだろ！すごいんだってな！」と言われた。

こういうのが一番効きそうにないと思われるだろう彼でも、へー俺の名前って社長にまで伝わってて、こんな風に褒めに来るんだと嬉(うれ)しくなったのを覚えている。

当時だからできたことだろうが、すべてのプロジェクトの資料が全社員に公開されていた。彼は面白くなってむさぼるように売れているコンテンツの資料を読み漁(あさ)った。2つ目を見た時に気づいたが、マスタ[※3]が全部のプロジェクトで流用されていた。彼は笑った。

SVN[※4]、今だとGit[※5]か。バージョン管理すらされてない恐るべき状況だった。誰かが悪意を持ってガチャマスタ[※6]をいじれば会社を破滅させられたかもしれない。すげえなとビビったのを覚えている。

ファンシーでシンプルな箱庭ゲー[※7]では、流用したマスタのうちスキルシートだのが全部黒く塗りつぶされて、未使用シートとなっていたが、削ると動かなくなるのが怖いからと上から塗りつぶしただけで残されていた。部署やプロジェクトごとで分けられていたセガ時代からは考えもつかない。

それは人事についてもそうで、谷直史さんのチーム（オーディンバトル[※8]チーム）には企画として彼、入倉孝大、相川雄太の3人がいたが、彼と入倉孝大は本当に企画だったが、相川雄太は企画の仕事はしてな

※3　master data：基礎になるデータのこと
※4　Subversion：複数の開発者が共同で一つのソフトウェアを開発する際などに管理するのに用いられるシステム
※5　Git：ファイルの変換履歴を管理するシステムのことで変更履歴を記録したり追跡したりするために使用する
※6　ガチャマスタ：ランダム型アイテム提供方式で偶然性を利用してアイテム等の種類が決まる方法によって提供するシステムのマスタのこと
※7　箱庭ゲーム：サンシャイン牧場のような、牧場を育てるだけとか、花を育てるだけとか、ごくごく限られたものを育成するゲームのこと
※8　大連携!!オーディンバトル：gloopsより提供されていたGvGバトル中心のソーシャルゲーム

かったように思う。いつも会社で日経新聞を読んでいるだけで、あいつは何の仕事をしてるんだろう？　と不思議だった。

相川雄太は彼を追い出した後のグラニで副社長になっていた。コアメンバーといってもヴァルハラゲート開発にも一切関わらず、谷直史さんの鞄持ちとしてついて動いていた。今思うと谷直史さんはいつかくる独立のために、企画ではなく副社長候補として相川雄太を手元においていたのかもしれない。

マスタを一通り読んで、理解できたと谷直史さんに伝えると、オーディンバトルの企画としていろいろと仕事をふられた。ニコ生[※1]のイベント放送用の準備をしてスタジオまでついていった帰りに安い立ち食いピザで乾杯したのが懐かしい。その後、ラグナロク[※2]という新イベントを作ってくれと言われた。

ラグナロクはオーディンバトルのイベント予告にずっとあった目玉イベントで、彼も気になっていた。で、どういうイベントなんですか？と聞くと、イメージしかなくて、何も出来てないという。でもそろそろやらないといけないから来月やりたいと。君になら作れるから全部任せる、と。なかなか激しい。

彼はセガで腐っていたのが一番の不満だったので、全部任せてもらえるのは本当に嬉しかった。それまであったマスタの範囲で作るのはしんどかったがなんとか作り上げ、イベントは大成功した。そうすると谷直史さんに別室に呼ばれ、「やはり君は期待どおりだった。次は三国志バトルを見てくれないか」と。

三国志バトルは、オーディンバトルの三国志版として、彼の入社前から立ち上がっていたらしいプロジェクトだった。リリースはその時点で2ヶ月とちょっと先だったかな。どんなものか見てみますと答え、三国志バトルのフォルダを掘った。何も出来てなかった。落書きみたいな仕様書が2枚しかなかった。

えっ!?　となって三国志バトルのエンジニアに、これ何も出来てないですよね？　って聞くと、出来てませんよ？　と言われた。リリースできないですよね？　と聞くとたぶんね？　と言われた。エンジニ

※1　ニコニコ生放送：株式会社ドワンゴが提供するニコニコのライブストリーミングサービス
※2　ラグナロク：北欧神話における終末の日のこと

アはずっと暇つぶしにプログラムの本を読んでいて、本が積み上げられていた。目が死んでいた。

彼は谷直史さんを呼び出して現状を伝え、「リリースに間に合うかはわかりませんが、全部を一から、マスタも流用するのは新機能を作ったりするのに使いづらいので、マスタも一から俺にやらせてくれるなら、やるだけはやってみましょう」と言った。次の日、三国志バトルチームに加入の挨拶をした。

6.大戦乱!!三国志バトル

三国志バトルチーム、当時赤壁(せきへき)の戦いになぞらえて社内コードはredだったか。redチームに入って、エンジニアリーダーの福永尚爾を紹介された。たしか、技術はまだまだだが、若くて体力があってムードメーカーだから、立ち上げに向いているとかそんな説明だったか。

redといえば、ヴァルハラゲートのグラニ社内コードはpurpleなわけだが、これはredと対となる予定だったコードがblueだったので、blueとredの要素を両方入れたゲームを作ってやりますよ！ と彼がつけた。「名前」には興味がないが、こういうコードには興味が持てるのが不思議なところだ。

まず最初に、redGvGの目玉を何にするかのMTGを行った。部屋の位置も思い出せる。左側右手奥の会議室だった。まだオーディンバトルのodinチームに残っていたが、谷直史さんのお気に入りということで入倉も参加して、彼、谷直史、入倉孝大、福永尚爾が参加したと思う。

入倉孝大君が谷直史さんのお気に入りというのは、毎朝、谷直史さんがパックのジュースを2つ買ってきて、1つを入倉くんに選ばせ、2人でそれを飲みながらしばらく何か話し込むというのをやってたからそう思った。だから、谷直史さんが彼を裏切ったのは、入倉孝大君のできなかった仕事を彼が取り上げたせいもあるんだろうか。

GvGの軸を想定しないと全体の軸が決まらないから、みたいな話だったかな。それが決まってないのに残り2ヶ月というのもすごい話だ。今よくよく考えてみると、彼が来なかったら、谷直史さんはredが大爆発して社内的に死んでいたのでは？

バトルの軸は、彼が提案した奥義システムになった。といっても、バトル部分は後にシンガポールから帰ってくる河合宜文さんが作ってたと思うので、この時決める必要はなかったように思うが、全体に活気を取り戻すための儀式的なものだったのだろう。

マスタから全部好きに設計していいという許可は得たので、彼はこれまでodinのマスタで鬱陶（うっとう）しかったことや、もっと改善できると思ったことをすべて想定して、一からマスタを設計した。本当に上まで許可が通ってたのかは知らない。普通に考えると、他のプロジェクトすべてで使いまわしてるから、許可は下りない。

と同時に仕様書も書き、何も作っていなかったディレクターには「あんたはお飾りで置いといてやるから、俺の邪魔だけはするな」みたいなことを言ったと思う。唯一書かれていた仕様書と、完成していた「敵が青色で味方が緑色」のフラッシュムービーを全ボツにしたら反発したからだ。

なぜゲームにおいては敵は赤色で味方が青色であるべきなのか、警戒色って知ってるか、スパロボ※1ってやったことあるか。そんなことを言い争って、しかし唯一完成してたからか食い下がってきてウザいので、谷直史さんに判断してもらおうとなり、谷直史さんは彼についたので全ボツが決まった。

仕様に気づいてた人はいたかな。リーダーカードに設定した武将によって、「馬の色」が変化するようにしておいた。三国志といえば呂布（りょふ）※2、呂布といえば赤兎馬（せきとば）※3、といったふうに。白い馬も、公孫瓚（こうそんさん）※4とか、白馬にまつわる武将だったはず。

イラストは発注が5割くらいされていたが、武将もレアリティも適当すぎたのでマスタも全ボツにした。といっても、彼はブラウザ三国志や三国志大戦は遊んでいたが三国志はきちんと読んだことがなかったので、仕様書を書きつつ、通勤電車と家でひたすら三国志関連の書籍を読みふけった。

※1 スーパーロボット大戦：株式会社バンダイナムコエンターテインメントが展開しているゲームタイトル
※2 呂布：三国志の武将。剛勇をもって知られる将軍
※3 赤兎馬：呂布の愛馬として知られている名馬
※4 公孫瓚：三国志の武将。群雄割拠した君主の一人

2ヶ月の間に読んだのが、蒼天航路[※5]と、横山光輝[※6]と、吉川英治[※7]と、北方謙三[※8]だったかな。途中で読み終わったので横山光輝と蒼天航路は読み直してたと思う。三国志のゲームは遊んでて、武将名に馴染みも興味もあったので読みやすかった。彼が一番気に入ったのは郭嘉[※9]だった。

と同時に、redでは予定していなかった、外部イラストレーターを起用することを絶対すべきだと彼がゴリ押したので、たぶん予算がついた。とにかく発注できることになったので、イラストレーターや漫画家で使いたい人を200人くらいリストアップして、全員に当たるよう指示した。

redがいかに完成してなかったかの説明としてわかりやすいのは、「劉備[※10]、関羽[※11]、張飛[※12]、曹操[※13]、夏侯惇[※14]、孫権[※15]、孫堅[※16]、孫策[※17]、孔明[※18]、司馬懿[※19]」のイラストが発注されておらず、「中華風武将イラスト」が適当に40枚くらいだったか、発注されていただけだったということがある。

このリストは彼が辞めた後もredで使われてたようで、彼がいた頃には使われなかったイラストレーターも1年くらいかけて使われていた。他に彼が新しくredでやったこととして、イラストレーターの名前を出すことを押し通した。

当時、いや今もか。ソシャゲでイラストレーターの名前はなぜか出ない。引き抜きを危惧してのことだろう。こんな聞いたこともない新興のゲーム会社の仕事を受けてもらうためには、何か面白いことをしなくてはならない。だから、うちのゲームは他と違ってイラストレー

※5　蒼天航路：原作／原案：李學仁・作画：王欣太による日本の漫画。三国志を舞台にしている
※6　横山光輝：日本の漫画家。漫画「三国志」の作者
※7　吉川英治：日本の小説家。小説「三国志」は横山光輝の漫画のベースとなった
※8　北方謙三：日本の小説家。三国志の小説を執筆している
※9　郭嘉：三国志の武将。魏の軍師
※10　劉備：三国志の武将。蜀の君主
※11　関羽：三国志の武将。蜀の将軍
※12　張飛：三国志の武将。蜀の将軍
※13　曹操：三国志の武将。魏の君主
※14　夏侯惇：三国志の武将。魏の将軍
※15　孫権：三国志の武将。呉の君主で孫堅の次男
※16　孫堅：三国志の武将。呉の君主で孫策・孫権の父
※17　孫策：三国志の武将。呉の君主で孫堅の長男
※18　孔明：三国志の武将。蜀の軍師
※19　司馬懿：三国志の武将。魏の軍師

ターの名前が出ますよ、と。

たぶん、当時redだけがイラストレーターの名前が出ていた。彼はイラストレーターのような、自分にできないことで高い技能を持つ職人が好きなので、イラストレーターの環境改善に貢献できたと嬉(うれ)しかったが、それは普及しなかったようだ。たぶんredとpurpleくらいだろうか。FGOは掘れば出る[※1]んだっけ？

このあたりはこれまでの人生で一番忙しい時期だった、ということしか覚えてない。仕様に関する質問にすべて答えられるよう、その日のMP[※2]を使い切って本を読むしかできなくなっても終電まで会社に残り、家に帰って風呂だけ済ませて寝て、また朝出社する。そんな生活だった。

彼は自分の部屋のベッドでないと寝た気がせず、落ち着かず、疲れが取れないので、片道1時間をかけて通勤していた。始発駅に近かったので、道中ずっと座れたから読書時間だった。食事はコンビニ飯しか食べてなかったと思う。

しばらくした頃、リリース不可能が確実視されていたredがなんとリリースできそうらしいということで、企画が2人アサイン[※3]された。どちらも軽く話したら使えそうになかったので、好きに企画書とか書いてていいよといって放置した。一人は、グラニ設立に誘われずgloopsに残って、redの手柄を得たらしい。

gloopsシンガポール拠点が潰(つぶ)れて河合宜文さんが帰国した。といっても面識はなかったが、谷直史さんに誘われてなにか近所の高級中華のランチに河合宜文さん、谷直史さん、彼で飯に行った気がする。谷直史さんは河合宜文さんを引き抜こうとツバをつけに行ったんだと思う。

どういうやりとりがあったのか彼は全く知らないが、河合宜文さんはredにアサインされ、バトル部分を作ることになった。はじめて会った時から会わなくなるまで、河合宜文さんはずっとC#[※4]最高しか言ってなかった気がする。

※1　**掘れば出る**：UIの深いところではあるが、ゲーム内でイラストレーター名が確認できること
※2　**magic point**：特殊能力を使うために消費する魔力の量を表す数値
※3　**assign**：任命する、割り当てるを意味する言葉
※4　**C#**：米国Microsoftが発売したオブジェクト指向プログラミング言語のこと

追い込みのラスト2週間くらいの時に、彼はついに風邪を引いた。風邪をチームに広めると死ぬので、「風邪なのでたぶん2日くらい休みますが、絶対に俺の出した指示に変更を加えないでください、何か質問があったら電話してください」と面と向かってディレクターに伝えて帰って寝込んだ。

予告どおり2日で風邪を治して出社すると、彼の指示が、理解できない理由で変更されたりしていた。今思うと、良かれと思ってやったのかもしれないが、まあ無能だ。彼は烈火のごとく激怒して、「俺かディレクターのどちらかを外せ、ディレクターが外されるまで俺はredの仕事はしない」とキレた。

ディレクターが外された。谷直史さんは彼に「水原くんをすぐにディレクターにしたらあんまりだから、一時的に俺がディレクターになるが気にしないでくれ」と言ってなぜか何もしてないのにディレクターになった。当時のディレクターはインセンティブ報酬があったのでたぶんそれのためだろう。

ともあれ、チーム内では彼がディレクターだったので、彼は別にそれでよかった。邪魔な元ディレクターもいなくなり、red制作のすべての責任と権限が彼にある。これほど楽しい仕事ははじめてだ。だからこの頃の記憶はない。予定どおりリリースできたことしかほとんど覚えてない。必死だったのだろう。

みんなでレッドブル[※5]を飲んだ本数を競ったこと、彼が考えたフレーバーテキスト[※6]で皆で盛り上がったこと、サンドボックス[※7]でガチャが回せるようになったとき1時間くらいギャアギャア騒ぎながらガチャを回したら他のチームからクレームがきたこと、断片的な記憶は少しある。

バトル部分が最後の最後まで完成せず、河合宜文さんはついに会社宿泊3日を超え、髪がわかめのようになって臭いだしたので、皆で説得して無理やり家に帰したことは覚えてる。終盤はチーム全員がまさに死兵だった。あ、イラストレーターは終電で帰ってたし、企画2人

※5 **Red Bull：**オーストリアのRed Bull社が販売しているエナジードリンク
※6 **フレーバーテキスト：**ゲーム内のアイテムなどに付帯する説明文のうち使用法や実際の効果などを除いた雰囲気作りのためのテキスト
※7 **サンドボックス：**オンラインゲーム開発中のテスト環境のこと

に至ってはもっと早くに帰ってたか。

リリースが見えた頃、チーム皆で雑談してる時、谷直史さんから、redは売上どれくらいいくと思う？　と聞かれた。彼は、オーディンの2倍だと宣言した。この頃gloopsでは、同じゲームシステムで作ったゲームは、オリジナルとなったゲームの2分の1の売上しかでないというジンクスというか前例があった。

谷直史さんでさえ、その前例を出して、こういうもんだよと言ったが、彼だけは2倍だと主張して譲らなかった。ちなみに、三国志バトルは彼らredチームがグラニとして抜けた後、gloopsの看板となったし、結果から言うと彼が正しかった。まあ彼は立ち上げにしか関わってないので、後継redチームが頑張ったのだろう。

7.gloops社員総会

谷直史さんは彼に、君はこの会社では冷遇され燻(くすぶ)るだけだと言ったが、彼の主観では谷直史さんも冷遇されて燻っていた。この頃gloopsで評価されていたプロデューサーは、初期メンバーのウェイ系[※1]だった。社長もウェイ系だったのでこれはしょうがない。

彼は、プロデューサーとしては谷直史さんは有能だと思う。谷直史さんの下に他にまともな企画がいなかったのもあるが、よく雑談も兼ねて企画の話やゲームの話をした。彼はゲームフリークとしての話をして、谷直史さんはプロデューサー的な視点の話をした。

この頃、谷直史さんから教わったことといえば、たとえば「水原くん、君は無料のIP[※2] ってなんだと思う？　それは、ファンタジーと、戦国と、三国志だよ。この3つにしか商機はない。馬鹿はSFとかヤンキーに手を出す。最悪なのは戦隊モノだな。あんなのは売れるわけがない」とか。至極もっともな話だと思う。

ただ、隣の隣のチームは戦隊ものを作ってたし、さらに奥の方にはヤンキーとSFものを作っているチームもいた気がする。彼も谷直史さんも、能力を発揮しても評価されないというコンプレックスから、会

※1　**ウェイ系**：元気で明るく見知らぬ人に対してもハイテンションで接することができるような人をさす表現

※2　**Intellectual Property**：人間の知的活動によって生み出されたアイデアや創作物などには財産的な価値を持つものがあり、そうしたものを総称して知的財産と呼ぶ

社を恨んでいたと思う。
いや違うか、谷直史さんはこの時オーディンで実績を上げたが評価されず壁にぶつかっていたが、彼はこの頃、はじめて力を発揮できる、裁量が多く与えられた仕事で感動していたように思う。だからそれを与えてくれた谷直史さんに、インセンティブ入れると年収2000万くらいだったかな？　を捨ててついていったのだ。
この頃、谷直史さんに教わったことで、他に覚えてる印象深いことといえば、「詫(わ)び石[※3]はなぜ配るのか、正しい詫び石と間違った詫び石とは」とか、「人はなぜガチャを回すのか」とか、「SSR[※4]のカード枠とはどういう意味を持ち、どういう色形でなければならないのか」とか。
三国志バトルで谷直史さんがやったことは、彼の求めるものを用意したことと、彼の決定に認可を出したこと、ガチャの演出についてアドバイスしたこと、SSRのカード枠について担当しデザイナーに指示して作らせたこと、か。ディレクターとしての仕事はしてないがプロデューサーとしては良い仕事をした。
三国志バトルも順調で、一息ついてた頃、gloopsの社員総会が開かれた。彼ははじめての参加だった。なぜか谷直史さんが並んで座ろうと誘ってきたので、隣に座った。社員総会とは、ホールを借りて社員全員で集まり、半期を振り返って功労者をねぎらう、いわば論功行賞だった。
論功行賞の場では、社運を賭けたはずだがほとんど売れず、谷直史さんがいつも悪口をこぼしていた、マジゲート[※5]の功労者達が壇上で称えられ、社長とヒゲダンス[※6]を踊っていた。オーディンバトルと三国志バトルを担当し、売上の一角を担っていた谷直史さんは呼ばれなかった。
谷直史さんはずっと俯(うつむ)いてプルプルと震え、血が滲(にじ)みそうなくらい拳を握りしめ、床を見つめていた。パイプ椅子がキシキシきしんでい

※3　**詫び石：**ユーザ側を起因としない事象によって利用者側が不利益を被った事態が発生した際に、お詫びのしるしとして運営会社側から無償で配布されるアイテムを指す
※4　**super special rare：**ソーシャルゲームやトレーディングカードゲームなどにおけるキャラクターやアイテムのレアリティを意味する表現
※5　**大召喚!!マジゲート：**gloopsより提供されていたGvGバトル中心のソーシャルゲーム
※6　**ヒゲダンス：**加藤茶と志村けんのヒゲコンビがTV番組「8時だョ！全員集合」で披露したダンス

たが、何と声をかけていいのかわからなくて、彼はなにもできないでいた。

社員総会の翌日、夕方のリーダー定例MTGの帰りで谷直史さんにロビーに行こうと誘われた。雑談用に椅子とテーブルや、寝転がれるマット、テレビとゲーム機が置かれている、当時のベンチャーゲーム会社で流行ってた広間だ。その隅っこのほうに座るよう促され、座ると顔を寄せて、ひそひそとこう言ってきた。

「水原くん、俺と会社を作らないか。昨日の社員総会を見てわかっただろう。この会社にいても俺は評価されてない。あいつらはなにもわかってくれない。君もそうなる。君はゲームの天才だがこの会社にいるべきじゃない。俺と会社を作ろう。俺はずっと自分の会社を作りたかった。だが知っての通り、俺は手が遅い。自分だけでは会社を作れる自信がなくてずっと悔しくても独立できなかった。でも君となら会社を作れると思えた。君のために会社を作ってあげるから、俺と一緒に独立してくれないか。頼む」

彼はオーディンバトルのマスタをみて、それが入倉孝大の手によるものだとわかっていたし、谷直史さんはプロデューサーとしては有能だが現場の作業能力はゼロだなと元から思っていた。ブラ三でもそういう盟主を神輿に担いだこともある。そうではあっても、谷直史さんは彼が納得のいくプロデューサー論を持っている。

谷直史さんの説明は、所々わかりにくく、たぶん彼くらいしかそれが素晴らしいとわからなかったのだと思う。彼は、そんな彼の評価と一致する谷直史さんの自己評価は適切だと思ったし、面白そうだと思ったので、いいですよ、辞めて会社作りましょうとその場で答えた。

そうか、一緒にやってくれるか、そうか、ありがとう。君とならやれるよ。谷さんは、段取りは俺の方ですすめて、また声をかけるといって離れていった。社員総会の翌日でみんな気が抜けていて、まばらにしか人のいないロビーで、こうしてグラニは産声をあげた。

8.株式会社グラニ

グラニという名前が出来たのはだいぶ後になるので立ち上げ時は名前すら決まっていなかったが、会社を作るということが決まった。といっても、彼は今までどおり三国志バトルの仮ディレクターとして仕事をしていた。

谷直史さんから「コアメンバーとして、入倉孝大と福永尚爾、そして相川雄太を誘いたいが同意してもらえるか」と打診があった。彼は正直人選とかはどうでもよく、新会社で作るpurpleの構想くらいにしか興味がなかったので、生返事でいいですよと答えた。

谷直史さんは実際に会社が軌道に乗るまでは、彼がいかに生返事をしても逐一彼に同意を取りに来たし、彼は最後まで生返事をしていた。それが良くなかったのだろうなと思う。谷直史さんが求めていたのに応えるなら、時々渋ったり、もう少し条件を交渉したりするべきだったのだろう。

谷直史さんは、新会社の設立にあたって、2つ作戦を立てたのだと思う。1つは、どうやって自分たちが穏便に辞めるか。もう1つは、どうやって三国志バトル（red）チームを引き抜くか、だ。1つ目は説明されたが、2つ目は説明されなかった。ただ、今ならわかる。

彼は折を見て、redチームのメンバーと、谷直史さんの奢(おご)りで飯に連れて行かれた。谷直史さんからは、水原くんがきちんとメンバーに俺についてくると発言さえしてくれれば、あとは俺の方で話をする。好きに飯を食っていていい。それだけを言いについてきてくれと言われたので、食べたい店を彼が選んでいた。

谷直史さんが自分だけでは説得できるか自信がなかっただけなのか、実際に彼だけがチームに認められていたのかはわからない。ただ、実際にこのやり方で、redチームの声をかけたメンバーはほぼ新会社に来ることが決まった。調略は9割の成功率だった。

そして穏便な会社の辞め方だが、谷直史さんからはこういう提案があった。「水原くんはたしか査定で500万を狙うと言っていたな。あれは駄目だ、その査定はでないよ。断言する。だから、君はそれで腹を立てて辞めるんだ。俺と福ちゃん（福永尚爾）は、それに便乗して辞める。これがうまくいく」と。

彼は、本当に人間離れした仕事ぶりをして社内で有名になり、社長がケツを揉(も)みに来るくらいだから、約束どおり査定が出ると信じていた。だから少しショックを受けたが、わかりましたと了承し、社内での晩飯の後の雑談タイムで小芝居を打つことになった。

その小芝居というのはこうだ。「俺はねえ、この会社に入社した時に約束されたんですよ。最初は低い給料だけど、会社で一番の評価を出したら500万にしてもらえるって。実際に俺は一番の評価しかありえないでしょ。じゃあ500万になりますよ。ならなかったら辞めてやりますよ」うまく演じたと思う。

それに対して谷直史さんと福永尚爾が、まぁまぁという諫め方をして、「上がるといいね僕達も君を応援シテルヨー」となって小芝居が終わった。福永尚爾がやや棒読みだったと思う。そして、その評価査定面談の日がやってきた。谷直史さんよりも上の企画統括マネージャーと密室で面談だ。

彼は単刀直入に言った。「○○さん（面接で後から出てきたほう）とハッキリと約束したんです。社内一番の働きをしたらこの査定で500万にしてくれると。一番のはずです。してください。してくれれば残って頑張りますが、してくれなければ辞めます」

統括マネージャーはものすごく渋い顔をしたり、谷直史さんの個人情報を含む悪口を言ったり、インセンティブでは実質2000万くらいになると言ったりしたが、彼は、違います、500万にしてください、してくれなければ辞めますと言った。

統括マネージャーが少し待ってくれと消えて、今度は上の役員が出てきた。役員が言うには、この額までが会社の規定の上限額だ、ここまでしか上げられない。この次も同額の昇給で500万を超えさせることは約束する、と。彼は、500万と約束したんだから、500万でないと辞めますと再度言った。

役員も渋い顔をして、それだけはできないと言った。なので、わかりましたじゃあ辞めますねと彼は言い、用意していた紙袋に荷物をすべて詰めて持ち帰り、それっきりgloopsには出社しなかった。問題になるかと思ったが、問題にならなかった。谷直史さんは自分がなんとかしたと言っていた。

ちなみにredについては、彼は立ち上げが終わった後は余裕がありあまって暇なくらいで、かなり先までイベントやカードを組んでおいたので、無事に運用されていた。あとを引き継いだ彼の下にいた、メールのサポートだけしていた彼の部下は、red最大の功労者として出世したらしい。

ここまでが彼の見た事実だが、真相はどうだったのだろうか？　谷直史さんが、彼は生意気を言うので彼の言い分は断ってくださいと言っていた可能性もある。谷直史さんは彼が辞めるとredチームも踏ん切りがつくだろうと言っていたので、そうなったのかもしれない。彼にわかる範囲はこれだけだ。

だから谷直史さんは、あるいは絶対に断ってくださいと上に言っていたのかもしれないが、わからない。彼は相当に社内で目立っていたし、500万じゃないと辞めると公言していたので、これを認めるのは会社として相当面倒なことになりそうではあった。こうして彼は一番に会社を辞めた。だからgloopsでその後あったことは知らない。

それから彼は一人でpurpleの構想を練り始めた。redと違ってpurpleは最強のファンタジーにしようということで、いろんな神話や英雄譚(たん)、歴史の資料を最終的に20万円分くらい買った。それを毎日読み込みながら、思いついたアイデアをメモったり、カードマスタ[※1]をまた一から設計し直したりしていた。

余談ではあるが、彼らが順次どんどん会社を辞めていった結果、gloopsは激怒してたし、最終的に訴訟を提起してきたと思う。ただ、彼らがgloopsを辞めた直後に、当時のgloops社長がネクソン[※2]に360億円で会社を売ってしまったので、そのゴタゴタで訴訟はだいぶ後のことになるのだが。

そのgloopsは、最終的にゲームを別の会社に売却したり、会社自体も1円で売却されることになる。まさに兵(つわもの)どもが夢の跡である。

9.株式会社グラニの資本政策

グラニという名前がつくのは確か会社登記をする直前くらいだから、この頃はまだ名前がないが、新会社を作るぞ！　ということで会社を飛び出した彼は、後にヴァルハラゲートという名前になるゲーム

※1　**カードマスタ：**登場するキャラクターカードに関するマスタのこと
※2　**株式会社ネクソン：**PCオンラインゲームの開発及びサービスの提供などを主な事業とする多国籍ゲーム会社

「purple」の設計をすすめていた。

なぜpurpleという名前かというと、三国志バトルのredが終わったら着手予定だったゲームblueに三国志バトルの要素も足した、red+blueだからpurpleがいいと、これは珍しく彼がつけた名前だったのだが、ではblueとはどんなゲームだったのか。「レイドバトルでゲームを作る」というペラ1企画だ。

ちょうどドリランド[※1]とかドラコレ[※2]が大ヒットしていた頃で、gloopsの社内でもレイドバトルゲームを作ろうという気勢があったので、redが落ち着いたら俺らのチームでもレイドバトルを考えて作ってみようね程度のものだった。

「会社を立ち上げてどんなゲームを作りたいか考えてくれ」と言われたので、「redの三国志だけだとキャラに限界がある。ベースはredのGvGで漫画家やイラストレーターも使い、神話や英雄を全部載せにした、Fate[※3]みたいな感じにして、あとレイドも載せましょう」と彼が決めた。

彼は「名前に興味がない」が、「自分で生み出したものには自分で名前をつけてやる」というこだわりがあるので覚えている。ヴァルハラゲートの企画は彼が立てたので、彼が名づけた簡素で理屈だけなコードネーム「purple」なのだ。

ただ、谷直史さんの要望で北欧神話をメイン級に使ってくれとは言われた。三国志バトルの前に作っていたのがオーディンバトルだったように、谷直史さんは北欧神話が好きなのだ。だから最初の最強SSRの1つがジークフリート[※4]だったし、谷直史さんのイチオシでヴァルキリー[※5]もリリース時に入った。

purpleの企画を一人で練っている数ヶ月は、彼はほとんど家から出なかった。家から出るのは、週に1回の寿司か、谷直史さんに呼ばれた時か、資料を買い集めに都内の大型書店を上から5つくらい回った

※1　**探検ドリランド**：GREEで配信されているソーシャルゲーム
※2　**DRAGON COLLECTION**：GREEで配信されているコナミ提供のソーシャルゲーム
※3　**Fate**：TYPE-MOONが開発したFateシリーズの総称。神話や伝説上の英雄が一堂に介して戦う
※4　**Siegfried**：ドイツ・北欧の伝説上の英雄。悪竜を退治してその血を浴び、背中の1か所を残して不死身となった
※5　**Valkyrja**：北欧神話の主神オーディンに仕える武装した乙女たちで、〈戦死者を選ぶ者〉の意。別名ワルキューレ（ドイツ語:Walküre）

時くらいだ。

時系列まで正確に覚えてるわけではなく、バラバラにあったことを書いているだけなので、順番は前後するだろうが、まずこの頃、エンジニアと企画だけでの決起会があった。なぜか麻布あたりの暗くて狭いバーで、谷直史さんの奢りで、相川雄太が仕切っていた。

たしかこの決起会みたいな飲み会だったか、そのあと詳細を詰めたかは思い出せないが、purpleはPHP言語[※6]で作ることに決まった。この決起会でもC#がいかに素晴らしいかしか話してなかったように思う河合宜文さんは猛反対したと記憶している。

なぜpurpleがPHPかというと、フレームワーク[※7]？　となるソースコード[※8]を、グラニに参加するエンジニアの一人が提供できると。それは、もう潰れたベンチャーゲーム会社に参加していた時のもので、辞める時に、ソースは自由に使っていいと了承を受けたと。そんな説明だった。

たぶんこれはコンプラがコンプラしていた[※9]。大人の事情がコンプラしてソースコードを提供する話コンプラは、彼はその後業界で何度か見かけたが、すべてコンプラコンプラ。彼は、あれだけC#しかいやだと言っていた河合宜文さんがよく飲んだなあと不思議だったくらいだ。

彼が追い出された後くらいに河合宜文さんは、PHPで完成しているヴァルハラゲートをC#で一からリビルド[※10]したらしい。コンプラも理由だと思うが、そもそもそういう条件で河合宜文さんを説得したのかもしれない。

決起会のあたりで、資本政策を決めようということになった。資本政策とは「資金をどうするか」「株をどうするか」を決めることだ。そんなことすらも何も決まってないのに、彼はgloopsを辞めて企画を練っていたのだ。

※6　**Personal Home Page Tools言語：**コミュニティベースで開発されているオープンソースの汎用プログラミング言語
※7　**フレームワーク：**プログラム開発に必要な機能をまとめた枠組みのこと
※8　**ソースコード：**コンピュータに命令を与える文字列のこと
※9　**コンプラがコンプラしていた：**コンプライアンスの関係で言えませんの意
※10　**リビルド：**一連のリストア操作を使用してデータベースまたはその表スペースのサブセットを再構築するプロセス

貯金がいくらあるか聞かれたので、彼は正直に800万くらいですと答えた。すると、500万出してくれと頼まれたので、いいですよと二つ返事で、「無利子10年後返済」というクソのような契約書にサインした。この書類を用意したのは相川雄太で、渡す時ニタニタしてたのが不思議だった。

他に入倉孝大が300万出したという話だった。裏を取ったわけではないので本当かは知らない。谷直史さんは、金がないから自分は出せないと言った。この800万がグラニの開業資金となった。

また、株の配分だが、谷直史さんからの説明はこうだった。「俺は社長だから“51%を持たないといけない”。それと、協力してくれるコンプラがコンプラに渡す12%をいったん俺が預かる。だから俺の株式は63%になる」

「そして、俺の友達が2000万出資してくれると言ってくれている。この友達に20%の株を引き換えに渡す。そして、相川雄太くんが頑張るために1%欲しいらしいので1%。水原くんは10%で、入倉孝大くんが6%でどうだろうか」

この話が出た時点で、グラニ参加予定者が一人抜けた。抜ける時にその人は「あなたはもっと株をもらうべきだ、こんな資本政策はおかしい」とだけ彼に言って抜けていった。その後、谷直史さんと相川雄太が大慌てで彼に猫なで声で囁(ささや)いた。「君には後できちんと報いるから」と。

彼はこう答えた。「株なんて失敗したらどうせ意味ないし、大成功したらそれはそれでどうでもいいじゃないですか。入倉孝大くんと俺は同じ仲間でしょ。同じ8%ずつでいいですよ。他もどうでもいいです」

彼はカモで、ネギとガスコンロと鍋と調味料を背負い、カモネギ鍋のレシピを手に携えていた。

この話は、後で彼がグラニから追い出される経緯を説明した時に、lalha氏を含め、話を聞いた全員から「谷直史さんが悪いのは間違いないが、君もあまりにもカモすぎる」と叱(しか)られた。でも彼はこの時本当にこう思っていたのだ。どうでもよくて、purpleの企画を練りたいから好きにしてくれと思っていた。

彼も、今この条件で話を持ちかけられたら必ず断る。だが、この時彼はこう思ったからこうしたのであって、それは彼の人生の選択としては間違ってはいなかったのだ。歴史にも人生にも、もしもはない。ただ事実だけを記すべきだ。

これで調子に乗ったのか、谷直史さんは生活が苦しいから俺には給料を出していいかな？　と聞いてきたので、いいですよと答えた。こうして谷直史さんは、1円も出さず、給料をもらいながら、株式の63%をゲットし、新進気鋭のベンチャー企業の社長になった。プロデューサーとしての有能さがわかるだろうか？

入倉孝大も、谷直史さんから「後で報いるから」を言われていたと、後に損害賠償請求裁判の証人尋問で判明する。谷直史さんはこの言葉を彼以外にも使っていたようだ。入倉孝大もたぶん報われていない。グラニを売却する時に、株式は谷直史さんだけが独占していた。

10.相川雄太

決起会の週くらいだったと思うが、コアメンバー（水原＝彼、谷直史、福永尚爾、入倉孝大、相川雄太）だけで谷直史さんの家で夜中に集まって家飲みをした。どういう経緯で家飲みをすることになったかうろ覚えだが、谷直史さんが一回コアメンバーだけで家飲みをしようと声がけしたのだと思う。

谷直史さんの部屋は相当広く、ベッドルームにはブランドものの服の袋がベッドの上一面に積まれていた。リビングの隅にせんべい布団が敷かれて、その前に小さいテレビとゲーム機があり、そのまわりに食べ物やゴミが散乱していた。掃除されている風はない。

掃除が苦手なんだなあとか思ったが、それよりもコアメンバーだけで集まって飲むというのがはじめてでウキウキしていたのを覚えている。コンビニで買ってきたチューハイとツマミを床に広げて、円になって座った。相川雄太は離れたところの背の高い椅子に座り、こっちをニタニタ見ていた。相川雄太はいつもこうだ。

彼と谷直史さんと福永尚爾と入倉孝大で、順番に、身の上話とか、なんで新会社設立に乗ったかとか、夢の話とか、とりとめなくコアメンバーがしそうな話をした。相川雄太だけは自分のことをほとんど話してなかったと思う。相川雄太はいつもこうだ。

だいぶベロベロになったくらいで、入倉孝大は疲れから寝てたかな？　彼と谷直史さんと福永尚爾だったかな、本当に記憶が朧（おぼろ）げなんだが、まだ起きてたメンバーで、「俺達、やろうな」みたいな曖昧な言葉で乾杯した気がする。気がするだけだ。彼の夢の中での話かもしれない。

彼が先陣を切ってgloopsを辞めたあと、谷直史さんと福永尚爾は有給消化期間に入ってたと思う。他に参加するエンジニアやイラストレーターも順次辞めるが、入倉孝大と相川雄太は仕事もないからギリギリまでgloopsに残って「gloopsの給料をもらい、仕事は無難な範囲でこなしつつ、グラニの準備をする」ことになった。

今考えてみると、なぜスタートアップの初期に仕事がないような入倉孝大と相川雄太がコアメンバーに参加してるんだ？　と思う。谷直史さんが気に入ってるから以外の説明を彼は思いつかない。相川雄太は本当にわからない。入倉孝大は彼がgloopsにくるまで谷直史さんの手となって、徹夜してマスタを仕上げてたらしいからわかるのだが。

ただ逆に、入倉孝大は谷直史さんや彼が辞めた後の唯一残った谷組の企画（redで彼の部下だった2名は除外する）だったので、gloops社内では入倉だけが辞めないなら、彼をとりこもうと動いたろうし、グラニを訴えようとする動きとかも入倉ごしに察知できたり内容を知り得たのかもしれない。

谷直史さんの説明では、purpleは彼が設計するのだから仕事はないし、入倉孝大くんにはディレクターとしての仕事を経験させておいたほうがいいということだった。残った入倉孝大はオーディンバトルのディレクターをやってたらしい。といってもオーディンバトルには今更新しく作るようなところはなかったように思うが。

グラニという社名は、登記をする直前に谷さんが決めた。また北欧神話ネタだった。名前に興味がない彼はどうでもいいので賛成した。このグラニのロゴは、参加する予定だったが途中で消えたデザイナーが作成した。谷さんはそのデザイナーを気に入ってたので、消えたあたりで落ち込んでたように思う。

社名が決まって、登記もした頃、会社の社屋が決まった。六本木にある住宅だった。普通の、延べ面積60平方メートルくらいの、2LDK

で3階建ての、普通の家だった。普通のオフィスを借りる余裕はなかった。相川雄太はこれを後に豚小屋と呼んでいたが、他の誰も豚小屋などとは呼んでいなかった。

新社屋の鍵の受け渡しが終わり、動けるメンツだけで下見に集まった。これが俺達の城かとキャイキャイ騒いでたのを覚えている。みんなは2階のリビングで床に座って雑談していたが、なぜか相川雄太は3階との階段に座って皆を見下ろして写真をとっていた。相川雄太はいつもこうだ。

1階は風呂とトイレで、2階がリビング、3階には2部屋という間取りだった。ここに、ミッチミチに机を並べて12人くらいが働いた。2階はエンジニアと企画と谷直史さんの男達の部屋で、3階の片方はイラストレーター女性2人の部屋、もう一方は後から合流したFlasher[※1]とデザイナーの部屋だ。

あまりにミチミチに机を並べたから、一席、席を後ろに大きく引くと階段に落ちるというやばすぎる席も生まれた。この席は、一番行儀がいい入倉孝大が使った。彼はその隣の、階段の横の柱にぶつかる席だった。何回か柱に後頭部をぶつけたので、その席で命拾いした。

普通の住居なので契約アンペアを限界に設定しても厳しく、冬場は暖房と全部のPCをフル稼働させたらブレーカーが落ちたので、みんなで厚着して暖房をいれずに仕事をした日もあった。2階で彼が持ってきたスルメを焼いたら、3階のイラストレーターに臭すぎると思いますと叱られた。

昼飯と夕飯については、近くのランチも開拓したが、基本的に時間も金もないので出前館を毎日のように使った。京香のカラアゲ弁当は毎週必ず1回は食った。あと、ご飯を炊いてだったかな？　近くのスーパーでネギトロパック500円を買ってきて、醤油とわさびとご飯で食うネギトロ丼が流行ったことがあった。

冷蔵庫の容量に限りがあるし、管理も面倒だしということで、彼はレッドブルと野菜ジュースを何箱も購入し冷蔵庫に置き、誰でも飲んでいい無料ドリンクとした。gloops時代、社内の自販機ジュースは半

※1　**Flasher**：Flashエンジニアのこと。Flashはweb上で動画やゲームを作成するための規格だが、現在は使用されていない

額で、皆それを気に入っていたから、いっそ無料にすればいいと彼は思ったのだ。

これは彼が自腹で行っていたものだが、後にグラニの社内福利厚生として、手厚い無料ドリンクシステムになっていったらしい。たぶん、ゲーム業界でグラニが一番ドリンクが手厚かったんじゃないかなと思う。見た限りでは。

徒歩圏内に住んでたのは谷直史さんと彼だけだったかな。だから、必然的に終電後まで残るのは谷直史さんと彼だった。谷直史さんはたぶん仕事がなくても最後まで残らねばならないと思っていたのか、会社じゃないと身が入らないのか、いつも遅くまで残っていたが、だいたいずっとしかめっつらで考え事をしていた。

この頃、谷直史さんが何に悩んでいたのか。想像するだけならできる。Mobageでこのままリリースしていいのかとか、リリース時期とか、いろいろあったんだろう。経営者とは、悩むことと決断することが仕事で、それは精神力をゴリゴリ削る。この頃の谷直史さんは、それらをすべて引き受けてくれる良い社長だった。

それがわかりやすい話として、彼らはMobageでリリースすると思ってずっと作っていたが、完成が見えてきたある日、谷直史さんが急にGREEで出すと宣言した。たしか全社員（といっても10人いないが）を集めてした説明では、gloopsのちゃちゃ入れが怖いし、GREEには面白いゲームがないから勝てる！　だった。

ただ、その後、夜中に2人になった時に雑談で聞いた話では、MobageとGREEを天秤（てんびん）にかけて両方に粘り強く交渉してきたし、GREEからついに素晴らしい条件を引き出せたから、リリースが遅れてでもそっちがいいという判断をした、と聞いた。初耳だった。※

こんな交渉の存在すら知らずにいたし、勝手に谷直史さんが考えて決めて動いて、良い結果をもたらしたのだから、良い社長である。その時にGREEからの提携契約書もちらっと見せてもらったが、興味がないからペラ見してすぐに返した。内容は覚えていたので裁判で使ったし、請求したら黒塗り書面が出てきた。

彼らがgloopsを辞めたあと、gloopsはネクソンに売却され、当時のgloops社長さんはファンタジスタばりの見事なゴールをきめたわけだが、そのあたりからgloopsのエンジニアがグラニの社屋を見物しにくるようになった。彼らは後に何人かグラニに入社したようだ。

これも、ひょっとしたら谷直史さんが指示してエンジニアの引き抜き工作をかけてたのかもしれない。わからない。別に当時知りたかったわけでもない。トップとして考えて勝手に動いてくれてたならそれでいい。組織とはそのグループ単位で長が自分より下を判断するものであって、クソくらえ民主主義だ。

強くてバリバリ戦えた組織は、ネトゲにおいても、ベンチャー会社においても、下からは上の考えてることが何もわからないような独裁主義だった。国家はまた別だろうが、組織は独裁主義に限ると彼は思う。会社が大きくなると、独裁主義からルール主義に変化していくべきとも思うが。

※noteではこのように書いたが、これはフェイクである。そして、以下の内容も一部フェイクを混ぜる。

本当は、コアメンバーにだけは当初Mobageで出すと説明されていた。Mobageにコネがある人物を引き込み、gloopsとも肩を並べるほどの高待遇を引き出せるとの説明だった。そして、代わりに、その人物（以下Xとする）には、その見返りとしてグラニの株式を譲渡するとの話だった。これは、まだコアメンバーしかいなかった頃から共有されていた。

しかし、どうやらXのアテは外れたようだった。X氏が謳っていたコネはどうやらうまくいかなかったようなのだ。谷直史さんはそのことに苛ついているようだった。そしてある日、GREEにも打診しようと思うと彼に打ち明けてきたのだった。彼は、別にMobageでもGREEでもどうでもよかったので、「いいんじゃないですか」と適当に答えた。

谷直史さんは、GREEとMobageを天秤にかけてより良い条件を提示してきたほうにすればいいと皆に説明していたが、GREEから引き出せた条件は、「実は尽きていた当座の開発資金の援助と、ヴァルハラゲートが大成功したらTVCMをGREEが奢（おご）ってくれるというものと、かわりにレベニューシェアをGREEに有利なものにする」といったようなものだったので、破格の条件だったとは言えない。むしろ、X氏のアテが外れて、Mobageやgloopsのノウハウや、レベニューシェアの条件を差し出して、なんとか命をつないだようなものだったように思う。

大成功とは、実際はどれもこういう綱渡りなんだろう。谷直史さんはかなり思い切って、適当に博打をした。その博打が打てるという点で、谷直史さんは有能な社長だったのだろう。

彼の口癖に「極端に言うと～ですが」という言い回しがある。意識して減らしたからもうほとんどでないが。

これは、谷直史さんの口癖が「それって極端に言うと？」だったからだ。谷直史さんは、話がこんがらがるとなんでも「それって極端に言うと？」と言ってきた。

彼はそれに毎回「じゃあ極端に言うと～ですが」と説明し直した。それが口癖になって染みついてしまうくらいに。このおかげで彼はくだいた（極端にした）説明が得意になったと思う。

彼はその口癖が無意識について出る度に、グラニ立ち上げの頃の思い出が蘇り、胸がチクリとした。なので、その口癖がもう出ないように直した。

このGREEからぎりぎりで引き出した条件は、後の彼の裁判で「グラニが特別に期待されていた」という証拠として使われた。

11.神獄のヴァルハラゲート

purpleの企画を練ってる時に、入倉孝大くんと3人で話そうと谷直史さんに言われて、どこか路上で話したことを覚えてる。それがどこだったか思い出せないが、橋の欄干があったのだけは覚えているから、どこかの橋で話していたのだろう。

谷直史さんと入倉孝大くんからの要望は、①レベルアップシステムをスキルツリー[※1]というシステムにしてバトルのパラメータアップ[※2]をつけたい②レジェンドレア[※3]を入れたい③レイドバトルは谷直史さんがサポートするので入倉孝大くんにやらせてあげたいだった。

①については、何の問題もなく可決された。②については、彼は反対し、入倉孝大はやりたいといい、谷直史さんは良いか悪いかわからないから入れてみようと中立的賛成をとったので、1:2で可決された。③については不安もあったが、まあ駄目なら自分で引き取ろうと思って彼も賛成した。

社屋にみんなで出社するようになり、会社としての登記も済ませたあたりで、彼はイラストレーターに依頼する予算をくれといった。redの時からはかなり減額された予算になったが、彼はそれを割り振りしてイラストレーターの発注交渉もやりはじめた。

当時、会社によっては――たぶん今もだが――ソーシャルゲームに依頼されたイラストは、イラストレーター自身は自由に公開すること

※1　**スキルツリー**：スキルのレベルを一定以上にすると下につながる次のクラススキルを選べるようになる仕組み
※2　**パラメータアップ**：シーンによって値が変化する変数上昇システム
※3　**レジェンドレア**：その中でも最高ランクに該当するもので入手できるのは非常に稀

さえできない空気があった。彼はredの時に簡単に著作権について調べて、redで使われているどこかからコピペしてきた著作者人格権ごと封じるテンプレ的契約書を見ていた。

彼は、自分がイラストレーターだとしたら、誇るべき自分の描いた絵を自分の絵だと言うこともできないのはたいそう腹立たしいだろうなと思ったので、purpleではグラニは権利を借りるだけで、著作権をイラストレーターに残す契約にすることにした。自由に自分で使うなり公開してもらっていいと。

谷直史さんは軽く反対した気がするが、結局ヴァルハラゲートというゲームでまとまりとして使えるのはグラニだけであり、イラストレーターは自分の担当キャラしか持たないのであるし、単体キャラでグッズが売れるくらい当たったらそれは大勝利だ。他のゲームに下ろさないことだけ縛ればよいとなった。

他に、red同様にゲーム内でイラストレーターの名前を出すことをアピールした。これも、別に何も困らないし、名前がバレて引き抜きに応じる程度ならしょうがないという考えだった。それよりも、あなたの名前の宣伝にもなりますよと他にできない売りを持つほうが強そうだと思った。

まだゲームもリリースしたことのない会社で怪しかったと思う。これらの条件が功を奏したのかはわからないが、受けてくれるイラストレーターもいた。彼はメモしておいた英雄達について、指示書を作ることにした。だいたい1キャラにつきペラ2だった。

キャラクターは人間であるから、イメージを一番伝えやすいのはポーズであろうと思って彼はポーズの写真を指示書に添えた。この時、相川雄太はいつも会社内で暇そうにしていたし、他のエンジニアらは皆忙しそうにしていたから、相川雄太をカメラマンにして、傘を得物に見立てて何百枚もポーズ写真を撮った。

イラストレーターで受けてくれた人の名前を、この人が口説けたと言った時、それを理解してはしゃぐのは福永尚爾くらいだったので、たぶん福永尚爾だけがオタクだったのだろう。谷直史さんや入倉孝大は今思うと全くの無反応だった。興味がないのかなと当時は思ったが、今は違うとわかる。

谷直史さんはベルセルクがバイブル※1で一番好きな漫画だと言っていた。後にグラニはベルセルクと単独コラボイベントをやるわけだけど、彼に対してはコラボしたいから売れる作品を教えろとか質問したりしていたのに、自分が好きな作品には公私混同をきちんとできる人なんだろう。仕事で公私混同をすることは、歪(ゆが)んでなければ悪くないと思う。大好きは強い。

入倉孝大は全く彼と趣味の合わない作品が好きで人生で一番好きな漫画で感動して何回も読み込んでると言った。それはかなりの人気漫画で、彼が好きじゃないだけだ。全く趣味が合わないなと思ったので、彼はそれ以後漫画の話をふるのをやめた。

あとはそうだな、彼がカードマスタを真剣に作っていた時、福永尚爾だけは、このキャラの作り込みは素晴らしい、俺はこのセリフに萌えたと褒め称えてくれた。彼は照れ隠しに、そのセリフはこの俺が考えたから、俺がそのセリフを朗読してやるといって、うわーやめろーとか盛大にはしゃいでたら叱(しか)られた。

まあ、それで福永尚爾にやたらと話をふって邪魔してたら、「水原さんは脳だけ培養液に浮かせて、仕様書やマスタなどの成果物だけが接続したプリンターから出力できる形にしたら、本当に最高の神のようなディレクターだと思う」と言われたのでシュンとした。なつかしいな。

purpleを作っていた過程にはいろんなことがあったと思うが、いちいち語るような強く印象に残ってることはそれくらいしかない。鉄火場で、夢中で、まさに駆け抜けたとしか言いようのない数ヶ月だった。本当に夢の中にいたのかもしれない。

ただ、おそらく谷直史さんの裏切りにつながった、「レイドバトル事件」と「イラスト不要論大喧嘩(おおげんか)事件」。これだけは語らなければならないだろう。

ヴァルハラゲートがだいぶ完成してきて、彼もリリース分を作り終えてリリース後のカードを組み始めた頃だったか。レイドバトルの進

※1　**bible**：聖書のことでキリスト教の経典は常に傍らに置くことから転じて座右の書や愛読書のことをさす

捗を調べることにして、NAS[※2]にあがっているレイドバトルのマスタと仕様書を読んでみた。出来てなかった。

出来ていないにもいろんな種類があって、「何も出来てない」と「見かけ出来てるけどこれでは完成しない」がある。後者だった。この設計では絶対に完成しない。仮に完成してもクソゲーにしかならない。レイドバトルの、無限に強くなる設計と完全に矛盾する設計で組まれていた。

たぶんこれがodinとかredの頃の話なら、彼は次の日に朝礼で議題にあげて詰めただろう。ただ、入倉孝大くんにそれをしてはいけないと思ったので、彼は生まれてはじめて根回しをしてみた。まず入倉孝大がいない時に担当エンジニアに「これ完成しませんよね」と聞くと、そう思ってたという答えだった。

ああ、今思うが、たぶんその時、"入倉孝大はその場にいなかった"が"他のエンジニアはその場にいた"気がする。彼は根回しのなんたるかが何もわかっていなかった。ともあれ彼は確認をとったので、その日の深夜、谷直史さんと2人だけになってからレイドバトルが出来てないと思うという話をした。

簡単に現状と問題点を整理しておいたので、それを見せて答えを待つと、数分考え込んだ後に、「そうだな、君の言うとおり、このままじゃ完成しないな」と谷直史さんは真っ青（まっさお）な顔になった。彼は「俺がゼロから今から作りますから、その許可をください。入倉孝大くんにはフォロー入れてください」と言い、了承された。

そういえばこの時、レイドバトルは谷直史さんが入倉孝大くんをサポートするからという話は消え失（う）せていたが、それは別に構わない。彼も本気にはしていなかったし、谷直史さんは社長業が忙しくなってたし、谷直史さん自身、夜中に、レイドを作るの無理かもしれないが入倉くんの成長にはつながるって言ってたから。

そこからは本当に毎日必死にレイドを組んでたし、まわりのことは覚えてない。なんとか1週間ほどで作って、はーやれやれこれで懸念点はないな、俺達は勝つぜ！　とはしゃいでたら、福永尚爾にサシで

※2　**Network Attached Storage：**ネットワーク上の複数のパソコンで共有することができるLAN接続の外付けHDDのこと

昼飯に行こうと呼ばれた。

ヒルズの横の通りにある、海鮮丼の店で食べ終わった後、福永尚爾は入倉孝大くんにもう少しフォローを入れたほうがいい、谷直史さんは入倉孝大くんを大事に思っているという話をした。彼は十分に根回しを頑張ったつもりだったので、俺はそれをやれているよと答えた。福永尚爾が彼に真剣に忠告したのは、たぶんこれだけだ。

彼はこれでも十分に入倉孝大に気を使っていたつもりだが、たぶん福永尚爾がこう言うほどに傷つけていたのだろう。ヴァルハラゲートは完成が見えてきて、デバッグが始まった。彼はredの時から、ガラケー[※1]が大嫌いでスマホでだけデバッグをしていた。ガラケーのUI[※2]が許せなかった。

谷直史さんは彼に、ガラケーでもデバッグをしろ、空気を読めというような話をしてきた。彼は、今からガラケーの操作方法や仕様を一から覚えるより、詳しくて普段から使ってる入倉孝大くんがデバッグしたほうが効率がいいし、ガラケーは嫌いだから嫌だと言った。

彼は仕様で揉(も)めたら谷直史さんの意見を通そうとは思っていたが、この命令を聞くつもりはなく、断固として拒絶した。このあたりから、谷直史さんは彼に何かにつけ喧嘩を売るようになった。だからお前は駄目だとか、そんなんじゃ駄目だみたいな言葉を毎回言うようになった。彼はうんざりした。

ある日の深夜、また谷直史さんと彼だけが会社に残って2人だけになった時、「君が真剣にやってるイラスト発注、あんなのは無駄だからやめろ」と言った。谷直史さんはイラストのことを理解してくれていると思っていたので、「彼に喧嘩を売るために」無茶苦茶なことを言いだしたと思って彼はキレ返した。

これはあくまで彼の想像にすぎないが、たぶん谷直史さんは「イラストを必要という彼に共感して」予算をつけていたのではなく、「暴れ馬の彼はこの餌を与えたら大人しくなるみたいだから」予算をつけていたのではないかと思う。裁判資料を読み直してそう思う。

※1　**ガラパゴス携帯**：日本国内で販売されていた従来型携帯電話は多機能型で独自の進化を遂げたためガラパゴス諸島のような携帯と称された

※2　**User Interface**：利用者と製品やサービスとの接点のこと

深夜で他に誰も、止める人はいない。売り言葉に買い言葉とはまさにこれ、3時くらいまで大声で喧嘩をしあって、もうお前なんかとやってられるか、俺は辞めてやると宣言して帰った。開発で大事なことはログに残すので、チャットワークにはもう俺は辞めてやるとだけ発言したログを残した。

次の日、福永尚爾が必死にとりなして彼と谷直史さんは仲直りをすることになった。お互いに自分が悪かった、ごめん、今後はこうしますと宣言しあう儀式をした。谷直史さんは全くこの儀式に納得いっていなかったようだが。

こんな大喧嘩のことは、ヴァルハラゲートがリリースできて、大成功して、みんなで夜中にやってる寿司屋に急遽押しかけて宴会をした時は完全に忘れていた。俺達はやった、やってやったんだとビールをかけあう勢いで朝5時まで飲んだ。でも谷直史さんは忘れていなかった。

たぶん彼が覚えてるこれらの出来事が、谷直史さんに彼を裏切ろうと決めさせたのではないかと彼は思う。あくまで彼の想像なのでわからないが。彼は谷直史さんにとって重要な株を無償で分け与えるほど意味不明に不気味で、谷直史さんにとって重要ではないイラストで真剣に喧嘩をする、謎の恐ろしい怪物だったのだ。

REC
How I drop
started a v

グラニが会議室として利用していた珈琲店の跡地。

NET GAME
WAR RECORDS

PART

第三部 裁判編

1.はじまりの日

それは、新社屋に引っ越しが完了した最初の日だったと思う。前の社屋は、後に副社長になる相川雄太はインタビューか何かで「豚小屋」だと呼んでいたが、家に帰って寝てる時間以外の半年のほとんどを過ごしたのだから愛着もあった。

新社屋は六本木交差点のそばで、きちんとしたオフィスビルだったので出社した時にワクワクしたのを覚えている。朝方になると出社してきた谷直史さんに、新人として谷直史さんの友人だとかいう人を紹介され、「水原くんが倒れたり新しいプロジェクトに行ったりできるように」と、引き継ぎを頼まれた。

何日かかかってもいいと言われたが、夕方くらいに終わった。彼は馬鹿正直にマスタや資料に注釈を入れて、誰にでも引き継げるように用意をした。用意が完了したと告げると、谷直史さんが「今後のグラニについての幹部会議をするから幹部だけ残って、それ以外は今日はもう退社するように」と言った。

幹部としてその場に残ったのは水原清晃（彼）、谷直史、相川雄太、入倉孝大、福永尚爾、河合宜文だったかな。なるほど幹部会議か、自分も取締役になったのだし心構えをしないとなとか思いながら、皆が集まるまで椅子をギコギコと漕(こ)いでいたのがなぜか記憶にある。

開口一番、谷直史さんはこう言った。「さっき言ったのは嘘(うそ)だ。実は水原くんには会社を辞めてもらおうと思う。俺は、俺に一度でも逆らった人間を会社に残したくないと思った。だから辞めてもらう。今ここに残ったみんなにも既にそれについては了承をとってある」と。

一瞬、何を言われたのか彼には理解できなかったのだと思う。固まって、言葉を解釈するまで何秒かかったか。何も言えないでいると、谷直史さんは「どうしてもこの会社に残りたいならアルバイトとしてなら雇ってやってもいい」とか言っていたと思う。

谷直史さんに逆らったというと、それは2ヶ月前の大喧嘩(おおげんか)のことを言っているのか、それはもう仲直りしたんじゃないのか、喧嘩を乗り越えて自分達は成功したんじゃないのか。みんなに了承を得ている？　引き継ぎをしろと言って彼に作業させたのは彼を追い出すため？　思考がぐるぐると回る。

彼は人生ではじめて腰が抜けた。腰は本当に抜けるのだ。足がガクガクと震える状態の極みが腰が抜けるというやつで、足が震えすぎて立てない。椅子に座っていることすらできなくて、椅子から床に崩れ落ちた。

彼は「逆らったって、あれはもうお互い納得したんじゃないですか」と言ったが、これだけのことを切り出すのだから、当然それは想定された問答だったのだろう。「ああ、そうだな、だが気が変わった。君には辞めてもらう」。取り付く島もないとはまさにこのことだ。

「あの、えと、僕はそこまで谷直史さんが怒ってるとは思わなくて、すいませんでした、すいませんでした」そういうふうなことを床に這いつくばりながら言ったように思う。あまりにショックすぎて、飛び飛びにしか彼も覚えていない。思い出すだけで胸をかきむしりたくなる。

そこから、家に帰るところまで記憶が飛ぶ。どの道を歩いて帰ったのかもわからない。家に着くなり、ベッドに突っ伏して気絶した。1時間ほどして気がつくと、これまでの人生で最も強い怒りを感じた。無給で働いていたし、会社に500万を貸し付けたので貯金もない。谷直史さんはきっと彼を死なせたいのだ。

その時、何ができるかわからないが、絶対に谷直史さんとは決着をつけると天に誓った。揉めて喧嘩した時に辞めたならここまでの怒りを彼は持たなかっただろう。成功するまで彼に働かせ、一番都合のいい時に、だまし討ちまでして彼を利用したのだ。命にかけて許せるわけがない。

こういう時は法律で戦うしかないと思ったので、弁護士をピックアップして、次の日の朝一で電話できるよう調べて、それから寝ようとした。全然眠れなかった。気を失うまでずっと誓い続けた。谷直史さんと絶対に戦う。この戦いを自分から降りる時は、死ぬ時だ。布団の中でつぶやき続けた。

2.録音

弁護士を選ぶといっても、選び抜くような気力も時間もなかったので、今後何度も通う予感がしたから家から歩いて通える弁護士事務所のなかから一番良さそうなところにして、電話でアポを取り、相談料の話を了承して出向いた。

裁判、というものを経験してきた彼が思うに、弁護士というのはガンダムでいうモビルスーツのようなものだ。性能の良い弁護士は高いことが多いが、パイロットもその操作マニュアルを熟知するよう努力しないといい戦果は出せない。最終的な判断はパイロット次第だ。

それでいうと、彼が引き当てた弁護士は当たりだった。ここまで勝ってきた、というのもあるが、何より仕事ぶりに満足している。彼の弁護士も、彼の働きぶりには満足していると言っていたことがある。7年もともに戦えばまさに戦友と呼べる相棒である。すべてが終わった時には祝杯をあげるのが楽しみだ。

谷直史さんの方はというと、なぜかころころと弁護士が代わっていった。最終的に何人だ？　ABCDEFGくらいまで登場したかな？　意見書とかも大量に使ってきたので、裁判費用だけでもすごいことになってそうだなと思う。

弁護士事務所に行き相談料の説明を改めて受け、これまでの経緯をgloopsから独立したあたりから話した。1時間くらいかかっただろうか、弁護士が熱心に大量にメモを取っているのを見て、ああこの弁護士でよさそうだ、と思ったのは覚えている。

結論としては、「きっと法律で戦えることもあるが、まずは相手の出方を見ないとわからない。明日事務所に荷物を引き取りに行くというなら、その時はやり取りの録音をしてきてほしい」と言われたので、次の日ICレコーダーをセットして新社屋に向かった。あれだけワクワクした新社屋はまるで魔王城だ。

ここでの録音、3月4日の録音は高裁での判決文でも指摘されるほどの重みを持った。谷直史さんは彼のことを舐(な)めていたのだろう。もっと多い持ち分も提案されたのに、谷直史さんは63%も株を無茶苦茶な理由で独占したいというのを飲んだそのうえで、入倉孝大くんに株を分けてあげて同じ8%に、と譲った彼のことを。

この持ち分の歪(いびつ)さについては、その後この件で相談したlalha氏やその他多くの人から、「なぜこんな条件を出されて信じて乗った、こんなのはまともな条件じゃない」とその度に説教を受けた。そのせいで彼は契約書について真剣に向かい合うようになった。

谷直史さんは裁判における証人尋問において「私は記憶力が悪く当時のことはほとんど覚えていないしわからない」と証言している。なので彼の記憶と録音、そして証拠に頼ることにしよう。

録音によれば、彼はまず自分がすべてを担当していたイラストレーターの引き継ぎをお願いしている。グラニなんていう新興の会社に誘って参加してもらったのだから、迷惑をかけたくなかったのだろう。この低姿勢が、なお谷直史さんを増長させたのではないだろうか。

彼はもう谷直史さんと命をかけて戦うつもりだったので、逆に腹が据わっていて、イラストレーターの引き継ぎが終わった後は、仕事場に持ってきてみんなに貸していた漫画は処分してくれだとか、あれはもう読まないだろうからとか、そんな雑談をしていた。

そうすると、谷直史さんは意を決したように話を切り出してきた。「君を悪いようにするつもりはない、これまでの功労者として退職金を無理して800万、ひねり出そうと思う。これには会社として1200万がかかるし今は本当にきついが、君の功績に報いたい」と猫なで声だった。

悪いようにするつもりはない、と言ったのはこの時だったかこの前の嘘の幹部会の時だったか。ただ、とにかくこの頃に谷直史さんから「悪いようにするつもりはないから」と言われた記憶だけは鮮明に残っている。それほど衝撃的な言葉だった。

これは彼の人生経験から言えることだが、「悪いようにはしないから」という発言をした人は全員最悪の敵だった。彼を悪いようにしたい人だけが「悪いようにはしないから」と言ってきた。面白いくらいに。「悪いようにするつもり」の人だけが「悪いようにはしないから」と言うのだ。

谷直史さんは、いかに彼に出す800万は温情に溢(あふ)れたものかを説明したあとでこう言った。「だから、君の持っている8株は、1株1万円で会社に買い取らせてほしい。そのための同意書もこうして用意しておいたから、ここにサインしてくれるだけでいい」

彼は当然、株の買取については拒否した。会社を辞めさせられるのはわかるとして、株を売るつもりはないと。ただ、どうしてもというならもちろん株を売ってもいいが、1万円というのはおかしい。今の値段を鑑定なりして値段をきちんとつけてくれ、彼はそう求めた。

彼が8%でいいと自分から持ち分を減らしたのは、株について無知で価値をわかってなかったからではない。価値をわかった上で分かち合い、刎頸（ふんけい）の友となりたかったのだ。だがそれが決裂した以上、彼はきちんと自分の持っている知識を使う。

谷直史さんは、みんなを集めてどっちが正しいか証明しようとか、今後この業界で働けなくすることもできるぞとか、皆は株を譲らない君のことをクズだと思うぞとか、いろんなことを言った。株を譲らないなら、退職金の800万どころか、1円も払わないとも言った。だが彼はサインしなかった。

彼がどうやっても折れないのだとわかると、途端に谷直史さんは声を荒らげ、じゃあもう君は部外者だからここから出て行けと彼を押しのけ追い出した。なら、株主として定款等を見たことがないので、この機会に見せてくれと言うと、谷直史さんは「そういう機関に話をしてください」と言う。

いや、これは株主の権利のはずだし、営業時間だから対応する必要があるはずですと説いても「そういう機関に話をしてください」「そういう機関に話をしてください」と同じことしか言わなくなった。そういう機関というと裁判所だろうか。もちろんこの後そういう機関である裁判所でたっぷり7年も話をした。

横から相川雄太が出てきて、彼に彼の荷物の詰まったダンボール箱を押し付け、今日は用意ができてないとか、登記をしてないからまだ用意ができてないとか、二人がかりで彼を社屋から外に力ずくで追い出した。持てないぶんは郵送で送るからとにかく出ていけと。

会社には、ヴァルハラゲートでイラストレーターに発注したりシナリオを考えたりするために彼が買った大量の資料があった。それらについて経費になるのか、と彼がたずねてもあとで確認して連絡しますとの返答だった。

これだけの仕打ちを受けて彼は絶望しただろうか？　逆だった。戦うと決めたのだから、今日のやり取りはきっと法律的に間違ってる。この録音は戦うための武器になる。まっすぐ家に帰って荷物を置いたら、録音のデータのバックアップをとり、それを持って弁護士事務所に向かった。

録音を一緒に確認した弁護士は、これは戦えそうですねと言った。この録音はこの後、本当に決め手になった。

3.谷直史さんの不正な新株発行

弁護士とのやり取りの後、彼は改めて会社に対して、会社の定款、株主総会の議事録、株主名簿の開示を求めた。応対したのは谷直史さんの友人だという椎野だった。

彼はこの時点では、弁護士とはタイムチャージ[※1]で相談に乗ってもらっていた。正式に依頼するのは、この不法な新株発行の後のことである。彼は弁護士と並行して、GREEの役員に連絡をとっていた。谷直史さんが明らかに無茶苦茶なことを言ってるので、仲裁してほしい、と。

GREEは、ヴァルハラゲートの成功を見て祝賀会を開き、担当社員全員が「ILOVEGrani」とプリントされたTシャツを着て組体操をしてもてなしてくれるくらいにグラニを買っていたし、その宴席で、グラニ社員から「彼こそが中心人物」と讃(たた)えられていたから、彼のことを買ってくれるかもしれないと思った。

今書いていて思ったが、あるいは谷直史さんはそういうことも面白くなかったのかもしれない。GREEの役員と会談をセッティングしてもらい、経緯を説明してみた。グラニ側にも聞き込みを行ってみるとのことだった。

GREEからの提案としては、「彼の報酬を全部ひっくるめて5000万、うちが出してもいい。8%の株を買い上げたい」という提案だった。彼は、当座の生活費にも困る様相だったので、それを了承した。ここで谷直史さんも同意していれば、この話はここで終わっていたのだろう。

谷さんからは「余計な口を出すな」との回答だったのでお手上げだとGREEからは連絡があった。また、それとは別に、GREEのどこか別会社でゲーム制作の仕事をしないか？　との打診もあった。ただ、谷直史さんを御せないGREEで仕事をすると、本当に谷直史さんに潰(つぶ)さ

※1 **タイムチャージ**：作業時間、拘束時間に応じて報酬を支払うこと。着手金や成功報酬を支払う必要はないが、事案処理に時間がかかるほど料金が増える

れそうで怖かったのでやめておいた。

そうこうしていると、グラニから3月27日に臨時株主総会をするとの連絡があった。株主総会の議題について記載がないため問い合わせたが、「答える義務がない」とのことだった。定款等のあらかじめ求めていたことについても、すべて「義務はあっても、敵対者に開示する理由がない」との回答があった。

これらの不法な対応は、この後の裁判において、「グラニの新株発行は彼を追い出すことが主目的であった＝不法なものであった」という認定の証拠となる。だが、この時の彼らは、彼が反撃を、逆襲をできるわけがないとたかをくくっていたのだろう。無茶苦茶だった。

また、退職金という名目での報酬についても、ビタ一文払わないとの返答だった。これにより、彼は無報酬でヴァルハラゲートの制作に参加したことが確定した。これについても別件の裁判（著作権裁判）で高裁まで争うことになる。

株主総会の当日、指定された六本木の貸し会議室に赴くと、入り口でiPhoneを提出するよう求められた。株主総会でiPhoneを没収するってアリなんだろうか？　といってもICレコーダーをズボンのポケットと靴下の中の2つ仕込んであったし、きっちり録音はできたんだが。想定が甘い。

この時点――谷直史さんが彼を切ると決めた3月1日の時点で、ヴァルハラゲートの売上はまさに天を衝くようなうなぎのぼりであり、既に億単位の入金が2ヶ月後に確定していた（GREEとかの売上の入金は当時2ヶ月後だった）。株主総会の議題は、お金がないから新株を発行するというものだった。

「グラニはお金がないので資金調達のため新株発行をします。発行済株式100株に対し、谷直史さんに899株を発行します。株価は、設立時の1万円をもとに1万円以上とします」。無茶苦茶にも程がある。彼は反対したが、そもそも谷直史さんらだけで3分の2以上をにぎっている。反対は意思の表明にしかならない。

あらかじめスケジュールをとっておいたので、直後に弁護士と相談したが、無茶苦茶すぎますねと笑って、おっと笑い事じゃありませんねと漫画みたいなセリフを言っていた。新株無効の申し立てを行ったが、新株は即座に発行済で無効化はできないとのことだった。損害賠償で争うしかない。

そういえば、入倉孝大とか他の株主も、彼を除き全会一致でこの新株発行に賛成していたことが、この時は不思議だった。あとで証人尋問の時に判明するが、少なくとも入倉孝大は「今後の待遇」という鼻薬をかがされていたことを自ら証言した。他もそうだったのだろうか。彼らは報われたのだろうか。

この希釈化で、彼の持ち株8株（8%）は無茶苦茶に希釈された。それは他の株主もそうで、谷さんだけが株式のほとんどを支配した。まさに、この時の谷さんは、「望月の欠けたることもなしと思えば」だっただろう。

GREEからの説得も梨の礫、あきらかに不正目的に見える新株発行での無茶苦茶な希釈化。彼はあらためて腹をくくり、弁護士と代理人契約を結び、裁判で戦うことを決めた。

谷直史さんも知ってのとおり、彼は有り金のほとんどである500万円をグラニに貸し付けていた。この500万円を貸す時に相川雄太から渡された契約書は、無金利10年後返済だとかいう無茶苦茶な契約だった。彼はどうせ会社が成功したら大丈夫だとサインしていた。グラニ創設メンバーの中で、彼は馬鹿だった。

彼は500万円を返してくれないか、一応グラニに打診した。もちろんグラニからの回答は「返す理由がありません」だった。谷さんは、自分は金がないといってグラニに1円も貸付していない。それどころか、金がないからと自分にだけ給料を出していた。谷さんは彼をどこまでも足蹴にするつもりだ。

彼は友人であるlalha氏にこのことを相談した。氏は少し考え込んだ後、「これはあまりにも酷い。こんなことが許されてはならない。絶対に金の貸し借りをするなという親の教えがあるが、今回はじめてそれを破る。必要な金額を言ってくれ、貸そう」と言ってくれた。彼は家に帰ってから泣いた。

氏だけに借りるわけにはいかない。他に当てもないので、彼は本当は頼りたくなかった両親に頼った。両親は、顔を見せることを条件に金を貸してくれた。裁判費用は用意できた。彼とグラニの戦いが始まる。

4.消えたチャットログ

弁護士と正式に代理人契約を結び、逆襲の計画を練る。まず最初に着手したのは、チャットログ[※1]の「証拠保全」だった。証拠保全とは、医療訴訟などでよく行われる手続きで、「こういう証拠があるはずで、証拠隠滅されないよう確保してくれ」というものである。

この時点で、彼が仕事で使っていたアカウントのうち、会社が管理できるものはすべて使用不能になっており、そのなかのチャットワーク[※2]（Slack[※3]のようなもの）のログを確保しておくのが、今後戦うために必要だろうと思ったからだ。

チャットワーク上では、彼はヴァルハラゲートのディレクターとして指示を出していた。谷直史さんが指示をかぶせてきた場合は、社長を尊重して折れるというルールはあったが、それ以外は基本的に彼が指示をしていたし、それはログを見ればわかるからだ。

彼はあまりにも馬鹿で、契約書もなく口約束でグラニに参加していた。もう少し谷直史さん達が巧妙であれば、あるいは本当に一円の報酬も得られずに追い出されていた可能性さえある。弁護士は、馬鹿だなあとは言葉にせず、しかし、証拠保全をまずやりましょうと提案したのだ。

証拠保全の申立書を出した頃、グラニから臨時株主総会のお知らせが届いた。今度は議題が添付されており、新規取締役の選任（相川雄太と河合宜文さん）、取締役への新株予約権の発行、A種株式発行（いわゆるスクイーズアウト[※4]）だった。

定款や新株予約権の条件を見たが、彼と揉めたことで学んだのか、新株予約権といっても、基本的に会社（＝株式のほとんどを持つ谷直史さん）がNoと言えば即座にすべて無効化できるような条項にしかなっていないと思ったが、相川雄太はともかくとして、河合宜文さんはあれでよく同意したなと思う。

結局この時、相川雄太や河合宜文さん、そのほか入倉孝大らにも付

※1　**チャットログ**：オンライン チャットとインスタント メッセージングの会話のアーカイブ
※2　**Chatwork**：Chatwork株式会社が提供するクラウド型ビジネスチャットツール
※3　**Slack**：ビジネス用のメッセージングアプリ
※4　**Squeeze Out**：株主を大株主のみとするため少数株主に対して金銭等を交付して株主から排除すること

与された「新株予約権」は、グラニの実質的な倒産（売却）の時まで行使されてなかったと思う。谷直史さんが100%の株を取得する、となってたはずだから。グラニ内部でどういうやり取りがあったかはわからないけど。

予想どおりではあったが、グラニのとった手段とは、新株発行で100株→999株（資本金999万円に抑えたかったのだろう）の希釈化と、スクイーズアウトを連続して行い、希釈化した価格で強制取得するというコンボだ。手続きはとられており、判例もなく、不正目的が認められなければ難しかったかもしれない。

そんな折、グラニのインタビューがアップされた。彼の存在はなかったことにされ、「俺は考えるのも作業も遅いから、会社を起こしたいけど起こせなかった。だから君のために会社を作らせてくれ」とまで言ったグラニは、彼が作ったヴァルハラゲートは、谷直史さんが考えて作ったことになっていた。

谷直史さんはいい感じにデタラメな調子ぶっこき記事をバシバシ出してくれていた。それはすべて燃料になった。かきむしりたくなるそれらをじっと一人で何度も読み直した。闘志に焚べる燃料になった。

株主総会はシャンシャンと執り行われ、スクイーズアウトによって彼の株式は強制取得されることになった。その場で、グラニ側の弁護士から、「1株10万円でならこの場で買ってやってもいいがどうか？」と言われた。あれは本気だったのだろうか？　馬鹿にしたかったのだろうか？　谷直史さんの意向だろうか？

普通に考えると10万円で売るわけがないので、挑発か何かだと思うのだが、その後の裁判でも、この手の「ありえなさすぎる、腹をくくって戦おうとする相手に言ってはならないだろうそれは」という舐めた提案が何度もグラニ側から出てきたので、ひょっとしたら本気だったのかもしれない。

株式の強制取得については、反対した場合は、裁判所に価格を決めてもらう手段がとれる。希釈化も含めて「株式の価格決定」で争うことにして申し立てを行った。そして、それとは別に、「彼は共同制作者であり、著作権を有する」という、著作権裁判を、証拠保全とあわせて提起した。職務著作が争点だ。

彼は一円も報酬を受け取らず、会社に所属せず、制作に参加した。この場合、著作権の相当分を彼が持つはずだ、という訴訟だ。証拠保全で彼は仕様書やマスタフォルダの中身などを求めたが、IT最先端ともいえるゲームのマスタや仕様書の保全というのは、かなり難しかったようだ。

それでも保全できたものとして、これがマスタフォルダの画像だ。Jetsは彼の自宅用PCアカウントである。生々しい。企画は入倉孝大と彼の2人だった、というのは明らかだ。裁判においてグラニ側は、「彼は中身を作らないのにファイルだけ勝手に作ったので作成者が彼になっているだけだ」と主張した。笑う。

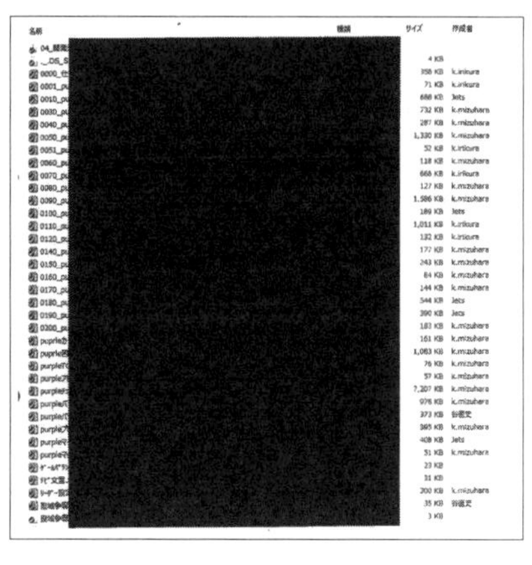

証拠保全の際の資料などを後に閲覧しにいった時、彼は証拠保全の時の谷直史さんのサインを目にした。それは、今まで誰も見たことがないくらい震えた字だった。谷直史さんは彼が訴え出るなんて、会社にいきなり裁判所から人が来るなんて、全く予想していなかったのだろう。まさに望月の霹靂（へきれき）だったのだ。

谷直史さんが単純に字が震えるタイプである、という仮説は、その後の他の手続きで書かれたサインが普通の字だったことから否定される。谷直史さんは、まともに字が書けないくらい、証拠保全の時に手が震えたのだ。そのサインが証拠だ。生々しいサインだった。

証拠保全の時に、一番重要だとして求めたチャットワークのログ等は、「すべて消失した」として提出を拒否された。ここを取られるとヤバいと思ったのだろう。ちなみに、長い裁判の途中で、「やっぱりありました」とグラニ側に都合よく使うために出てくる。笑う。

この、消えたはずのチャットワークのログがあとから出てくる件だが、この時は見つからなかったなんて、チャットワークのUIのせいだろうか。絶対にこんなことありえない。チャットワークはアカウントではなくて部屋でログが残る。開発が参加してた部屋が消えるわけがない。

5.神話帝国ソウルサークル※1

グラニに追い出され、GREEの担当役員はグラニ（谷直史さん）よりも力が弱そうで怖いということで、彼の働きぶりを知る会社はあとはgloopsしかないなと彼はgloopsに連絡をとってみた。門前払いだったらまた就職活動かなと思っていたが、社長が直々に会うとのことだった。

彼はヴァルハラゲートを超えるものを作りたいということで、①アプリでGvGを作ること②声をつけることを要望した。ヴァルハラゲートにもあとから声をつけるべきと、そのことは祝賀会の雑談の時に少し話したこともある気がするが、実装はされなかったので、聞こえてなかったか、不要と判断されたのだろう。

社長からのオーダーは、①半年以内に必ず出してほしいのでアプリは認められない、ブラウザゲームであることだった。②は認められた。その代わり、当面の生活費を工面したり、報酬についてもインセンティブ契約も別に設けるなどの条件を提示してきたので彼は了承した。

結論から先に言うと、これはプロデューサー（社長）の力量をよく考えずに受けたことが最大の失敗だった。発生したイベントは多く、当時の情報もgloops社内には入れなかったので証拠調べもできず、後から全然違う会社の人から補足情報を得たりもした。ネット上に書いたら間違いなくアウトで訴えられることが多い。

だから問題のない範囲でぼやかして書くと、彼が5ヶ月くらいかけて作っていたチームは、コンプラがコンプラして全員いなくなり、作っていたものは消滅した。そこからほぼ未経験の5人と彼の6人チームで2ヶ月で作って出すことになった。そのあたりで、担当していた社長は飛ばされて会社からいなくなった。

デザイナーは本当に完全に未経験の、専門学校卒でフォトショップ

※1　**神話帝国ソウルサークル：**gloopsがMobageで提供していたリアルタイムバトルゲーム

が使えますくらいだったので、デザインの監修も彼がしたし、ボイスの収録も立ち会った。元社長がどうも裏で進めていたらしいこのプロジェクトは完全に忌み子だった。谷直史さんはプロデューサーとしては有能だったのだと思った。

ケツに火がついて社会経験の足りなかった彼は、社長のケツに火がついていることが見抜けず、社長と彼を美味しく料理しようとした悪者達にいいようにぶんまわされた。真相は彼でさえわからないが、彼が知った範囲でもあまりにも大人の事情でコンプラだった。

受けないべきだったというのが、gloopsに行くべきでなかったというのが一番の正解だろう。まあでも歴史に「もしも」はない。それに一応、何かがうまくはまれば成功したかもしれない。その場合も、どうも彼の手柄は全部持っていかれる算段がついてたっぽいが、成功できたならそのほうがよかった。

少し面白かったのが、gloopsはネクソンへの売却や、グラニの後追い独立などで、ごっそりと人が入れ替わっていたが、彼の後から入社したエンジニアが彼が設計したredのマスタを見て、「このマスタだけ素晴らしい、これを設計したチームで仕事がしたい」と宣言して皆が苦笑したという話を聞けたことか。

ソウルサークルのメインキャラのイラストを担当してほしいとお願いしたあきまん氏（氏の敬称は知っているが、ここでは氏とする）と仕事ができたことは、彼の人生観を変える経験になった。氏は天才だった。仕事の話からシモネタ話までいろんな話をしたが、すべてが脳に染み入る話だった。自我を感じた。

彼は絵描きがなおさら好きになったし、天才とはなんなのか、自我とはなんなのかを考えるようになった。ソウルサークルが失敗して、氏に仕事先を紹介してもらいつつ、他にも受けたCygamesに就職を決めたあたりで氏から絶縁されたのでその後は会ってはいない。

この経験で彼は、谷直史さんは敵対するまではプロデューサーとしては有能だったと思った。欲が強く、任せるところは任せ、要望に応える。プロデューサーとは谷直史さんのような人が向いているのだろう。敵対して裏切るようなことがなければ、あるいは……やはり歴史にもしもはない。

6.収益金配分請求訴訟①

証拠保全も終わり、訴状を出し、裁判が始まることになる。「訴えてやる」みたいな物言いをする人は星の数ほどいるが、実際に訴えたことがある人は、「訴えてやる」等とは言わない。黙って準備をして、ある日突然宣戦布告をする。相手に知られずに準備をしてから奇襲するのが一番だ。

収益金配分請求事件
　訴訟物の価額　1億１２９４万１２６１円
　貼用印紙額　　　　３５万９０００円

第１　請求の趣旨
　１　被告は、原告に対し、金１億１２９４万１２６１円及びこれに対する本訴状送達の日の翌日から支払い済みまで、年５％の割合による金員の支払いを求める。
　２　訴訟費用は被告の負担とする。
との判決並びに仮執行宣言を求める。

この後グラニとは複数の裁判を戦っていくことになるが、この収益金配分請求訴訟とは、「ヴァルハラゲートという著作物に参加して、その著作権の一部を所持しているが、その収益金の配分がされない。支払って」という裁判だ。グラニが、約束した金すら1円も彼に支払わなかった「舐（な）めたこと」をした倍返しだ。

訴訟というのは恐ろしく金と時間がかかるし、勝てるかもわからないものではあるし、弁護士は「言質（げんち）を取られないで言質（げんち）を取る仕事」だから、勝率を言ってくれない。勝てる見込みがあるとしか言ってくれない。彼は戦うと決めていたので戦ったが、弁護士の反応を思い返すと望み薄だったのだと思う。

訴状、裁判という戦争の「宣戦布告文」にあたるこれは、「こういう経緯と理由で、こんだけ支払って」ということだけを書く。今回のケースでは、彼はヴァルハラゲートの6割くらいを作ったと思ったので、6割作りましたと書いて戦った。たとえば、合理的に戦うなら、3割くらいに抑えたほうが費用は安い。

第２　請求の原因
　１　本件事案の概要
　　本件は、被告代表者である谷が、原告の才能を利用し、無償で原告にゲームを制作させた上で、ゲームが商業的に成功し、多額の売上を得られることが確実になるや、原告を排除し、被告において、ゲームの配信によって得られる利益を独占しようとする事案である。

(3) よって、原告は、被告に対し、本件ゲームの共有持分に基づき、被告が平成２５年７月末日までに得た収益のうち原告の持分割合である１０分の６に相当する１億１２９４万１２６１円（１億８８２３万５４３５円×０．６）及びこれに対する本訴状送達の日の翌日から支払い済みまで年５％の割合による遅延損害金の支払いを求める。なお、本請求は、少なくとも原告に認められる持分割合に基づき請求するものであり、一部請求である。

それは、彼が実際にヴァルハラゲートの6割くらいは作っただろうと思っていたからであり、それが彼の納得のいく宣戦布告文だったのでそう書いた。裁判費用は求めた金額に比例して大きくなるので、当然何百万か追加でかかったが後悔はない。嘘（うそ）をついて戦ったら、きっと彼の心が折れる。

今回の訴状受け取りサインもあとで裁判資料閲覧に行った時に見たが、谷直史さんのサインは正常だった。証拠保全の時の、震え倒した字ではない。谷直史さんも、彼と戦うという事実を飲み込み、腹が据わったということだろうと思った。

彼は何件も訴えたが、まだ人生で一度も訴えられたことがないので正確にはわからないが、誰かに訴えられると裁判所を幹事にして日程調整と、「答弁書※1」という、訴状に対するお返事を書くことになる。といっても、この「答弁書」は形骸化しており、「裁判で争います。追って理由は説明します」でいい。

実際の訴状に対するお返事は、「被告第一準備書面※2」がこれにあたる。準備書面とは、裁判で自分達が言いたいことを準備して紙に書きました、という書面なのだろう。実際の裁判とは、某裁判ゲームのような、異議あり!!　というものではない。2ヶ月に1回、準備書面を提出し合うレスバが裁判である。

被告第一準備書面には次のようなことが、“谷直史さんが主張したい事実”として書かれていた。彼はグラニ設立にほぼ関係ない。gloopsを勝手に辞めて、谷直史さんが設立したグラニにあとから参加したいといって合流した。一緒に会社を作ろうなどと約束した事実はない。“ヴァルハラゲートのマスタや仕様書が、k.mizuharaやJetsという、彼のアカウントで作成されたこと”は認めるが、それは、彼が勝手に制作したファイルを押し付けただけであり、中身は谷直史さんや入倉孝大が制作したものである（相川雄太は？）“彼がヴァルハラゲー

> ウ　マスタの作成
>
> マスタの作成は、もっぱら原告、入倉により行われ、別紙マスター覧のマスタが作成された。
>
> 別紙マスター覧のうち原告が作成したマスタは、レイドマスタ（甲４８、一部入倉）、合成マスタ（甲４９）、カードマスタ（甲５０）、ナビ文言マスタ（甲５１）、ガチャマスタ（甲５２、一部入倉）である。なお、その他マスタについても、原告もディレクターとしてチェックし、口頭ないしチャットワークにおいて適宜指示を出している。

※1　**答弁書：**被告が訴状に対する自分の言い分を書いて裁判所に提出する最初の書面 のこと
※2　**被告第一準備書面：**裁判の弁論準備手続において被告が提出する準備書面。裁判実務で反論を出し合う際のお互いの書面のことで、原告が提出するものは原告準備書面と呼ぶ

トのイラストレーター外注のすべてを担当していたこと”は認めるが、すべては谷直史さんの指示の下に作業をしただけである。その他作業の一切も、彼は才能を発揮するようなことは何もしておらず、すべては谷直史さんの指導の下である。

③ 仕様書内における記載方法

仕様書内のページのタイトルに「by 水原」などと付されている場合、当該仕様書がその者によって作成されたことが分かる。ただし、そのような付記がなされているものは多くはない。

また、原告、谷、入倉の、仕様書内での指示・注記文言の記入方法には、概ね次のような傾向がある。

- 原告の場合
  注記に、青色の四角いボックスに赤い矢印線を用いる。
  画面構成内に例として使用されたユーザー名、キャラクター、ギルド等として「ハク」「KOSUKE」「たいがぁ」を用いる。
- 谷の場合
  注記に、線ではなく、図形の矢印を用いる。
  画面構成内に例として使用されたユーザー名、キャラクター、ギルド等として「ナオシ」を用いる。

谷直史さんの主張は概ねこのようなものであり、ヴァルハラゲートの著作権は彼にはない。職務著作であると主張してきた。やはりそこで反撃してきたか。想定どおりではあった。

職務著作とは何か。著作物を作ると著作権が発生する。取り決めがなければ、著作権は関わった人全員に発生する。それでは会社として著作物を作りにくいので、雇用関係で著作物を作ったら、「職務」で作ったものであるから、著作権は会社のものである。そんな感じの法律が「職務著作」だ。

今読み返していて気づいたが、彼は谷直史さんの主張では勝手にgloopsを辞めて後からグラニに参加したのに、どうやって開始時点でのファイル制作を勝手にやっていたのだろう？　これもツッコメばよかったな。この頃の彼には余裕がなく、これに気づけなかったのか？

4 トップページにかかる仕様書（甲２７）

(1) ファイル（仕様書の電子データ、以下同じ。）の概要（甲５６の１）

ファイル名 purpleTOP_0928a

プロパティ上の作成日時 2012/09/16 15:36

プロパティ上の作成者 k.mizuhara（原告）

プロパティ上の最終更新者 Naoshi（谷）

また、彼がgloopsを2ヶ月先に退職し、家にこもって作成した企画書である「purple企画書」には、「次元魔術師[※1]」の設定が書いてあるが、ヴァルハラゲートに「次元魔術師」が出てこないので、この企画書はヴァルハラゲートに使われていないのである、という反論もあった。

※1 次元魔術師：ヴァルハラゲートの企画書に谷さんが書いた主人公の職業設定。ボツになった

ゲーム業界の人間ならばわかると思うが、企画書というのはあくまでプロットであり、その一部が製品版で変わるなどというのは、日常茶飯事である。だが、これは“裁判官にわからせたほうが勝つ”ゲームであり、“裁判官はゲーム業界で働いたことがない”。谷直史さんの主張を、裁判官が信じるかもしれない。

裁判が最もしんどいことは、こうやって“裁判官わからせゲームで勝つため”に、“現実を都合よく捻じ曲げ倒した書類”を、何年にもわたって読み込み、どこが間違ってるか“裁判官にもわかるように”説明していかないといけないことだ。本当に、裁判なんてものは、やらないで済むならやらないほうがいい。

ともあれ、想定どおりの作戦「職務著作」で、想定よりもやや無茶苦茶に現実を捻じ曲げた被告第一準備書面が出てきた。これから、これを崩していくのが“裁判というゲーム”だ。裁判で出した書面は、「やっぱり違いました」という訂正ができないし、明確な矛盾を指摘すれば、裁判官がこちらに傾く。そういうゲームだ。

7.収益金配分請求訴訟②

被告の第一準備書面が出てからが、原告の攻撃ターンだ。今回の場合、証拠保全等で致命傷の証拠は押さえられなかったので、立証を積み重ねていく必要がある。彼と弁護士が取った作戦は、「証拠の小出し」で相手の矛盾を誘う作戦だ。

うっすらとしか思い出せないが、この原告第一準備書面を組み立てるのが一番キツかったように思う。慣れないということもあるが、彼は、谷直史さんがここまで現実を捻じ曲げて、嘘をぶちこんでくるとまでは思っていなかったのだろう。まさに腸が煮えくり返る、という思いを経験した。

彼は、裁判について詳しいわけではないから、法律や裁判の戦略については弁護士に任せることにした。何がおかしいのか、なぜ矛盾するのかをすべて箇条書きにして書き出して、ゲーム業界を知らない人を想定して説明した文書を渡し、どれを採用するかは弁護士に全面的に一任した。

その上で弁護士が仕上げてきた文書をあらためて彼も読み、おかしいところやわかりにくいところを直して裁判所に提出する。だいたい毎回こういう流れだった。だから彼が裁判においてした判断は、基本的に「代理人である弁護士」にはできない判断だけで、法律的な判断はすべて弁護士に任せた。

こういうやり方は珍しいのか、最初のうち何回かは弁護士から彼に「ここはこういう判断でいいか」という質問がきたが、彼が毎回「法律的な判断は任せる」と答えていたら聞かれなくなった。結果勝てたのだから、この任せ方で良かったのだと思う。

第一準備書面で採用された指摘は次のようなものだった。

①入倉孝大がマスタの大半を作成したというが、入倉孝大は最後までgloopsに残り勤務しており、グラニに合流したのは最も終盤であり、ヴァルハラゲートがいったんMobage用に完成する1ヶ月前であった。その入倉孝大が大半を作成できるというのはおかしい。

②職務著作だというが、雇用契約や雇用契約に準じるものも存在せず、独立して参加していた。これは弁護士に聞いてみないとわからないところではあるし、ネトゲ戦記は基本彼の視点で語るものであるから確認はしないが、たぶんここは相手に立証を迫るポイントだったのだと思う。

③被告準備書面でチャットワークのログの、谷直史さんに都合のよい部分だけを切り貼りして証拠として提出されたので、証拠保全の時に全部消失したとして保全提出を拒んだのは虚偽ではないか、改めて提出せよと迫った。この文書提出命令は最終的に、高裁までもつれこんだ上で命令が下される。

他には、被告準備書面で都合よく捻じ曲げられた部分を正した上での、彼がgloopsを辞めてからグラニ設立までの詳細な経緯が、“裁判官にもわかるように”説明されている。彼はもっと多くの矛盾や主張したいことを書き出していたが、この時点で弁護士が採用したのはこれだけだった。

まあ実際に戦い抜いたからわかることだが、基本的に裁判という“裁判官に信じてもらうゲーム”は、たとえば詐欺師が口八丁で裁判官を騙(だま)そうとする可能性もあるわけで、基本的には“矛盾を誘って矛盾を崩し、信頼を損なわせる”ゲームなんだろうなと思う。

さらに、裁判官も一つの事件だけに関わっているわけではなく、大量の事件を並列して裁いてるわけで、"一度に理解してもらえる量"というのは、はっきりとはわからないが、あるように思うし、裁判官も見落としやミスをする。実際にミスがあって、指摘した結果、悪い方向に直されたこともある。

そもそも、彼の弁護士もゲーム業界の当時最先端であるソーシャルゲームの開発に関する案件を受けたのはおそらくはじめてで、マスタや仕様書、企画書の立ち位置や意味合いも知らなかった。当時のメールを見ると、彼が説明資料を弁護士のために作っていたのがうかがえる。

裁判というのは基本的に交互に書面を出し合うレスバなわけだが、ここでは原告のターンが2回連続で行われている。今度もまた、ゲーム開発とは、ディレクターとは、プロデューサーとは、その他職種の業務とは、といった説明がその内容だ。裁判官が訴訟指揮として求めたのだと思う。

あらためて彼がどういった作業を担当し、ヴァルハラゲートの何を作ったのか、とマスタを証拠提出した。マスタの命名規則については会社ごとに違うので説明すると、「レイドバトル」「合成」「カードやアビリティなどの全GvGマスタ」「ガチャ確率計算マスタ（一部入倉孝大)」である。

たぶんチャットワークのログにも残ってなかったくらいだと思うが、ガチャマスタについては実際に入倉孝大に、一部かわりに入れといて、と指示をだしてさせた記憶があったので、彼は正直に書いた。裁判官が、そこまで気にしてた（理解してた）とは思えないが、谷直史さんには意地が伝わっただろうか。

またここで、一つの証拠を突きつけた。それは、谷直史さんが「仕様書はほとんどすべて谷さんか入倉孝大が作った」と主張したことに対し、「仕様書の制作には癖があり、明確に3人の作ったものは、その癖で見分けられる。明らかに彼が作ったものばかりだ」という証拠だ。

彼は嘘や矛盾を見つけるのはどうやら得意だったし、どういう風にそれを説明するかも得意だった。この後も、谷直史さん達の主張の穴を見つける度にすべて弁護士に送って任せていた。弁護士の判断で、彼が見つけていた証拠の一つがここで投入された、というわけだ。

手元にあったファイルのプロパティから、入倉孝大が絶対に参加できなかった頃（gloopsに出社していた頃）から、ヴァルハラゲートの制作が始まっていったことも主張した。これも、相手に都合のいい主張をいったんさせてから、本命の証拠をぶつけて打ち破るやり方だろう。

こういった説明を、すべての仕様書とマスタについて、Flashとは、仕様書とは、マスタとは、プログラムとは、ブラウザゲームとは、といった説明を交えながら主張した。

明確な谷直史さんの嘘を打ち破れて勝負ありだと思うだろうか？こんなのは、ボクシングで言うジャブに過ぎない。このジャブだけで半年以上かかっているわけではあるが、ここからドロドロの法廷闘争が7年も続くのだ。

8.収益金配分請求訴訟③

彼の正式な攻勢である準備書面に対し、被告から正式な反論である準備書面③が出てきた。何度も繰り返すが、裁判とは“裁判官に信じてもらうゲーム”であって、“真実を証明するゲーム”ではない。それはこの裁判を通して強く学んだことである。

たとえば、これは彼が企画書を共有し、谷直史さんが「さすがやで！」とコメントしたから、谷直史さんの言う“彼が作った企画書は出来が悪かったので採用されてない”は嘘（うそ）だ、という話に対する反論である。“言ったかもしれないが、それはこういう理由だった”。裁判において内心というものは、都合のよいものだ。

> なお、谷は、原告が提案した世界観について「さすがやで！」と賞賛した記憶はないが、本件ゲームの統括責任者として、原告のモチベーションを上げるため、そのような言葉をかけた可能性はある。

「そのような言葉をかけたことはない」と言うと、もし彼が証拠としてログを保持していたら、「異議あり！」となってしまう。だから、「そのようなことを言ったかもしれないが、記憶にないし、仮に言ったとしてもこのような意味である」となる。裁判でこんな言い回しをする時点で真実はわかる。

だから彼と彼の弁護士は、持っている証拠を全部出さずに小出しにして、自分達の持つ数少ない証拠で突ける矛盾を狙った。致命傷な証拠があればそれを突きつければよいが、手持ちの証拠が少ないからこのような戦い方になった。

そして、前準備書面で、彼が仕様書のほとんどを作成したことを「仕様書のクセ」を絡めて説明し、仕様書を一つ一つ解説したことに対し、谷直史さんからの反論はこうだった。「ゲーム開発では事前に仕様書を作成しない」。

> 4　仕様書の作成について
>
> (1)　ゲーム開発では事前に仕様書を作成しないこと
>
> 原告は、「原告は、スキル以外の全ての仕様書案を作成した」と主張し（原告準備書面（1）11頁）、甲19ないし甲23を「初期仕様書」「仕様書の初期段階のもの」として提出している（同10頁）。
>
> しかし、ソーシャルアプリケーションゲームの開発においては、スピードが優先される上、リリース後も運営しながらの継続的な改変等が可能でありかつ予定されているため、事前にゲームの各仕様を定めてから開発作業に取り掛かるという重厚な開発の進め方（いわゆるウォーターフォール開発）をせず、ゲームを作りながらその過程で仕様を決め、仕上げていくという軽量な開発の進め方をとることが一般的である（いわゆるアジャイル開発）。それゆえ、仕様が細かく定められた仕様書が事前に存在することはほとんどな

ゲーム業界で働いている人が聞いたら噴飯ものであろう。仕様書もなくどうやってゲームを作るのか。いや、たしかに仕様書なしに口頭で進められる現場もあるが。だが、これこそが裁判だ。こういった、わかる人にはわかる嘘を、“裁判官にわかるように”すべて崩していかないといけないのだ。

また、マスタデータに関する反論も、彼が作ったかどうかに関係ないところに論陣を張ってきた。「マスタデータが重要かどうかはエンジニアのさじ加減一つなので、マスタデータが重要とはただちに言えない」。これも噴飯ものであろう。企画の仕事の集大成こそがマスタデータであるからだ。

> また、あるデータを変数としてマスタデータにて取り扱うか否かは、上記のとおり管理上の都合にすぎないため、エンジニアのさじ加減次第であり、変数として取り扱うことが直ちに当該データの重要性を意味する訳ではない。
>
> このように、マスタデータそれ自体は、管理の都合上データベース化された論理式や数字データの集合体にすぎない。それ自体は何ら特別なものではないし、マスタデータの作成作業そのものが直ちに重要となるわけではない。

「ゲームの面白さを決める最も重要なものは“作り上げる過程に曖昧な概念として誕生した何か”であり、マス

> イ　むしろ、マスタデータそのものよりも、マスタデータを作成する上でベースとなる、ゲームのコンセプトやバランスをどのように作り上げていくかということの方が、ゲームを成功させる上で極めて重要である。すなわち、マスタデータを構成する論理式や数値データ等を全体としてどのように設定するかにより、ゲームのコンセプトやバランス、延いてはゲームとしての面白さは大きく変わってくるのである。

タデータの上位存在である」。すごい。仮にそれがあったとしても、それを使えるようデータ化したものがマスタデータだと思うが、より上位の存在を定義することでマスタの重要性を貶(おとし)める作戦か。

谷直史さんの作戦はこうだ。「彼が作ったマスタや仕様書データは、実際に彼がほとんどを作ったとしても、谷直史さんがふんわりと生み出したイメージ概念こそがゲームにおいて最も重要なものであり、それをもとに指示して作らせただけだから、彼は谷直史さんのイメージに従って手を動かしただけで著作物ではない」。

カードマスタ（アビリティの強さやパラメータ、フレーバーテキスト等カードに関するすべて）についての反論も「谷直史さんはカード枠のデザインとコンセプト（実例は示さない）を決めた。これは超重要であるから、谷直史さんこそが創作者である」だった。

> 「レア」「Sレア」「SSレア」「レジェンド」)、また、全カードの中において各レア度が占める割合や、各レア度のカードが持つコスト（当該カードをデッキ編成に使用する場合のコスト）の範囲（一般的にレア度が高いほどコストも大きくなる）等のカードバランスに関するコンセプト、カード枠等のデザインコンセプトを決定したのも谷である。これらのコンセプトが、本件ゲームの面白さを左右する非常に大事な要素であることは言うまでもない。

入倉孝大がやりたがったので、たぶん無理だと思ったが2ヶ月を与えてやらせていたが完成せず、そして彼と谷直史さんの仲違(なかたが)いの原因の一つとなったレイドバトル改修事件も「彼が駄々をこねて無理にブラッシュアップしたが3割しか寄与してない」になっていた。

> カードマスタ、合成マスタ、ナビ文言マスタについて、原告が作成作業を担当していたことは事実である。ただし、原告は、谷の指揮監督の下で作業を行っていた。
>
> また、原告は、入倉がほぼ完成させていたレイドマスタを、原告の希望によりブラッシュアップしたが、その寄与割合は３割程度である。
>
> ガチャマスタについては、原告がおこなった作業は、せいぜい谷が考案したコンセプトに基づき、ガチャが当たる確率を設定した程度である。しかも叩き台のデータ等を作成したにすぎず、最終的には入倉が仕上げている。したがって、原告の寄与割合は２割程度である。
>
> もっとも、前述したとおり、マスタデータ自体は単なるデータの集合体にすぎない。そのベースとなるコンセプトは谷が考案したものであり、原告は当該コンセプトに基づいてマスタデータの作成に関与したにすぎないのであるから、創作的な関与とは言い難い。

これもゲーム業界の人間にしか、物を作る仕事をしたことがある人間にしかわからないだろう。最後に「ブラッシュアップ」することがどれだけ重要なのか。最後の最後まで究極を目指して足掻(あが)くことこそが創作なのだ。それを谷直史さんは「ただ3割しか寄与してない」と言う。

「担当の企画が変わって違う人が作る」なんてのは、「そいつでは作りきれなくて、もっと力量が上の人が代わった」以外にありえない。どうして他人の担当箇所をわざわざとりあげてブラッシュアップするのか。ましてや、レイドバトルはヴァルハラゲートの超目玉コンテンツである。

> ⑴ 被告は、原告が本件ゲームの企画を行ったことを否定する。
>
> しかし、原告準備書面（2）で述べたとおり、本件ゲームは原告が考えた企画構想となるメモ（甲１８）、企画書（乙３）、初期仕様書（甲１９ないし２３）を原案として開発がスタートしていったのである。原告が企画責任者であることは、被告代表者谷が原告の提案した本件ゲームの世界観について「世界観はその表現わかりやすいね　さすがやで！」と述べていること（甲５８　平成２４年８月９日の原告・谷間のメールのやりとり）、被告取締役相川が「水原さんが今回のキーサクセスファクターになることは間違いない」と述べていること（甲５９　平成２２年８月１２日の原告・相川間のメールのやりとり）、福永が開発者全員が閲覧できるチャット上で「水原さんが企画を考えていると聞きましたが、どういう方向で考えているのか共有願いたい。」（甲２４）と書き込み、かつ、このことに誰からも異議が述べられていないことから明らかである。また、原告の原案が、その後改良を加えられながらも、本件ゲームの仕様書や実際の本件ゲームの前提となっていることは、その後、引き続き原告が本件ゲームの仕様書を作成していることや、その内容から明らかである。例えば、甲１９の１は合成仕様書の初期仕様書、甲３５は合成の仕様書であるが、甲１９の１を加筆修正の上作成されたものであることは、一見して明らかである。

「ほぼ完成していた」が「3割も手直しするところがあった」あたりで既に自己矛盾を起こしてる気がするが、これを裁判官にわかるように説明するのは本当にしんどい。裁判官はゲームを作ったことがないどころか、ゲームをやったことがあるかもわからない。

ちなみに実際は3割どころか、入倉孝大が2ヶ月かけて作りきれなかった分は全部捨てて、一から1週間で、毎日日付が変わるまで会社に残って作ったのであるから、彼が作ったのは10割である。

この時ばかりは、彼はこれらがいかに噴飯もので荒唐無稽（こうとうむけい）でありえない主張の数々であるかを彼の弁護士に熱弁したのだが、弁護士が作ってきた原告準備書面③は、彼の熱意からすればとてもあっさりしたものだった。ただ、任せると決めたことではあるので、彼はそれを了承した。

> ４　第４項「仕様書の作成について」について
>
> ⑴ 被告は、本件ゲーム開発において事前に仕様書を作成しない旨主張する。
>
> しかし、かかる主張は、全くの意味不明であり、明らかな虚偽である。ウォーターフォール型であろうがアジャイル開発型であろうが、本件ゲーム開発においては現に仕様書が作成されていた（甲２７～４７）。そして、作成された仕様書に基づき本件ゲームは制作されているのである。被告も、本件で作成された仕様書について、開発過程で作られたことを認め、かつ、その重要性も認めているのである（閲覧等制限申立書参照）。

だがそっと、しかし致命打になるかもしれない一撃はしのばせた。グラニではグラニドメインやメールアドレス取得時からチャットワークに移行したが、それ以前は個人メアドでYammer※1を使っていたのだ。そして、Yammerは、発言がすべてメールで送られる。彼の手元にはログがあった。

> 第6　文書提出命令について
>
> 前述したとおり、開発担当者間のやりとりはチャットワークを利用して行われた。原告の他の開発担当者間の指示・監督の多くは、チャットワーク上でなされている。
>
> また、被告がいうとおり、谷が本件ゲームをすべて企画し、原告を含む他の開発者を指揮監督していたのであれば、それはチャットワークをみれば分かる事実である。
>
> したがって、本件の判断において、チャットワークのログは必要不可欠な文書であるのであるから、被告は、これを提出すべきである。
>
> 以上

これは当然谷直史さんも知っていたことではあるのだが、準備書面からすると気づいていなかったか、忘れていたのかもしれない。Yammerのログを突きつけられるという前提であれば、してはいけない主張があるように思うからだ。ただこれは、谷直史さん側のことなので、どういう認知と作戦だったのかは彼にはわからないが。

彼は思うのだが、谷直史さん側に彼がいたらこの裁判で彼は負けていた。スタート時点での立場の差は圧倒的すぎる。そういう意味では、ゲームでは敵側にも彼がいないことをずっと嘆いてきたが、ここではじめてそれに感謝した。

一応、彼がどうしてもこれはおかしいと主張したことも入れられているが、今読み直せばわかるのだが、ここは裁判ではあまり重要ではない。お互いの主張は水掛け論に過ぎず、裁判における攻守にならないからだ。だからこれを書面に入れたのは、彼を慰めるためだろう。

この時の彼側の作戦は、“この裁判での致命打となるチャットワークのログを文書提出命令で出させること”だった。それに関する話を振って、そこで水掛け論になったら、“じゃあ文書提出命令で出してもらってハッキリさせましょう、存在しないって嘘ついたけどあったんですよね？”という流れだ。

これも、一度存在しないと嘘をついたのだから、その嘘を守って、

※1　**Yammer：**Microsoftが運営する、組織内や組織のメンバーや指名されたグループの間でプライベートなコミュニケーションを取るために利用できるソーシャル・ネットワーク・サービス

チャットワークのログが一切出てこないほうが彼側は苦しかったと思う。彼ならそうした。スケベ心を出して、自分に都合のいい部分だけ、もう消失したと言ったログから出してきたから、じゃあああるなら出せよという作戦が使えたのだ。

9.収益金配分請求訴訟④

裁判というのは中盤くらいから泥沼の様相を呈してくる。というか裁判そのものが泥沼だ。ずっと相手のミスを誘いながら自分はミスしないよう、一貫性を保持するというゲームなんだから。ここでは被告準備書面④の反論を見てみる。

まず彼がディレクターだった、という主張への反論は「ゲーム業界においてはプランナーのことをディレクターと呼ぶことがあり、名刺にディレクターと入れたいとワガママを言うのでしょうがなくそうしてやっただけでディレクターではない」初耳だ。プランナーのことはプランナーと呼べばいいと思う。

> 甲２６の名刺に記載された原告の「ディレクター」という肩書は、原告が自らかかる肩書きを使うことを希望したものである。ゲーム業界においてモバイルコンテンツのプランナー（企画職）はディレクターと呼ばれることもあり、原告がディレクターを名乗ってもおかしくはないため、被告は、原告の希望に沿って名刺を作成した。

知る限りでは、「プランナー」「企画」「企画マン」「ゲームデザイナー(海外)」という呼び方は知っているが、ディレクターというのは海外でもディレクターのはずだ。いったいどこのゲーム業界の話だろうか。しかし、これも“裁判というゲーム”では真面目に崩さないといけない。裁判官はわからない。

最初は「谷直史と入倉孝大がほとんど作った」と言い、彼がクセの違いを説明してほとんどを作ったと説明すると「ゲーム業界では事前に仕様書を作成しない」となった仕様書も、「ウォーターフォール開発[※2]ではなくてア

> もっとも、ここでいう仕様書は、ウォーターフォール開発（被告準備書面（３）５～６頁参照）による機械等の設計における一般的な「仕様書」とは異なり、仕様がそれで確定している訳ではない。上記のとおりアジャイル開発において仕様は開発過程で随時改変されていくことが予定されているから、仕様書はその内容どおりに作ることを目的とするものではない。エンジニアやデザイナーが仕様書に沿って実装を行うが、出来上がったものをテストした上で、さらに仕様書は修正・調整が加えられる。また、仕様書に現れない口頭等による指示出しもある。そのため、仕様書には必ずしも最新・最終の内容が反映されていない。

※2 **Waterfall**：上流工程から下流にそって開発を進める手法

ジャイル開発[※1]だったので仕様書はあったけど重要ではない」という主張に落ち着いた。

いやらしいのは、ウォーターフォール開発やアジャイル開発という単語は実際に検索すればヒットするし、それっぽい説明も入ってるので、裁判官がうっかり鵜呑みにしかねないというところだ。実際、この裁判では裁判官はゲーム開発をどこまで理解できたのか、彼は疑問だ。

何しろ、同じ開発チームにいて、半年間一緒に開発した2人なのに、ゲーム開発についての説明が完全にバラバラで、全く違うことを言うのだ。仕事でこれを聞かされる裁判官としてはたまったものではない。中立な第三者の立場を想像してほしい。どっちを信じていいかわからないだろう。

「仕様書の作り方のクセが3人分あり、ほとんどが彼のものだから、そのほとんどを作ったのは彼だ」という彼の主張に対する反論はこうだ。

「彼が作っていたが、それはほとんど使い物にならなかったので、ほとんどを谷直史と入倉孝大が(彼の書き方を踏襲して)手直しした。だから彼が作ったとは言えない」

> 原告が最初のファイルを作成した後、谷及び入倉が大幅に修正又は作り直したものが甲２７～甲４４である。谷及び入倉が加筆した部分を図示したものを乙２７～乙４２として提出する（谷の加筆部分をピンク、入倉の加筆部分を水色、谷と協議して決まった事項等を原告が記載したにすぎない部分を黄緑色の線でそれぞれ囲っている。)。
> 以下、各ファイルについて個別に述べる。

「レイドマスタは彼が3割ブラッシュアップしただけ」だと言ったのに、今度は「ゲーム開発では仕様書を作成しない」から「ほとんど使われなかった仕様書」も「彼のクセを真似しつつ手直しした」という。谷直史さんは本当に証人尋問で証言したとおり記憶力が悪いようで、主張の軸がぶれすぎる。

> 以上のとおり、原告が作成したと主張する各マスタデータは、実際には入倉が設計及び入力を行い、または、入倉の設計に従って原告は入力したにすぎない。しかも、原告の入力部分は、仮の数値を先行して一旦入力したものが多く、コンテンツ全体のバランスを調整するため、その後谷及び入倉により確認・修正されている。
> とすれば、これらのマスタデータには、原告の思想等は何ら表現されていないから、各マスタデータをもって、原告が本件ゲームにおける表現に創作的に関与したとは到底言えない。

さらに谷直史さんは、繰り返し「彼が半年かけて作り上げたヴァルハラゲートの核ともいえるマスタデータ」は

※1 **Agile**：人間・迅速さ・顧客・適応性に価値を置くソフトウェア開発

「谷直史さんが決めたゲームのコンセプト（ただし具体的な成果物は出てこない）」に比べるとゴミで、そのうえ好き放題「入倉孝大が95%直した」などとまで言う。逆だ。入倉孝大は5%だ。

この時は本当に、文書を読むだけで視界が赤く染まる勢いだった。裁判とは、自分にとって都合のいい“事実”を組み立てるゲームだと理解した。この時の憎悪ともいうべき怒りが冷えたものは、彼の芯に据わった。彼は、相手に都合の良いことまで言うという誠実さをここで捨てた。それが後の裁判で鍵になる。

結局彼が抜けたあとも最後までグラニで役員になれなかった入倉孝大が、なぜか谷直史さんの次に取締役に就任した彼よりも上位にされていた。もちろんそれも、彼がダダをこねたからしょうがなく取締役にしてやっただけらしい。そこまで無理を押してでも嘘をつくのか。

彼が一番谷直史さんについて許せないことは、「これほどの嘘をついたこと」かもしれない。裏切ってだまし討ちをしたのも許しがたいが、彼の半年のほぼすべてをつぎこんだ仕事を、自分が勝つために、嘘で踏みにじったことは許せるわけがない。

ネタバレをすると、この地裁では彼は負ける。ここまでの無茶苦茶な嘘をもってして、彼は負けるのだ。だが高裁で文書提出命令が通ってからは、展開が変わる。

ここでついに、谷直史さんが作った「コンセプト」がなんだったのか主張される。それは「神獄のヴァルハラゲート」という名前だ。彼は、名前について興味がないし、谷直史さんが「俺が決めていいかな」とウッキウキなので、いいですよと了承した。彼は書かなくていいのに、そのことを経緯の説明で書いた。

3　ヴァルハラゲートの世界観は谷のアイデアに基づくこと

原告も認めているとおり、「神獄のヴァルハラゲート」という本件ゲームのタイトルは谷が考案したものである。

ここで、「神獄」とは神と悪魔を指している。また、「ヴァルハラ」とは北欧神話等に登場するヴァルハラ宮殿に由来し、「ヴァルハラゲート」とは、当該宮殿の門からキャラクターカードが出現することをイメージしている。

すなわち、本件ゲームのタイトルと世界観は大きくリンクしており、谷がタイトルを考案する過程で、世界観も自ずと固まっていったものである。

「神獄のヴァルハラゲート」という名前があれば、このゲームをイメージして作れるらしい。なるほど、それが谷直史さんが作ったコンセプトか。確かにヴァルハラゲートで谷直史さんが作ったのは名前くらいだな。チャットワークのログさえあれば、タイトルが決まったのは開発の終盤だと反論できるのに。

彼が出した証拠のメール群に、相川雄太が「自分のやる気のために、金は出せないが株が欲しい」と谷さんにおねだりして、彼にも根回ししにきたメールで彼を「キーサクセスファクター」と呼んでいたのも「駄々をこねるから」で説明されていた。駄々をこねたら取締役でディレクターでキーマンになれる会社があるらしい。

> この点、原告は、谷が「世界観はその表現わかりやすいね　さすがやで！」と述べていることや、相川が「水原さんが今回のキーサクセスファクターになることは間違いない」と述べていることを上記主張の根拠に挙げる（甲５８、甲５９）。しかし、谷や相川は、原告が批判・反論を受けると拗ねる傾向があったことから、円滑に業務を進めるため、原告を持ち上げていたにすぎない。

そういえばなぜ谷直史さんは相川雄太をあそこまで評価し、福永尚爾（初代CTO）や河合宜文さん（2代目CTO）にさえ株は渡さなかったのに、わざわざ彼をサシで呼び出して頼み込んでまで相川雄太にタダで株をわけてやったのだろうか？　しかも実質No.2だった彼を追い出したあと、相川雄太が副社長になる。開発で相川雄太は何もしていない。

相川は彼の評価では、絵に描いたような意識高い系で、いつも日経を読んでいて、仕事してるところを見たことがない。まあ、谷さんが何かを見出(みいだ)したということなんだろう。そういえば登記によるとグラニ売却の少し前に相川だけ先にグラニを辞めてたが、あれもなんだったのだろう。不明だ。

> 第２段落については否認する。被告は、原告が本件ゲームのディレクターとして本件ゲームの開発に関与したことから、ディレクターという肩書きを付した名刺を作成したのであり、原告が希望したから作成したものではない。

そして原告準備書面④である。彼は視界が赤く染まるくらい怒っていたが、書面は弁護士に任せていたのでおだやかなものだ。半年間血反吐(へど)を吐く思いでした仕事を、ダダをこねたから得た嘘の肩書だと言われたことも、

> ウ　（４）について
>
> 被告は、原告が株式取得価格決定申立事件において、鑑定費用として２５０万円を予納したことを指摘するが、原告がどのように費用を用意し予納したかについて何一つ理解していない。
>
> 被告は、本件ゲーム開発の対価を１円も支払わず、かつ、資金的に余裕ができているにもかかわらず貸金５００万円についても一切弁済せず、その上で、株式を１０倍に希釈化した上で１株１万円で原告保有株式を強制的に取得しようとしたのである。そのため、原告は、金銭的余裕がない中、本訴及び株式取得価格決定の申立てを行わなければならない状況におかれているのである。

「違う、そうじゃない」と返してるだけだ。

なお、読み返していて気づいたが、ここで彼の弁護士は、しなくてもいい主張をしている。谷直史さんが「別の裁判で250万の費用を出せたから、彼は金に困ってない」などと飛ばした野次のような主張に対し、「お前どの口でそれ言ってんだ、いくらなんでもお前がそれ言うのはナシだろ」とキレている。

覚えていなかったので、この時はこれに気づかなかったと思うが、今読み返すとわかる。これは彼の弁護士のキレポイントだったのだろう。こんな主張は裁判に何も関係ない。裁判の費用を彼が借金をしてまで集めようが、裁判の結果には何も影響しない。だからこれは彼の弁護士の、珍しく見せた感情だ。

> 本件ゲーム仕様書の作成を原告が主として最終段階まで行っていたことは、開発者間で使用していた情報共有ツール yammer 上での谷の「入倉くんへ 水原くんが超スピードで仕様を作っていっているので、近日中に１日、仕様書を確認しに来る日を作って欲しい。土日でもいいので来れる日を言ってくればその日はおれもどっぷり企画 Day にする(原告代理人注:後者の発言は、谷が普段は企画に関与していなかったことを示すものである。)」との発言や「水原くんへ 他の仕様書も、レイドとスキルツリーがなくトレハンやら秘宝がある状態で作ってたやつだとおもうので、全体的に見直しておいて一 見直して問題がなかったとしてもデザイナーがあと部材つくるだけで OK ってくらいまでブラッシュアップして欲しい。」との発言（傍線は原告代理人によるものである。）からも明らかである（甲６１、６２）。谷は、全体の流れを統括するのみであって実際の創作的作業にはほとんど関与せず、ディレクターである原告に任せていたのである。

また、前準備書面でYammerのログを出せることは開示したので、ここでは本格的にYammerのログを出した。これまでの谷直史さんの嘘が全部否定できるログである。ある意味、谷直史さんは裁判ゲームの能力がないか、彼を舐めすぎだ。出さなくていい主張までしてボロを出している、と彼は思う。

少なくとも彼がYammerのログを出し始めた時点で、「Yammerでは関係あるチャットログがメールで送られる」という仕様に思い当たり、「Yammerの彼が関係するログは彼の手元にある」という前提であたるべきだろう。しかし、主張がそれを前提としてないのだから、この想定が抜けていたとしか思えない。

ただ、こうやって嘘を暴きつつも、本命は「文書提出命令」だ。書面で縷々主張しているが、本命は「チャットワークのログこそが、真実を明らかにする唯一の証拠である」という主張だったのだ。これは、谷直史さんが「消失した」と言っていたのに「あった」と都合よく一部だけ出してきたログだ。

もし谷直史さんが、「ない」と宣言したログを、自分に都合のいい一部だけ切り抜いて証拠として提出してくれなかったら、Yammerまでの過去のログだけで戦わねばならなかっただろう。ただまあ、出してくれたので、その一点突破に賭けたというわけだ。

10.収益金配分請求訴訟⑤

書面を読み返していると当時はわからなかったことが今ならわかるようになっていて感慨深い。被告準備書面⑤で、水掛け論に近いお互いの主張の中に、時々本音というか事実が垣間見えるところがある。

この辺に至ると、谷直史さん側は「谷さんが描いたストーリー」に完全に寄せないといけないので、主張が飛び始める。たとえばこれだ。彼が資料を大量に読み込んで創作したことについては「歴史や神話が元ネタだから、多少オリジナリティを出したとしても創作性はない」

> (2) しかし、被告準備書面（4）１８頁以下で主張したとおり、原告がリストアップしたキャラクターは、歴史上の人物や神話上の人物からピックアップされており（そのために、原告は甲２１の１ないし５７のような資料を多数収集していたものと思われる。）、仮に「原告の考えにより意味づけがなされ」ている部分（原告準備書面（4）２４頁）が多少あったとしても、それらは所詮オリジナルのものに依拠しているから、創作性を有しない。

神話が元ネタなら創作性(著作権)が発生しないとは、素晴らしい考えだ。オリジナルの神話や歴史に依拠してるから著作権がないのなら、Fateにも著作権はないな。だが、別にこの裁判は「著作権とは」を争ってるわけではないから、裁判官への目くらましか。こういう無茶苦茶な主張はあちらこちらで見受けられる。

> しかし、あくまでユーザーが第一にゲームに求めるものは、ゲームそれ自体の面白さであり、イラストの美麗さではない。そもそもゲームのシステムが面白くなければ、ユーザーはゲームを利用しないし、良いイラストであっても課金してまで獲得するはずはない。また、イラストが美麗であってもゲームのシステムが陳腐であればユーザーの飽きも早く、継続的な利用は期待できない。これらのことから、ゲーム開発におけるカード制作のプライオリティは相対的に低い。イラストのクオリティは、あくまでもゲームに彩りを添える程度の、プラスアルファ的な要素にすぎない。

これは谷直史さんが出してきた書面からの引用だが、「イラストは所詮(しょせん)ゲームの添え物であり、プラスアルファにしか過ぎない」と言

> 例えば、「シヴァ」（甲４７・３頁）や「ジャック・オ・ランタン」（同５頁）、「アレキサンダー」（同８頁）は他社が使用予定であった完成品を購入したものであり、そもそもイラストレーターに対する指示書の作成に被告は一切関与していない。「オルランドゥ」（同６頁）や「オリヴィエ」（同７頁）は、キャラクター名のみ指示して制作を依頼しており、指示書を渡していない。

い、彼が半年先まで用意していた指示書を流用しただろうという指摘には「それらのイラストはキャラ名だけで依頼した」という反論がきた。

彼は、「入倉孝大が仕上げられなかったレイドを取り上げて仕上げた結果、入倉孝大が鬱(うつ)っぽくなった」から、「お気に入りの入倉孝大くんが可哀そう」で「三国志バトルの時はちゃんと予算を取ってきてくれたのに、谷直史さんは彼と喧嘩(けんか)するためにイラストを馬鹿にしてきて大喧嘩になった」という認識だった。

読み返すと、どうも谷直史さんは、裁判と関係ない（必要ない）ところで本音を主張している。谷直史さんはどうやら本気で、イラストはゲームの添え物でどうでもいいと思っている。あの時、あの喧嘩で言いあった言葉は本心だったようだ。まあそうか、怒鳴りあって喧嘩をする時には本心が出るものだといえばそりゃそうだ。

「キャラ名だけを渡して依頼した」というのも無茶苦茶だと彼は思う。神話や歴史の英雄は、その生い立ちから様々な英雄譚(たん)を経て完成する。そのイラストのカードに持たせたいアビリティはどんなものなのか。アーサー王※1一つとっても、カリバーン※2前、カリバーン後、エクスカリバー※3後、晩年とたくさんある。

アーサー王物語だけに沿ってもそうで、なんなら女体化しても少年化してもいいし、少なくとも何かしら描いてほしいものがあってこそ依頼するはずだ。名前だけを投げてイラストを依頼するなんて信じられないが、確かに彼が辞めた後ヴァルハラゲートはイラストレーターの名前すら出さないようになっていた。

なお、彼側が持っていた「数少ない証拠」は一通り出し終わっていたので、ここからは新しい主張はない。どちらかというと「映画の著作物」や「職務著作」といった法律論の言い合いがメインで、その上で「文書提出命令」を引き続きアピールしていくことになった。

この裁判が、最も

ゲーム業界に密接な裁判だった。そして、地裁で

※1 **アーサー王**：6世紀初めにローマン・ケルトのブリトン人を率いてサクソン人の侵攻を撃退した人物とされる
※2 **カリバーン**：アーサー王が選定の岩より引き抜いたとされる伝説の剣とされる
※3 **エクスカリバー**：ある湖の貴婦人から与えられた剣で、決して折れずこぼれず千の松明を集めたような輝きを放ちあらゆるものを両断したとされる

だけとはいえ、唯一敗北した裁判だ。彼は、「ゲーム業界に少し知見があるならば」谷直史さんが言ってることは支離滅裂だと示したつもりだったが、裁判官には理解されなかった。

この地裁での判決は「彼はグラニの社員であったとみなして、他の社員と同じ額の420万円の未払いの給与支払いを命じる。文書提出命令は却下する。著作権も却下する」というようなものだった。

だが彼はこの時点で「株価鑑定」の裁判で勝利し、8000万円以上を得ていたので、数百万を上乗せして高裁で戦うことができた。高裁で谷直史さんは、またしても自分から出さなくていいボロを出して、そして逆転の和解へとつながっていく。

ここで、この裁判と同時進行で進んでいて、先に判決も出た「株価鑑定」の裁判についてざっと触れたいと思う。谷直史さんが10倍に薄めた上で強制取得をして、「10万でいいなら買い取ってやるが」と言った株式の価格について決める裁判のようなものだ。裁判所で決めてもらう。

こちらも様々な法廷バトルがあったが、ゲーム業界のような面白い話はあまりないし、ここでは割愛しようと思う。結論から言うと、裁判所は当時のグラニの時価総額を「約90億円」で「希釈化」については別途損害賠償でも起こしたら？　という決定を下した。だから希釈後の8/999株に利息を足して、8000万円というわけだ。

たしかこの株価決定の中で、谷直史さん側から和解の提案があった。それは、裁判所選任の鑑定人による鑑定結果が「90億円」と示され、まあ十中八九それに沿った判決が出るだろうという、95%裁判が終わった状態で、谷直史さんから「これなら和解してやってもいい」といってきた条件だ。

それは、「他の裁判をすべて自分から取り下げるなら、この鑑定結果どおりの8000万円を支払ってやってもいい」という「和解提案」だった。彼はその提案内容が書かれたメールが届いた瞬間、怒りを通り越して爆笑してしまったのを覚えている。

彼がそんな提案に乗ることは、時計の材料を箱に入れて振ったら時計が組み上がるよりもありえない。だが提案してきた。彼が谷直史さんをいろいろと誤解していたように、谷直史さんも彼をいろいろと誤解して認知していたのかもしれない。そういう提案に従うような人間である、だとか。

彼は「馬鹿め」と言ってやれと言ったが、彼の弁護士は真面目にお断りの返事を出していた。つまらない。ともあれ、こうして「株価鑑定」で約8000万円という資金をゲットした彼は、lalha氏と、親に借金を返済した。そのうえでlalha氏とは、ロマネ・コンティで祝杯をあげた。

株価鑑定で、希釈化による損害は別途争うよう裁判所からのお達しも頂いたので、本命の損害賠償請求事件に踏み込む。こちらは株価鑑定と違って面白いところもあるので語ろうと思う。谷直史さんが不法に株を希釈したことによる、彼の損害を賠償しろという訴訟だ。

この「損害賠償請求事件」は、数億の訴訟額になり、裁判費用だけでもおそらく双方億近くかかっている。手前のどれか一つで勝って数千万の資金が入らなければ、戦えなかった戦いだ。だが、戦える。戦うと決めたのだから、途中でやめる理由がない。こうして一連の裁判の最終総力戦が始まる。

11.収益金配分請求訴訟⑥

地裁で敗北したが、彼は高裁で戦うことにした。あくまで彼の個人的な感想であるが、地裁は「厳密なところまで踏み込まずに、8割あってればいいだろうという判断で判決を出すところ」、高裁は「かなり厳密に検討して慎重に判決を出すところ」だと思う。

> ⑷　チャットログの提出について
>
> 控訴人は、「証拠保全手続の際、被控訴人は（中略）検証を拒んだ」「控訴人が行った文書提出命令申立てについては、模索的・濫用的等として一貫して拒んだ」などと被控訴人が不当にチャットログの提出を拒んだかのように主張する。
>
> しかし、原審においても説明したとおり、被控訴人は、証拠保全手続きの際は、既に控訴人をチャットワークのメンバーから削除していたため、かかる退会者の過去ログを出すことは不可能であると考え、「分からない」と答えたのであり、何ら不当に拒んだものではない。
>
> また、原審における控訴人の文書提出命令申立てが却下されているとおり、被控訴人が証拠調べの必要性がないこと等を理由に提出を拒んだことに、何ら不当性はない。

彼側の戦略は地裁と同じだ。谷直史さんが「消失した」と嘘をついたが都合のいいところだけ証拠で提出してきたチャットワークのログを、裁判所の命令で出させるという「文書提出命令」が狙いだ。控訴理由書も軸はこれになっている。

谷直史さん側もさすがにどこを守るべきかは理解しているようで、「チャットワークのログは重要ではない、なぜなら口頭で会話できる位置にいたから、口頭で指示出しをしていたからだ」という新しい主張が追加された。開発現場でログを残すことの大事さは言うまでもない。

また、「証拠保全」という、裁判で必要な、証拠隠滅されそうな証拠を押さえる仕組みの時には「消失した」と言ったが、あとから証拠として出てきたことについては、「あの時はわからなかった」という説明が出てきた。何度も言うが、メンバーを削除してもログは部屋に残るのでこの認識はありえない。

ここで、谷直史さんは重大な主張をした。彼や谷直史さん側と全く関係のない第三者の名前を出して、「この人もこう言っていた」と自分に都合よく主張したのだ。なぜ、この裁判に全く無関係の第三者の名前を谷直史さん側から出したのかはわからない。

その主張は、谷直史さんの主張に沿うものであったが、彼はおかしいと思った。谷直史さんの言ってることはおかしいのであるし、そんなことを第三者が言うわけはないと。というわけで、彼はその第三者に直接聞きに行った。「こんなことを本当に谷直史さんに言ったのですか？」と。

すると、「いやこんな谷直史さんが言ってるようなことは言ってない。こういう話をしたし、谷直史さんはその時こう言ってたよ」と、陳述書（裁判における証言を書面にしたもの）を書いてくれた。クリティカルヒット※1だ。谷直史さんの主張は崩れ始めた。

本当に彼は、なぜ谷直史さんが、第三者の名前を出して、しかも嘘を言ったのかわからない。これこそ墓穴を掘るというやつだ。あるいは嘘をつこうとしたのではなく、何かと記憶違いをしたのかもしれない。まあ結果として嘘になってしまったわけだ。

なお、谷直史さん側からは、「その人は記憶違いをしている。谷直史さんの記憶していた内容こそ正しい」という苦しい言い訳が出てきたが、本人の証言と谷直史さんの証言、どちらに信憑性（しんぴょうせい）が置かれるかは明白だ。

※1　**Critical Hit**：相手に与える致命的な一撃という意味

この苦しい言い訳のあと、ついに「文書提出命令」が通り、ずっと彼が主張してきたチャットワークのログが提出された。その内容は彼の主張に沿うものであり、谷直史さんの主張はいよいよもって苦しいことになった。

もう、このログは、ゲーム業界の人間に見せれば誰でもわかるレベルで彼がディレクターで現場で指示していたものだが、これも“裁判官にわからせゲーム”として攻略せねばならない。というわけで彼と彼の弁護士は「指示の発言数」や「完了したタスク数」を説明した。

> きた。特定のグループ参加者が完了した「タスク」の数は，グループ参加者ごとに「タスクを完了しました。」との文言の数を数えることで可能である。そこで，企画担当者（控訴人，谷，入倉）についてこれをカウントすると，この３名が完了したタスクの数は，以下のとおりとなる。
>
> 控訴人　１４３（４８．５％）
> 谷　　　　６３（２１．４％）
> 入倉　　　８９（３０．２％）

> 控訴人　１００８（２９．４％）（企画担当者３名内では，４６．５％）
> 谷　　　　５７６（１６．８％）（企画担当者３名内では，２１．４％）
> 入倉　　　５６９（１６．６％）（企画担当者３名内では，３０．２％）

また、“ほとんどが谷直史さんや入倉孝大の仕事で、彼はほとんど制作していなかった”と谷直史さんが主張した数々に対して、実際のログを示した。ここまでずっと使えなかったログがついに出てきたから、彼と彼の弁護士はノリノリで主張している。

裁判においての“裁判官わからせ度”を、業界用語で「心証※2」といい、これは裁判官の心の中の印象のことだが、彼にもわかるくらい「心証」は傾いていたと思う。文書提出命令をついに出してくれたのもそうだし、その内容がこれまでの主張を吹き飛ばすものだったのだからなおさらである。

なお、このチャットワークログの文書提出命令に関しては、谷直史さん側に対し第三者に開示しないという「誓約書」を提出しているので、本当はもっと語りたいことがあるが、ここでは語れない。そうまでして提出を求めた甲斐のあるログだったということはできる。

> 加えて、控訴人は、口頭によるコミュニケーションが不得手であるため、隣の席に座っているメンバーに対しても、主に口頭ではなくチャットワークで会話するなど、チャットワークを多用する傾向があった。
>
> 反対に、谷や入倉は、チャットワークよりも、口頭でのやり取りを主としていた。
>
> したがって、本件チャットログにおける控訴人の発言数の多さは、控訴人がチャットワークを多用していた事実を示しているに過ぎず、それ以上の意味はない。

※2　心証：裁判官が訴訟事件の審理において、事実認定について心の中に得た確信または認識

「チャットワークのログを見れば、その量からも彼の指揮割合が高いことは明白である」という主張に対しては、「彼は口下手なのでチャットワークに書いてただけで、谷直史と入倉孝大は口がうまいのでチャットワークを使わず口頭で主に指示していた」という反論がきた。本当に苦しい。

谷直史さんはあきらかに口下手だったし、入倉孝大もあきらかに口下手だったのはさておいても、開発現場で口頭を主として指示することがいかにありえないか。言った言わないにもなるし、聞き間違いも発生する。彼は口頭で指示したあと、チャットワークにログを残すため打ち直していた。

さて、ついに出たチャットワークのログを元にノリノリで攻め立てていると、裁判官から「和解の示唆」があった。結論からいうと彼はこの条件で和解した。そして、その和解条件に秘匿条項が含まれるため、和解についても詳しく話すことができない。

地裁では「420万円を支払え、他は認めない」とだけの判決だったが、裁判官が示した和解案は、彼が悩み、そして了承するような条件だった。彼は、この和解条件は実質勝利だったと思っている。和解の調印式で、谷直史さんが目を血走らせていたからだ。

谷直史さんは後の損害賠償請求裁判で「株価決定の8000万円と、この和解条件で支払った金のせいでグラニは倒産に追い込まれた」と主張しているのもある。あるいは、和解を蹴ってぶっ込めば、もっと大きい勝ちを取れたかもしれない。だが、負けて意気消沈し、後の裁判でも満足に戦えなかったかもしれない。

12.損害賠償請求訴訟①

谷直史さんが彼の株を“谷直史さんの言う合法的な手段でゼロにするために”行ったのは、①第三者割当増資で谷直史さんを指名し、1株1万円で899株新株発行し100株→999株に希釈する②その上で強制取得（強制株取り上げ）の2つだった。この裁判は①での彼の損害を争うものだ。

本来、他人から株を回収したい場合は、交渉して取引するか、②で行った強制取得がある。彼は前述の通り、別にきちんと値段をつけて買ってくれるならそれで構わないと言っていたが、谷直史さんは強制的に①の異常で不法な希釈化を行ってきた。

というわけで①の希釈化、これに対抗するために、まずはすぐに新株発行の無効化を申し立てた。しかしこれは、即日新株発行が実行されており、新株発行は遡及(そきゅう)して取り消せないので、この申し立ては取り下げることになった。

次に株価決定の申し立ての中で、この希釈化は違法であり、希釈前の株数で株価を出すべきだと主張した。判決は、それは別件でやれとの判断と、希釈後すぐに行われた強制取得時点でのグラニ時価総額が約90億円という鑑定結果が出た。というのがここまでの流れだ。これは高裁まで争い確定した。

この損害賠償請求裁判が最もダイナミックで、双方法律学者の意見書や、四大と言われる大手法律事務所の書類、途中での谷直史さん側の弁護士入れ替わりや追加などが起こった。判決で6億円（地裁）とか5億4000万円（高裁）とか出るような裁判だったからまあ、そりゃそうなるのか。

彼側の主張は、主位的請求と予備的請求という二本立てになった。主位は、これら①②は一連の不法行為であるから、損害は株価鑑定結果に従って計算したものであるというもの。予備的請求は、仮に一連の不法行為でなくとも、特別損害であるから、やはり株価鑑定の結果に従うべきというものだ。

他に彼らが立証しなくてはならないのは、「この谷直史さんが取った希釈化が不法行為であること」だ。不法行為で損害を与えたから賠償せねばならないのであって、これがもし合法だと判定されたならば、この裁判は彼が負けることになる。

実際、谷直史さんの反論は「これは必要だから行った資金調達のための新株発行であり、手続きはすべてきちんと行ったのだから、全くの合法である」とのものだった。ここに法律論と実際にあったこと、彼、谷直史さん、入倉孝大の3人の証人尋問までを踏まえて戦い抜いたのがこの裁判だった。

この裁判が始まった時点での彼側の認識は、訴状を読むことで把握できる。その後判明したことも多いので、この訴状の時点での彼側の認識をまず把握すると、①の希釈化が、直後の強制取得での時価総額が90億円であるから、それを1株1万円というのは会社法210条「著しく不公正」にあたると主張した。

実際は彼と谷直史さん以外の株主には、「彼にだけはされなかった」いろいろな情報が共有され、「悪いようにはしない、あとで報いるから」という説明をされて、希釈化の株主総会に賛成していたことが判明するので、もっとどうしようもない「著しく不公正」だったわけだが。それは今後判明していく。

また、MobageからGREEに鞍替（くらが）えした時点で、GREEとの戦略的業務提携の草案は既に見せてもらっていた（深夜に谷直史さんに見せてもらった契約書）わけだが、その業務提携も、幸いというべきか、この希釈化の前に既に行われていたのだった。

これら提携のタイミングも、なにか一つ違えば裁判は大きく違う展開になってたと思う。このGREEとの提携を、彼の株に手を付ける前にやったのは、ここでも谷直史さんは彼を舐（な）めたのかもしれない。これが後だったら、この提携で高騰したと間違いなく主張してきただろうから。

また、この裁判でおそらく最も強い証拠となったのが、彼が戦うと決めた直後のあの録音だろう。この訴状でも、「谷直史さんの新株発行は、彼を排除するための発行であり、資金目的

> 被告谷は、原告が株式の譲渡と辞任の話とは話が違うとして株は持ち続けたいと断ると、「それは難しいよ。」（甲１７の２，８頁）としてあくまでも株式の譲渡を迫った。原告が「今の時価総額とかきちんと計算してくれるならそれも考えたのですけど、出した時の８万円のままの買取というのは、僕は同意できないです。」（同８頁）、「８万円出したんだから８万円で買い取らせてもらうという条件の上で８００万円出すというお話であれば、先ほどのお話にあった、１２０万円だけとかで構いません。」と断ると、被告谷は、「そうすると、じゃあ、１２０万円以外は何もない。」（同９頁）、「水原君の８％は、ほぼ無効なことになる、」（同９頁）、「ほぼ意味ない。ほぼ意味ないっていうか、もうゼロに近い、限りなくゼロに近くなってくる。」（同９頁）とし、原告が「まあそれはあの、出来るかどうかとか、やってみないと分からないところもあるし。僕も専門家じゃないので、あれで。」（同１０頁）と被告谷の主張に疑問を呈すると、「ああ、その辺はもう確認済みで。」（同１０頁）と何らかの手段により原告の株式を希釈する手段を用意していることを示した。そして、原告が「（株を）僕が別に持ち続けても得をしないという話であれば、何が。よく分からない。」（同１０頁）と原告が被告会社の株主でいることの問題を問うと、「めんどくさい。わざわざ水原君に対して、」（同１０頁）、「株主総会とかを開く時とかに招集したりとか、あの、水原君から何か情報がほしいとかって言ってきた時に、開示しなきゃいけないとかめんどくさいし、」（同１０頁）、「どうでもいいじゃなくて、・・・さっき言ったような、わざわざ排除するような、えっと、行

ではない」という、いわゆる新株発行の主要目的ルールの主張もされている。この録音は、高裁の判決でも引用された。

なお、この訴状にもあるがこの希釈化の新株発行の時点で彼はそれなりに勉強して臨んだので、「新株発行の特に有利な場合にあたるので、その理由を説明してほしい」と株主総会の場で求めたが、谷直史さんの答えは「それが会社のために必要だからです」であった。何の説明にもなってない。

この、何倍にも希釈をぶちかましてから強制取得するという谷直史さんが行った手段は、手続きだけ見れば特別決議も取っているし、「株主総会の議題を知らせる義務はないから知らせず、対抗手段の差し止めをする暇を与えず、即新株発行をする」も確かに義務はないから合法ではある。

だからこの裁判は、「不法行為ではない」という反論を一つずつ潰していく総力戦になった。この彼の訴状でも、「不法行為」という言葉だけでなく「脱法行為」という言葉さえ出てくる。まさに、脱法的な少数株主からの剥奪だったのだ。録音がなかったら、立証は危うかったかもしれない。

ただ、これはこの裁判を通して株式の仕組みについて勉強した彼の、あくまで個人的な感想だが、「もしこの脱法行為が合法という判例が出来てしまえば、日本の、すくなくともベンチャーとよばれる、株式を報酬とした起業はすべて壊滅する」。特別決議が取られると、株式をまさに谷直史さんの言う「ゼロにされる」のだから。

面白いだろう？　彼はもう今さら引く理由がない。最後まで戦う。なら判例が残る。勝てばいいし、もし負けたら、彼と谷直史さんは日本のベンチャーを壊滅させた者として名が残るのだ。戦っていて正直どちらにせよ面白いと思っていた。高裁では勝てたので、そりゃ勝ったほうがよかったと思うが。

13.損害賠償請求訴訟②

訴状に対する最初の谷直史さんからの反論は、当時グラニがgloopsから訴えられていたこともあって、本筋とは違うところでも面白い主張がされている。「谷直史さんはgloopsを辞めた時点では新会社設立など考えておらず、辞めてから設立を思いついた」とか。

これは彼の仕事についての主張もそうで、著作権で争っていた頃は「彼はワガママを言うから名刺にディレクターとつけてやっただけだし、成果物は手直しをしないと使えないゴミで、実質95%は入倉孝大や谷直史の仕事。取締役にしてやったのもワガママを言うからしょうがなく」だった。

ところがこの裁判においては最終的に「彼が辞めたせいで、当時はその穴を埋めるために大忙しだったから全部相川雄太に任せたりしていた、覚えてない」と、証人尋問に呼ばれなかった相川雄太にぶん投げたりしていた。5%が抜けたくらいで記憶が飛ぶくらい忙しくならないでほしい。

裁判というのは“裁判官わからせゲーム”ではあるわけだが、裁判官はそれぞれの業界や事情について詳しいわけではない。裁判におけるもう一つのゲーム性は、“一貫性保持ゲーム”であると思う。一貫性を保持する必要は厳密にはないのだが、相手に穴を気づかれると、それは攻撃される弱点となるからだ。

その点において、谷直史さんは最初のうちは好き放題にストーリーを描きまくっていたが、いざ矛盾が頻発した終盤になると、それ以上矛盾にならないよう、記憶にないとか覚えてないとか、相川雄太に任せていたに終始していた。これが一貫性保持ゲームに失敗するということだろう。

その点、たとえば最初から覚えてないで一貫していたら、彼側は戦いにくかったのだろうなと思う。ある程度は勝てたかもしれないが、これほどの立証はできなかっただろう。谷直史さんは彼に完全に勝とうとして、スキを見せ、より深く負けた。彼はそう思う。

このハイパー希釈取得メソッドについて、谷直史さんの反論は次のようなものだった。「谷直史さんは法律の専門家ではないのでわからない。弁護士に相談して言われたとおりにやった。だから谷直史さんには責任がない」

言うまでもないことだが、弁護士に相談したからといって、実行者の責任が消失することはありえない。その弁護士を不適切なアドバイスをしたとして別途訴えるのは勝手にしてくれればいいが、彼に損害を与えたことには、谷直史さんが弁護士に相談したことはなんの免罪符にもならない。

また、別件鑑定（株価決定でのグラニ時価総額が90億円との鑑定）については、そちらでも主張していたことだが、「ヴァルハラゲートに限らず、ソーシャルゲームというものはいつデータが壊れてもおかしくないので、業績が不透明なものであり、別件鑑定は間違っている」と主張してきた。

> また、本件ゲームに限らず、ソーシャルゲームはデータ不整合等の致命的な不具合によりサービス中止に追い込まれる危険性を常に抱えている。
> そのため、被告会社の業績が今後も伸びていくことが確実であったなどとは到底言えない。

普通はミスで飛ばないよう、サーバエンジニアが様々な予防線を張るものであるが、これが“裁判官わからせゲーム”だ。谷直史さんはソーシャルゲーム会社の社長である。だから当然これが無茶苦茶な主張だと自分でわかってるはずだ。あるいは、谷直史さんはソーシャルゲーム関係の株価全部に異論があるらしい。

他にもいろいろと、無茶な論建てで法律論の主張もしているが、それはここでは割愛する。この裁判が始まった時点では、谷直史さんは「会社登記時には1株1万円だからこの時も1万円でいいと思った」と言っている。“GREEとの戦略的業務提携も発表され、数億の売上があり、ニュースを賑（にぎ）わせている会社”が、である。

この主張も二転三転していくのだが、この時点ではまだ「完勝」を狙って、多少無茶苦茶なことでも主張していた、または最初言ったことに引っ込みがつかなくなったのか、どちらかは谷直史さんでないとわからないが。株価決定で時価総

> また、本件新株発行における株式の発行価格は金１万円であるが、設立からわずか６か月程度しか経過しておらず、一度も決算期を迎えていない状況の被告会社にあって、その代表者である被告谷が、設立時から被告会社株式の価値にそれほど大きな変動が生じていないと理解したとしてもやむを得ない。弁護士の助言のもと決められた発行価格であることを考慮すればなおさらである。

> 原告が被告らに対し損害賠償請求していることは認め，その余は否認ないし争う。代表取締役の不法行為により損害を被った原告が，被告らに対し損害賠償を求めることを非難されるいわれはない。また，原告の請求が会社法に反することはなく，むしろ被告らの行為こそが会社法の制度を悪用したもので，会社法が許容しないものである。

額が90億円とついた会社を、時価総額100万円だと思ったというのだから無理がある。

これも読み直していて気づいた彼の弁護士のキレポイントだが、谷直史さん側の「会社法を悪用した損害賠償請求であり却下されるべきである」という主張に、「お前らこそが会社法を悪用したのである」とキレている。わかるようになってから読み返すと見えてくるものだ。

なお、谷直史さん側から「ちゃんと弁護士に相談した（だから谷さんに責任はない）」という証拠として、弁護士相談料の領収書が提出された。そこには、「対水原氏創業メンバーからの株式取得手続きの件」と書かれていたのである。語るに落ちるとはまさにこのことだ。

> でも，「対水原清晃氏　創業メンバーからの株式取得手続の件」として，「タイムチャージ平成２５年３月分として」の費用が請求されており，このことからも，本件新株発行当時から，原告より株式を取得する手続が想定されていたことが認められる。

「資金調達のために新株を発行した」「事前に弁護士にも相談したから合法」として出てきた領収書の券面が「創業メンバーからの株式取得手続き」である。どういう戦略ならこういう証拠が出てくるのだろう？　彼にはわからない。証拠を提出する前に精査くらいはするものだと思うが。

この裁判のあたりになってくると、谷直史さんの主張はなかなか面白いことになってくる。「谷直史さんは、彼が株を持ち続けることにリスクを感じ、"適法に彼から株式を取得"するために弁護士に相談し、スキームを組んでもらい実行した。よって"彼を排除する目的ではない"（資金調達目的である）」。日本語でおk。

> 上記被告の反論は、ミスリーディングであり、かつ、前提を欠くものである。
>
> まず、被告谷は、経営方針について逐一意見が対立する原告が被告会社株式を保有し続けることにリスクを感じ、適法に原告から被告会社株式を取得するべく、弁護士に依頼し、弁護士が設計したスキームの一環として本件新株発行を実施したものであり、原告を「排除」する目的で本件新株発行を行ったとの主張はミスリーディングである。

なんだろう？　ネチネチとたくさん主張を積んでここからも何年も戦ったからには、勝負を投げたわけではないのだろうし、本当にこれが通じると思って主張したのだろうか？　読み返していても不思議に思う。

弁護士に相談したから合法、との主張にも彼の弁護士はキレ散らかしている。「そのような法理論は存在しない」。現実の裁判には、逆転裁判[※1]のようなわかりやすいブチギレバトルは存在しない。しかし、わかる人にはわかるブチギレバトルはあるのだ。

生じていないと理解したとしてもやむを得ない」などという主張は，失当というほかない。なお，被告らは弁護士に相談してスキームを策定したことを違法性ないし故意，過失を失わせる事由として主張するが，弁護士と共同して違法なスキームを構築して原告に損害を与えておきながら，原告に損害を甘受せよとする法理論は存在しない。

これに対する谷直史さんの反論は相変わらず「会社の価値が上がってるなんてわからなかった」である。“ゲームがリリースされ爆発的にヒットし、GREEとTVCMなどを含む戦略的業務提携を結んだ会社の企業価値”が100万円だと思った、というのが引き続き谷直史さんの主張だ。

本件新株発行がなされたのは、被告会社が設立されてから６か月程度しかたっていない時期である。また、後述するとおり、当時の被告会社の収入源は唯一本件ゲームのみであった。

被告谷は、本件新株発行当時、設立からわずか６か月程度で被告会社株式の価値が大幅に上昇することは予想しえなかった。

谷直史さんの反論書面のまとめを読むと、「彼には500万円を無茶苦茶な契約書で出させて、自分は金がないから出さずに株式の63%を取り、さらに生活できないから自分には給料を出すと言った」谷直史さんが、900万円がなぜかあったから、資金調達目的で1株1万円で発行済100株の9倍、899株発行したらしい。

４．．　小括

被告谷は、上記１及び２で述べたような事情から、本件新株発行当時、被告会社株式の価値が設立時から大きく高騰していることは予想しえなかった。そのため、当時自らが拠出できる金員が９００万円程度であったことや、被告会社に喫緊の資金需要があったことを考慮して、設立時と同じ１株１万円で被告会社株式８９９株を自身に発行することを計画した。

被告谷は、上記内容による本件新株発行について弁護士に相談し、弁護士から有利発行にあたる可能性があるため会社法所定の手続を履践する必要があるとの助言を受け、弁護士のサポートのもと、必要な手続を履践して本件新株発行を行った。

以上のとおり、被告谷は、本件新株発行当時の被告会社を取り巻く情勢を踏まえ、弁護士の助言のもと本件新株発行を行ったのであり、その判断の前提たる事実認識・意思決定過程には何らの注意義務違反もない。被告谷には何らの過失もない。

以上

※1　**逆転裁判：**株式会社カプコンが開発する法廷バトルアドベンチャーゲーム

なぜ899株かというと、1000株を超えると資本金が1000万円以上になってしまい、税制的に少し不利になるから999株で止めたのだろう。もしその縛りがなければ何倍に薄めようとしたのかわからない。まあ、こんな主張をされれば彼の弁護士がキレるのもわかる。今読み直しても腹立たしい。勝ててよかった。

さらに追加で谷直史さんから出された反論は「株主総会で彼と谷さん以外の株主もこの新株発行に賛成していたから合法」である。後の証人尋問で入倉孝大は、「君には会社での待遇で後で報いるから」と賛成するよう谷直史さんから説得されていたと証言した。もちろん株主総会の決議で利益供与を約束してはいけない。

なお、この辺で軌道修正したのか、谷直史さん側の主張する新株発行の目的は、「グラニの経営に悪影響を及ぼす彼の株を減らすことを彼以外の株主全員が望んだからと、資金調達の二本立てである」に変わった。「谷直史さんが弁護士に相談したから資金調達」よりは歯ごたえのある主張になった。

> しかし、本件新株発行は、被告会社の株主総会において、原告以外の全株主（全議決権の９２％という圧倒的多数）の賛成により、募集株式の数を３０００株以下とすること、払込金額は１株につき１万円以上とすること、申込みがあることを条件に発行する株式の全部を被告谷に割当てることが決定されたものである（甲２）。本件新株発行の実施は、被告会社株主総会の意思により決定されたものであり、被告谷個人に不法行為が成立することはない。

> **（３）　本件新株発行は、①被告会社の経営・運営に悪影響を及ぼしていた原告が保有する被告会社株式を希釈化すること及び②被告会社の急場をしのぐための資金調達を行うことを目的としてなされたものであること**

また、資金調達の目的についても「4月の末にはGREEから入金があるのはわかっていたし、一応それまで金はもつ予定だった。しかし、“不測の事態が怖いので”谷直史さんの隠し資産900万円を“株価が上がってるかわからないから1株1万円で新株に当てた”」らしい。なるほどですね～。

まあこれらの主張はすべて裁判所に「資金調達の必要性を説明できてるとは言えない」「主目的は彼の排除である」とぶった切られてるので笑い話にできるというものだが、たとえばあと少し証拠が足りなかったり、あと少し谷直史さんが巧妙だったらと思うと背筋が寒くなる。

ここまでがこの裁判の序章といえるだろう。ここから彼と彼の弁護士は、これらの主張を突き崩していく。崩すほどに苦し紛れに新しい過去の証拠が登場し、過去に本当に起こっていたことの真相が明らかになっていく。そういう意味で、お互いに主張をいったん並べ合った序章はここまでだ。

14.損害賠償請求訴訟③

言い訳が苦しくなったやつは、全く別の話にそらそうとするものだが、それは裁判においても同じようだ。新しく出てきた谷さんからの反論は、「株主総会で決議されたし、谷直史さんと彼以外の、他の株主が賛成してるから、それに従っただけ」だった

他の株主というと、谷直史さんの友人と、谷直史さんの部下である入倉孝大と相川雄太で、全員谷直史さんの息がかかってるとしか言いようがないし、後の証人尋問で入倉孝大は「谷直史さんから株主総会で賛成すれば、今後君を悪いようにはしないし、後で報いるから」と説得されていたと証言している。

会社法120条では「株主の権利の行使に際し、財産上の利益の供与をしてはならない」とある。「入倉孝大にそういう利益供与の約束をした」谷直史さんが、「私は株主総会の決議に従っただけだから合法」と言いはるのが裁判だ。これはもう裁判しないとわからないだろう。裁判は戦争だ。戦争に綺麗(きれい)も汚いもない。

「2000万円を出資した谷直史さんの友人」も、「希釈されたあとの株(2株くらいか?)を、後に「1億円以上」の金額で会社に買い戻してもらっている。この事実を聞けば何があったかは簡単に想像できるが、裁判ではこれを「裁判官に納得させて立証せねば」ならないのだ。本当に裁判なんてやるもんじゃない。

谷直史さん側は、これは「株主のうち少数派の多数派が賛成したマジョリティ・オブ・マイノリティ[※1]」で、これは米国の裁判例にあるから、谷直史さんの行動は合法と認められなければならないと主張してきた。ここは日本だ。勘弁してくれ。

結局、このマジョリティ・オブ・マイノリティも、繙(ひもと)いてきちんと調べて、谷直史さんの解釈は間違ってるだろうという点を示して反論

※1 **マジョリティ・オブ・マイノリティ:**買収に関して利害関係を有する株主を排除しそれ以外の株主の過半数によって買収の許否を判断する

したわけだが、「日本の裁判」で「連邦裁判例を自分に都合よく引用する」くらいの離れ業が飛び出すのが裁判という戦争だということだ。

この辺は、矛盾しまくって苦しくなった言い訳をごまかすために撃ったチャフ[※1]か何か、裁判官が万が一ころりと信じ込んだりしたらもうけものというようなものじゃないかと思う。彼らの主張したい主力は、「手続きは全部合法で特別決議も取ったから合法」というこれに尽きるだろう。

だからこの裁判は、「見るからに無茶苦茶だが合法な手続きで、“証明がとても難しい不正目的”（証明できてよかった）で行われた不法行為」という、なんとも現代らしい、脱法と不法の間にその勝負があった。当然判例もない。

> 1　被告らの一連の不法行為
>
> (1) 原告は，本件訴訟提起段階では，被告らの不法行為について，被告会社が，平成２５年３月２７日開催の臨時株主総会決議及び取締役決議によって被告谷に対して違法に新株を発行した行為が不法行為である旨を主張し，その後の同年５月の全部取得条項付種類株式制度の濫用による原告株式の剥奪は，不法行為後の事情として主張していた。
>
> (2) ところが，本訴提起後の被告らの主張及び証拠から，上記新株発行と原告株式の強制取得は，相互に独立した行為ではなく，強制取得によって原告に支払う対価を低廉なものとした上で原告の保有株式を強制取得するという意図に基づく一連の行為であることが明らかとなった（乙１の１を見ても，平成２５年３月分の弁護士費用の件名が「対水原清晃氏　創業メンバーからの株式取得手続の件」とされている）。
>
> そこで，本書面において，本件の主位的請求原因として，下記を追加し，従前の請求原因（平成２５年３月２７日開催の臨時株主総会決議及び取締役決議によって被告谷に対して違法に新株を発行した行為が不法行為にあたるとするもの）は，予備的請求原因として主張する。

だからこそ、本当に彼にストレスを与えた。その上、別件著作権裁判で彼は、「無茶苦茶な理屈で、わかる人にはわかる道理が引っ込んで負けた」と感じていた。この頃は心労が酷(ひど)かった。本当に。だから、同時進行していた著作権高裁の和解を了承するくらいには彼も弱っていた。

ただ、無茶苦茶な主張というのはボロが出るものだ。わかりやすい例では、今回の「資金調達のために弁護士に相談したから合法」として証拠で出てきた領収書が“株式取得手続きの件”となっていたものだろう。だから、彼と彼の弁護士は、訴訟理由を変更した。突けるところは突いていくのが戦争だ。

こちらはその不法行為、不正な目的で叩(たた)こうとしてるのだが、谷直

※1　chaff：軍用ヘリや戦闘機が敵の誘導ミサイルのレーダー追尾をくらませるために散布するもののこと

史さんは全然違うところに論点をずらそうとする。「マジョリティ・オブ・マイノリティが満たされたから谷直史さんは義務違反はない（法律とかではなくてアメリカの判例を引用した意見書）」何度でも言う。ここは日本だ。

彼が思うに、たぶん領収書を証拠で提出したのは、「本当に気づかなかったミス」で、録音と領収書のあわせ技で「一本」になった、と谷直史さん側は思ったのではないか。だから、今まで聞いたこともない「MOM（米国判例）」を持ち出して戦おうとしたのではないか、と。

この後「MOM」の条件を満たすために、彼も全く知らなかった追加証拠の数々が提出されていき、それらもまた「不正目的」を裏付けるようなこととなり、極めつけが入倉孝大の証人尋問なわけだから、谷直史さん側のこの作戦は完全に裏目となって失敗に終わったような気がするが。

> （1）　本件新株発行を承認した株主総会決議について
>
> 被告谷は，株主に対し，新株発行の趣旨や被告グラニ株式の価値及び将来のスクイーズ・アウトについて一定の情報を提供する義務を負う。もっとも，この時点でスクイーズ・アウトの対価について正確な情報を提供することまでは必要ではない。
>
> ある程度の認識が賛成株主の間で共有されており，その上で承認決議が利害関係を有していた多数株主である被告谷の他，被告谷以外の少数株主中の多数（以下「MOM」という。）の賛成により承認された場合には，被告谷には義務違反はない（大杉意見書：7ページ）。

まず谷直史さん側から出てきたのがヴァスコ・ダ・ガマ草稿※2（VDG草稿）である。これは、「実は言ってなかったけど当時ヴァスコ・ダ・ガマ法律会計事務所に鑑定してもらってましたサーセンッス」という証拠である。これは“株価決定でも出てこなかった、彼側ははじめて見た書類”である。グラニは時価総額2億円ッスねらしい。

これが裁判という戦争である。「株価決定」という戦場では全く出てこなかった過去の証拠が、他の戦場でいきなり投入される。彼と彼の弁護士もこの書面にはびっくりした。これは、「彼以外の株主にだけ」共有されていたらしい。“株主平等原則”って知ってますか？

この、数億の売上が出ていたグラニを「時価総額2億円ッスネ」とするVDG草稿は、「あくまでグラニさんが出してきた予測に基づいて

※2　**ヴァスコ・ダ・ガマ草稿**：ヴァスコ・ダ・ガマ事務所が出した鑑定草稿。あくまで鑑定結果ではなく、相川が提出したデータをもとにした草稿というていで、かなり無茶な内容となっていた

算盤はじいただけッス。責任はグラニさんにあるッス」という但し書きがついてきた、かなり無茶苦茶な予想だった。グラニは2014年に解散消滅するという前提になっていた。

「伸び盛りのベンチャー企業の永久成長率にマイナス50%をぶちこんで、さらに2年後消滅するような予測を立てつつ、DCF法[※1]ではじき出した算定書」。これはわかる人にはわかる大爆笑ギャグである。「アルファがベータをカッパらったらイプシロンした[※2]」みたいなもん。

ここで最初の話を思い出してほしい。「谷直史さんは1株1万円で自分に899株新株発行した」。従ってないのである！　VDG草稿という無茶苦茶な鑑定でも1株200万円と言われても、その1/200の異常に有利な価額で発行しているのである!!!!!!　なんかのギャグか？

逆に言うなら、ここでVDG草稿という無茶苦茶であっても一応ちゃんとした書面に従って1株200万円で発行されてたら裁判はどうなっていたか…ここでも谷直史さんは彼を舐めたのだろう。判決文でも「VDG草稿があったっていうけど谷直史さんはそれにすら従ってないじゃん」とツッコミが入っていた。

> 以上のとおり，本件新株発行については，MOMを満たす株主が，本件新株発行の趣旨を承認し，後のスクイーズ・アウトが行われること及びその概要を認識しつつ，本件新株発行を承認した。よって，本件新株発行に関して，被告谷は，株主が合理的な判断をできるようにするための十分な情報提供を行っていたのであり，何ら義務違反も任務懈怠もない。

重ねて、「原告（彼）以外の株主にだけ共有されていた資金調達の必要性を説明する書面」とかが出てきた。これもここではじめて見た。いやー知らなかった

> 既述のとおり，原告以外の被告グラニ株主４名は，流行り廃りの激しいゲーム業界において，被告グラニの迅速な意思決定を可能にし，時機に応じた会社経営を可能にするため，被告グラニの株式は被告谷が単独で保有することが望ましいと考えていた（乙３１ないし乙３３：回答書書）
>
> そのため，原告以外の被告グラニ株主４名は，平成２５年３月２７日の株主総会当時から，具体的手続や手法については被告谷に一任しつつも，被告谷が被告グラニの単独株主となる体制を作ることに同意していた。また，同株主４名は，平成２５年５月１３日の定款変更を決議する株主総会の時点では，普通株式に代えて交付されるＡ種株式のうち，端数（原告以外の株主については，谷２株，入倉８株，相川１株の端数が生じることが想定されていた）の合計分について，端数相当株式任意売却許可申立により，Ａ種株式１株につき１０万円で任意売却する方針を固めていた（乙３１ないし乙３３：回答書）。

※1　**Discounted Cash Flow法**：投資を合理的に行うため現在の投資金額に対し将来どのくらいお金が戻ってくるかを予想して比較する方法

※2　**アルファがベータをカッパらったらイプシロンした。なぜだろう。**：ドラえもんに登場する未来のギャグで、ドラえもんは大笑いしてけっさくだと言うが、なぜ面白いかはわからない

なー。裁判ってやってみるもんですね、知らなかった事実を知ることができるんだから。株主平等原則についても勉強できたし。

彼は法律の専門家でもなければ、米国在住でもないのでわからないが、米国のMOMの条件は、こういう資料が事前に多数派に共有され、納得の上で同意してればOKらしい。ここが米国じゃなくてよかった。

> の株主総会決議で本件新株発行を承認する際，当該ＶＤＧのドラフトの内容を認識していた。また，原告以外の株主は，甲２－２：増資計画書記載のとおり，被告グラニの当座の資金需要を賄うためには本件新株発行が必要であることを強く認識していた（乙３１ないし乙３３：回答書）。
>
> 　また，流行り廃りの激しいゲーム業界において，被告グラニの迅速な意思決定を可能にし，時機に応じた会社経営を可能にするためには，被告グラニの株式は被告谷が単独で保有することが望ましいと考えていた（乙３１ないし乙３３：回答書）。
>
> 　そのため，原告以外の被告グラニ株主４名は，平成２５年３月２７日の株主総会当時から，被告谷が被告グラニの１００％株主となる体制にすることに同意した。その具体的手順・手法については，被告谷に一任していたものの，自らの保有する株式を喪失することになる際には，設立時の出資額に相当する程度の金銭は補償されることも概ね合意されていた（乙３１ないし乙３３：回答書）。

彼という“資料も共有してもらえない少数株主の一人の権利”でもちゃんと戦える日本でよかったと思う。

谷直史さんが彼を舐めていなければ、あるいは資料は共有されたのかもしれない。まあ舐めてなければ、ここまでの仕打ちはそもそもしないという話ではあるが。谷直史さんは彼を徹底的に潰そうとして、だから徹底的に反撃された。裁判の結果においてはそうとしか言いようがない。

新株発行の目的も、「谷直史さんに集めるためにMOMが賛成していた」に切り替わった。入倉孝大と相川雄太は「1株10万円で買取すること」で同意していたらしい。だから谷さんは入倉孝大に「悪いようにはしないしこの後君には報いるから」と言ってたんだな。反対されないように。

答え合わせができた。何のつもりだ？　挑発か？　と思った、「1株10万円でなら買ってやる」の答えだ。「入倉孝大と相川雄太が同意した金額」だったらしい。なるほど。3年ごしに、思わぬところで真相が明らかになるものである。

15.損害賠償請求訴訟④

谷直史さん側からの新しい証拠や主張が一通り出てきたので、いったんそれらの整理と対応に専念することになる。相手の主張の中で、法律的におかしいところを抜き出して、「どの法律（会社法等）にどうして違反しているのか」というのをまとめて主張していく。

結局谷直史さんの言いたいことは、「賛成した入倉孝大とか相川雄太達には、事前にグラニの時価総額が2億円くらいだと伝えて、そのうえで1株10万円で買い取ることに同意させた」という、隠してきた証拠をここで提示し、これをもって「だから正当で賛成された株式だった」という主張をしたいようだ。斬新すぎる。

ア　以上を換言すれば，被告谷は，取締役として，①著しく不当な内容の議案を上程することを目的として臨時株主総会の招集を決定するべきではなく（上記ア），②当該臨時株主総会決議による株式募集事項の決定の委任を受けた後にも，原告の保有する株式の経済的価値を著しく毀損するような募集事項の決定をするべきではなく（上記イ），また，③当該臨時株主総会において，少なくとも被告会社の株式の鑑定結果を原告にも開示するといった，株主が合理的な判断をするための配慮をするべきであった（上記ウ）ということができる。

改めて言うが、谷直史さんの主張が通るなら、「株式会社」という制度は終わる。谷直史さんがやったことは、会社法の抜け穴をついて少数株主を排除した「脱法行為」と言うべきものであり、まともな経営者（何人かに聞いた）ならば、一笑に付すような異常なやり口だ。

だが、「脱法行為」、つまり“まるで違法なことを合法的なやり口で行う”ことは、ひょっとしたら合法として通るかもしれないということだ。だから、谷直史さん側からの、これらの「事前に準備してたし、彼にだけ見せてなかっただけで、実はそれ以外の株主とは共謀し同意を得ていた」という新証拠は助かった。

彼はそういう裏の事情はあるだろうなと思っていたが、それは「立証できない事実」であり、裁判においてはないに等しい。それが相手を揺さぶったら転がり出てきたのだ。僥倖（ぎょうこう）といえよう。彼は谷直史さん側のこの一連の新主張は失策であったと思う。谷直史さん側は、彼への扱いの不当さを自ら立証したことになった。

ニの設立からわずか８か月間の株式保有により，出資額８万円の９００倍（利息を含めれば１０００倍）を超えるキャピタルゲインを確定的に取得したことになった。

原告は，上記のような通常では考えられないような利益を得ながら，本訴において，本件新株発行等が不法行為にあたるなどと主張して約６億５０００万円（その後の訴えの変更により現在では約７億８５００万円）もの損害賠償を求めている。

ここで谷直史さん側から

新しい主張が出てきた。「彼は株に8万円を入れただけなのに、6億円とか得るのは道理としておかしい」。この主張は高裁の判決直前まで何度も繰り返し谷さんから主張される。法律の根拠もないし、株式とはそういうものだ。

それを言ったら、谷直史さんは瞬間的に時価総額100億円のグラニを手中に収めた。「1円も出さず、63万円分の株式を引き受け、自分には給料を出し、彼には500万円を出させた谷直史さん」が、瞬間理論的にだが、100億円を得ていたのだ。その後グラニの価値が14億円まで落ちたのは、時代の流れと谷さんの経営手腕だと思う。

そしてこれは、彼が持っていた持ち分の8%を「谷直史さんが脱法行為で強制取得し」たので、「それが不法行為であると立証し損害賠償を求める」事件である。強制的に奪ったのは谷直史さんであって、彼が株を持ち続けていただけだったら、グラニ最終価格の14億円の8%、1億円程度で終わっていた話だ。

まあそれを言ったら、GREEが仲裁に入った時に5000万円で終わらせるのが谷直史さん側の一番安上がりな解決策だったと、結果論では言えるのだが。いや、そもそも論をどこまでも持ち出すなら、彼を裏切らなければグラニはどうなっていたか…まあ歴史にもしもはない。

ちなみに、「入倉孝大や相川雄太らとだけ情報を共有し、追ってスクイーズアウトをかけて彼の株式を剥奪することを企図していたこと」を「MOM」だと言い張りつつ、それでもあくまで「この新株発行は不意に思いついた資金調達のため」という主張は続けていた。そんな馬鹿な。内心の自由すぎる。

> すなわち，平成２５年３月２７日ころ，被告グラニの取締役であった被告谷及び訴外福永は，ともに同月中に９００万円程度の資金調達を行う必要があると認識し，株主総会に本件新株発行を諮ることを決定した（乙２）。被告グラニ

ただ、谷直史さん側の弁護士は何度も交代しているのだが、この損害賠償請求事件の時にメインになった弁護士が一番手強かったと思う。おそらく、最初にこの弁護士が入ってたら、彼は負けていたんじゃないかな。弁護士の力量は、書面を読むよりも、「その弁護士に証人尋問を受ける」とわかる。

相手側の弁護士が何度も交代するという事情から、「同一の事件に対し何人もの弁護士が書面を書いて突きつけてくる」という稀有な体験

を彼はしたから、彼は書面でもだいたい力量がわかるようになったが…まあ、そんな一番手強そうな弁護士でも、ここまで事実がこじれてるとこんなもんだろう。

相手からの新証拠をもとに「それこそが彼を不当に扱い、株主平等原則を無視した証左だ」と整理した彼の主張に対しては、「仮に彼に見せていても、反対したのは変わらないから、因果関係がなくて違法じゃない」という回答がきた。株主平等原則ってそういう話じゃないと思うんだが。

> すなわち，本件新株発行は，被告グラニ株主の９２／１００（議決権ベース）の賛成により可決された（甲２，乙３１ないし乙３３）。唯一反対したのは原告であるが，仮に原告に上記鑑定結果が開示されていたとしても，いずれにせよ原告は本件新株発行に反対したはずである。
>
> よって，原告に対して上記鑑定結果が開示されていたとしても，本件新株発行を決議した臨時株主総会の結果に変わりはない。上記③については，原告が主張する「損害」との因果関係が認められないのであり，被告谷が鑑定結果を開示しなかったとの事実は，被告谷の損害賠償責任を根拠づける事実にはなり得ない。

そして、「それこそが不正目的（彼の排除）での新株発行だった証左だ」という主張に対しては「そんなことはない。これは資金調達目的で、偶然“スクイーズアウトを計画していた時”に“資金調達の必要が生じた”だけだ」という反論がきた。内心の自由とは本当に恐ろしいものだ。

ただここで、彼側の主張である「特別損害」に対し、「予見の可能性はなかった、なぜならグラニが次に出した、カプコンの超有名IPを使ったモンハンロア[※1]ですら失敗したからだ。ゲームとはかくも水物である」という主張は、高裁で半ば採用される。やはりこの弁護士は手強いのだろう。要点は押さえてる。

> 既に主張してきたとおり，本件新株発行は資金調達を目的として行われたものである（被告ら第１準備書面，第２，３，（１）など）。スクイーズ・アウトを計画している状況下での新株発行であったことは確かだが，会社の資金需要はスクイーズ・アウトとは無関係に生じる。実際，本件新株発行を行った平成２５年３月２８日当時，被告グラニは，同年１月にリリースしたばかりの本件ゲームが予想以上に好評であったため，スタッフやサーバ等を増強する必要があった一方，本件ゲームの売上は同年４月末まで入金されない予定であったため，是が非でも資金調達を行

> 本件ゲームを既にヒットさせていた被告グラニ自身でさえ，モンハンロアをヒットさせることはできなかった。このことは，本件ゲームのヒットがいかに異例かつ特異な事象かを如実にあらわしている。

※1　モンスターハンター ロア オブ カード：株式会社グラニがGREE上で提供していたモンスターハンターシリーズのソーシャルカードゲーム

モンハンロアで思い出した。GREEとの提携の話を谷直史さんが打ち明けた頃、夜中に谷直史さんに、他のIPでタイアップするならどれが稼げると思う？　みたいな話をされたことがある。たぶんあの時から、谷直史さんはヴァルハラゲートのIP載せた別版を作る気だったのだろうな。

ただ、さすがにモンハンロアが出た頃は、もうブラウザゲームの時代ではなかったと思うが…まあ、メインのアプリゲームにしようとして黒騎士と白の魔王に注力していたから、モンハンロアは低コストで出せるブラウザのままのIP載せた版になったのかなとか思う。

なお、ここで彼側も「法律学者」の意見書をもらってきて提出した。判例のない、法律の解釈に依(よ)る裁判とは、「法律学者の意見書」を取り寄せてのバトルになる。この法律学者には、依頼する前に彼も会いに行って、事件の内容を説明し話をした。

法律学者は、「こんな事件が認められては日本のベンチャーは終わる。おかしい、アメリカの判例も調べたがこんなのは通らない。ぜひ意見書を書いて協力したい。値段はこれでいい」と、法律意見書の相場からはかなり安いらしい値段で受けてくれた。「これが認められたら」はこの法律学者の受け売りだ。

なお、アメリカの判例をきちんと引用して反論したこの「法律学者の意見書」に対して、谷直史さん側からは「ここは日本だ、アメリカの判例を引用するな」と反論がきた。じゃあ日本の法律で定められてるルールで勝負しようよ。MOMなんて言い出さずにさあ。

この、お互いに法律学者から意見書を取り寄せたあたりで、彼はこの裁判はそう簡単なものではなく、まさに総力戦となるのだろうなと実感した。判例のないこれは、暗中模索の、どう転ぶかわからない戦いなのだ。これは判例として残る戦いだと腹をくくった。

16.損害賠償請求訴訟⑤

谷直史さんからの反論として核のようなものが出てきた。これまで彼は存在すら知らなかった「VDG草稿」や、入倉孝大や相川雄太が同意していたMOMとやらも当たればいいやで撃った弾の一つだったろうが、「VDG草稿を基準に損害を計算すべきである」という。

つまりはこういう主張だ。「弁護士にアドバイスを求め、VDGに鑑定してもらったんだから、それは正しい行動であって、その範囲でのみ損害を賠償すべきだといえる」。谷直史さんが適切にこのアドバイスに従い、200万円で新株発行してたら、崩すのが難しかったかもしれない。

> （2）　被告谷が具体的に予見し得た「損害」は，ヴァスコ・ダ・ガマ法律会計事務所作成の鑑定意見書（乙２９の１）を前提とした金１４６６万７１４４円に限られること
>
> 既に主張したとおり，被告谷らは，平成２６年３月２６日，本件新株発行に先立ち，ヴァスコ・ダ・ガマ法律会計事務所から，被告グラニの株式価値は１株あ

谷直史さんは「彼から株式を合法的に取得するために弁護士に相談してVDG草稿を取り寄せ、1株200万円（ただし原告はこれを認めるものではない）という認識を得た」「臨時株主総会を開き、谷直史さんに株を集める必要があるとして新株発行を議決した」「資金調達に1株1万円で899株発行した」。なるほどなあ。

といっても、彼は谷直史さんのこの時の弁護士は、全力を尽くしたと思う。だって、何回も何人も弁護士が交代してる。裁判では、一度主張したことは撤回できないわけだから、こういう継ぎ接ぎ（つぎはぎ）みたいな主張でも戦わないといけない。

VDG草稿についての彼からの反論は「仮に、500万円の価値があるものを、200万円と勘違いして壊したとしても、弁償しないといけないのは500万円だ」。彼の弁護士は、小学生にするような説明をさせられた時には、「論を俟（ま）たない」という言い回しを使う。

> 例えば，時価５００万円の車輌を時価２００万円の車輌と誤認して滅失させたとしても，加害者が賠償すべき損害額は５００万円であって，２００万円に限定されるものではないことは論を俟たない。

彼の法律学者は熱血だったので、意見書の中で「このような事例が認められると、少数株主は無意味になり、創業時に株を持ち合うことも無意味になる。日本の起業が死ぬ」と

> 上記懸念は，創業株主間でいわゆる創業株主間契約を締結し，各当事者株主が持分比率維持のための追加出資の権利を留保する旨を合意すること等により容易に対処可能だからである。
>
> 本件は，上記のような株主間契約がない状況で，会社法の手続に従い新株発行及びスクイーズアウトが実施された事案である。本件のような紛争を生じさせないためには，創業株主間において基本的事項を合意しておくことが推奨されるべきであって，かかる合意の必要性を否定するような判断（≒原告の請求を認容する判断）がなされるべきではない。

述べていたのだが､谷直史さんの反論はこうだ。｢事前にそれができない契約書を結べばよい｣。なるほどなあ。俺は結んでなかったわ。

谷直史さんの反論は難癖じみてきて、彼が引用した法律学者の意見書の中で「このような決議に賛成する合理的な理由はないため、何らかの利害関係が彼以外の株主にあったと推認できる」と書いたのを理由がないと論難してくるわけだが、入倉孝大が後に証人尋問で真相を語ってくれる。

> これに対し，原告は，宍戸意見書は「被告谷が得る利益（略）に対応する損失を被る既存株主が，真に自由意思に基づいて何らの利害関係なく決議に賛成したとは考え難い」旨を述べたものであり，その推認には合理性があるなどと主張する（原告第８準備書面７頁）。
>
> しかし，かかる推認には理由がない。

ゲームのヒット予見性について､GREEとの戦略提携を指摘した。彼はその草案を夜中に見せてもらった時に、グラニの取り分が減る代わりに、TVCMを無料で打ったりしてくれたり、様々なバックアップが約束される、これをGREEから引き出せたからMobageからGREEに変えたんだと谷直史さんが言った契約書だ。

谷直史さんからの反論はこうだった。｢契約書を締結し、プレスリリースも出し、その中で実際にグラニの取り分が減るような条項やGREEのバックアップについてざっくりと書かれているが、具体的なGREEのバックアップは何も決まっていなかった｣。そんな契約書にサインしたら駄目ですよ谷直史さん。

この辺で､お互いに主張と争点の整理に入った。裁判というのは､まずお互いに主張を出し合うゲームだ。カードゲームにたとえると､デッキを場に出していく。出す順番を考えたり、相手のカードにトラップカードを出したりもする。それが終わると、囲碁のように、裁判官が整理を始める。

そして、ここまで何年も裁判を戦ってきて、ついに「証人尋問」が開かれることになった。逆転裁判でやってるアレのモデルになったやつだ。裁判は基本的に「準備書面」という弁護士が作った書面を提出しあうために2ヶ月に1回ターンを回すゲームだが､ここだけはリアルタイムで、本人が尋問される。

証人尋問には、入倉孝大、谷直史、彼の3人が呼ばれた。尋問は2つあり、先に主尋問（味方の弁護士が尋問する）、つぎに反対尋問（相手の弁護士が尋問する）の順だ。入倉孝大（15分、20分）、彼（25分、15分）、谷直史（40分、40分）と決まった。

まず入倉孝大は、聞きたいことはあるが要点が絞れるので短い。彼については、本件では当事者ではあるものの、不正行為の関係者ではないので、彼側の弁護士が説明のために長く時間をとった。谷直史さんについては中心人物なので、双方聞きたいことも言わせたいこともあってタップリになった。

宣　　誓

良心に従って真実を述べ，何事も隠さず，偽りを述べないことを誓います。

氏名　入倉孝大　印

長く裁判を、7年も裁判をやってきたが、一番面白かったのはこの証人尋問かもしれない。どういう質問をすればいいか入念に準備し、相手の質問や、言ってくることを想定した。まるでUOのギルド戦争の時のように。彼と彼の弁護士はとても濃い準備をして、証人尋問に臨んだ。

そうだな、彼は裁判というゲームもむいていたのかもしれない。彼のスキルセットは裁判にむいていると誰かに言われた気がする。最初は入倉孝大の尋問からだ。入倉孝大と顔をあわせるのも何年ぶりだったか。

入倉孝大の証人尋問も、最初は相手も想定してるであろう質問を出していく。たとえばこの長説明なんかは、絶対に説明をうけて頑張って暗記してきた内容だと思う。もう明らかに彼から株を取得するのが目的だということは隠してない。あくまで谷直史さんが不意に資金調達を思いついたってシナリオか。

このスクイーズアウトについては，どういう説明を聞いていましたか。

それを行うことで，水原さんの株を取得することができる。

そうすることによって水原さんの株を取得されることにはなるんですが，同時に入倉さんや相川さんの株も手放さなければならなくなるということは御存じでしたか。

はい。

それを聞いてどのように思ったか，どうして賛成に至ったのか，そこを少し御説明いただけますか。

それによって水原さんの株を取得することで，まずメリットを考えると，それを行うことで社外の人の株を持っている人が減るので，より社内の決定事項が迅速に行いやすくなるというメリットが大きいと考えました。

ここで彼と彼の弁護士が入倉に狙っていたのは、「不正目的」を裏付ける何かだ。用意していた質問にすべて弁護士に教わったとおりの回答が返ってくる。そして一通り質問が終わり、「KPI[※1]」の用語説明等脇道にいったん話が振られる。その間に、どこをつくか作戦を立てる。

話の流れで、自分は会社の将来について期待していたと話した時に本命の質問を打ち込んだ。「それについて谷さんからはどういう説明をされてました？」意識の間隙を突いたのか、入倉孝大は「役職や報酬でしっかり手厚く対応すると説明されてました」と証言した。彼の弁護士は陰でガッツポーズをした。

> その点については，谷さんからはどういう説明があったんですか。
>
> 　　その点といいますと。
>
> 今の将来の期待に対する説明です。
>
> 　　具体的ではないんですけど，会社がこれから大きくなっていった際に，役職だったり，報酬だったりをしっかり手厚くといいますか，成長に見合った形でちゃんと対応すると。

谷直史さんの弁護士が長々と積み上げてきた、MOMの理屈は吹き飛んだ。入倉孝大は谷直史さんから将来の報酬を説明されていたと証言した。彼と彼の弁護士の尋問は、入倉孝大のガードを抜いた。

ちなみに尋問には実は3つ目がある。「裁判官」からの尋問だ。本人尋問と反対尋問が終わったあと、「裁判官が判決を書くために知りたいことがあったら」尋問する。入倉孝大に対して裁判官が聞いたのは、「当時から実際に報酬が上がりましたか」だった。彼の弁護士はまたガッツポーズした。

> 入倉さん自身の現在の給料なり報酬なりは，平成２５年３月当時よりは上がっているんですか。
>
> 　　はい。
>
> 差し支えなければ，幾らぐらいかおっしゃっていただけますか。
>
> 　　ちょっと明確な答えはしたくないので。一般給与と比べれば数倍はもらっています。

次は彼の尋問だ。彼は高揚していた。攻撃は入った、あとはこの自分の尋問で防御に成功すればいい。不安はなく、自信と高揚に包まれていた。やるべきことがはっきりとして

> 宣　　誓
>
> 良心に従って真実を述べ，何事も隠さず，偽りを述べないことを誓います。
>
> 氏　名　水原清晃

※1　**Key Performance Indicator**：組織の目標を達成するための重要な業績評価の指標を意味する

いて、十分に準備してきたからだ。

彼は尋問の練習の時に、絶対に暗記をしなかった。無理に暗記をしたら、覚え間違えたときに失敗すると思った。彼は3回、アドリブで、敵対的な質問を用意した彼の弁護士の尋問に答えた。彼の回答は毎回細部で違っていたが、3回とも問題となる回答はなかった。だから自信があった。

客観的に見て，この資料だけを見て，リリースの翌月に一応トップ２０に入ったものが７個並んでいます。その中でトップ２０から１桁ランキングにリリース数か月後でなったものというのは・・・。

　　ヴァルハラだけ。

７個中ヴァルハラだけということは認める。

　　これ一応９位ですけど。

アプリ６というところは１回９位になっていますが，ヴァルハラだけ特異な動き，特徴的な動きをしているということは，ここの記載からすれば理解できますね。

　　でも，これって５月からグリーのバックアップを受けてなので，特徴的というよりは，グリーのバックアップが見えるという資料だと思います。

次ですけれども，今伺ったところグラニの発足当初のメンバーであって，しかも中心的なメンバーであると，またヴァルハラゲートの開発に少なからぬ貢献をしたという，その水原さんを水原さんの主張によれば，それこそ谷さんとほかの株主の人たちが谷さん主導なのかどうかはともかくとして，水原さんを追い出したということになりますよね。

　　はい。

何でそこまでされなきゃいけないかという原因って心当たりありますか。

　　幾つか考えたことはあるんですが，合っているかはわからないんですけど，僕の印象としては，先ほども話したとおり入倉と谷の２人とい

谷直史さんの弁護士は、GREEから、非公開の各社売上情報までもらってきて彼にそれを突きつけ､「ヴァルハラは特別でした」と言わせようとしてきたとすぐにわかった。だから、相手の想定してない回答をした。この書面からはわからないだろうが、この時弁護士は言い詰まってかたまった。成功した。

その後の攻撃尋問も大したことなく防御しきった。裁判長から彼への質問は､「彼は中心人物なんですよね。じゃあなんでそんな中心人物を追い出そうってなったと思いますか」というものだった。それは彼も知りたいけど、質問するべきは彼じゃないんじゃないかな。裁判官も質問で「なんで彼は“そこまで”されなきゃいけなかったんですか」と。

最後は谷直史さんの尋問だ。彼と彼の弁護士は、入倉孝大以上の手柄をあげるべく、前のめりになった。だが、肩透かしを食らうことに

なる。

谷直史さんと味方弁護士のやり取りは書面でみてもわかるくらい明らかに何度も練習して“暗記”してきている。まるで下手な劇団の小芝居を見せられているみたいだった。たぶん入倉孝大もそうだったのだろう。彼に対してとれなかった「言質」は「自作自演」されていた。笑った。

この谷直史さんの尋問では「異議あり」まで飛び出た。本当にリアル逆転裁判だった。彼の個人的な感想だが、たぶんこれも谷直史さん側の、「時間をつぶす」戦術だった。なぜなら、こういう異議で時間を食われたり、谷さんの回答があまりに遅くて、時間切れになったからだ。

「なんでこんな鑑定書が今になってはじめて出るんですか」と質問すると、当事者であり発注者であるはずの谷直史さんが「そうなんですか？」ときたもんだ。さらにまた「異議あり」で時間稼ぎ。「覚えてないけど記録にあるならそうだ

宣　誓

良心に従って真実を述べ，何事も隠さず，偽りを述べないことを誓います。

氏名　谷　直史　印

乙第４０号証の２を示す

これは，同期間内に販売されたアプリのゲームのうちトップ１０に入ったことがあるゲームを示したものですね。

はい。

これを見て何かわかることがありますか。先ほどのヒットが予測できないということとの関係で何か言えることはありますか。

ヴァルハラゲートが余りにも特別にヒットした特殊な例だというのがわかります。

この鑑定書は，３月２７日付けになっているんです。だけど，この訴訟で提出されている証拠からすると，３月２６日の午後７時ぐらいにメールで受け取ったと・・・。

ヴァスコダガマさんからグラニにということですか。

そうです。

ちょっとわかんないです。

水原さんとグラニとの間には，この訴訟の他にも幾つか紛争がありましたね。

はい。

このヴァスコダガマの３月段階の鑑定書は，この訴訟で初めて提出されましたね。

そうなんですか。

何で今ごろこういう証拠が出てくるんですか。

この売り上げの予想資料はヴァスコダガマが考えた数字ですか，それともあなたの会社でヴァスコダガマに提示した数字ですか。

いや，ちょっとわかんないです。想定としては，多分ＣＭをやらなかったということなんじゃないですか。グリーさんがやると確定していたわけじゃないんで，やらなかったみたいなことだと思います。予測ですけど。全然覚えていないですけど。

実際にヴァスコダガマの担当者とあなたは会っているんですか。

ちょっと記憶にないです。

主にやりとりをしていたのはどなた。

主には相川です。

と思います」。のらりくらりとした尋問にしかならない。

谷直史さんの回答は基本的に「覚えてない」「記憶にない」「はっきりしない」「覚えてない」「相川雄太に任せていた」。なるほどなあ。そういう作戦か？　だとしたら適切だ。やはりこの時の弁護士は手強い（てごわい）と彼は思う。

谷直史さんの陳述書（本人が言いたいことをまとめて書いたもの。証言の書面版）を引用して質問しても覚えてないですが返ってくるので、「これ貴方（あなた）の陳述書ですよね？」と聞いたら「みんなで作ったので覚えてないです」。なるほどなあ。「1株200万円くらいという鑑定を受けて、900万円の資金調達の必要があったなら、4、5株発行するだけでよかったんじゃないですか？」と聞くと、「わからない。今でもちょっとわかんないくらいです」。

> 一切知らなかった数字なのか，それより前に聞いていた数字なのか。
> 　相川がじゃなくて，僕がですよね。
> はい。
> 　いや，もう記憶にないです。全く本当に覚えていないです。

> たびたび弁護士に相談したという主張があるんですけれども，弁護士から1株1万円という金額を提案されたんですか。
> 　そうなんじゃないかと思いますけど，相川がやりとりしていたんで，
> 　そうなんじゃないですか。うちの独自の意見は入れていないんで。
> 少なくとも谷さんから1株1万円で発行しようという話をしたことはないんですか。
> 　僕がごり押しみたいな感じでやることは絶対にないです。そういうことは絶対にやらないんで。
> 相川さんが1株1万円でいこうと言い出したかどうかはわかりますか。
> 　ちょっとわかんないです。言い出しっぺの問題ではないと思うんで。

> このときの相談内容なんですけれども，スクイーズアウトという言葉が先ほどから出ていますが，どういった御説明でしたか。
> 　いや，正直覚えていないです。
> 5ページ目に記載がありますけども。
> 　こういうようなことを話したんじゃないかなと思って書きましたけど，
> 　これが絶対的にこうだったという断言はちょっとできないです。
> 5ページ目に書いてありますけれども，5ページ目の2段落目です。「フォーサイトからは，種類株式を発行して，少数株主から適法に株式を取得する方法があるとのアドバイスを受けました。」こういうアドバイスは，受けた記憶がありますか。
> 　受けたんだと思います。
> これあなたの陳述書ですよね。
> 　そうです。過去の周りのメンバーにその時系列とかを確認してもらって作っているので，これを暗記しているわけではないので。

> これで，下の行に行きますけれども，「3月11日にヴァスコダガマに当社の株式価値の算定を正式に依頼しました。」とあります。ヴァスコダガマに取得する価格を把握するわけですよね。それで，1株200万円と算定されたならば，あなたが新株発行で取得する株式数も4株か5株程度になるべきものではないんですか。
> 　ちょっとわからないです。弁護士さんに再三言っていますけど，相談したままやっているんで，こうあるべきとかというのは全くわかんないです。今でもちょっとわかんないぐらいです。

結局谷直史さんの尋問は、時間がむやみにかかるので、用意していた質問を全部ぶつけることはできなかったし、回答は「記憶にない」の一言で済むくらいのものだった。裁判官からの質問は「どういう意図で、彼の株を合法的にゼロにしてやるとかできると発言したんですか？」だった。

これは，どうして分けたんですか。そこもわからない。

　わからないです。当時の弁護士さんを連れてきて相談したいぐらいです。どうしてと。

質問したいのは，あなたがそういうお気持ちであったことだとした場合に，なぜ合法的なというような言葉を使ったり，水原君の８パーセントはほぼ無効というようなことをあなたの口から出たんですか。どこでそういうことを考えてそういう発言をされたんですかという質問なんです。

　ちょっとはっきりとはもちろん覚えていないんですけど，インターネット等でスクイーズアウトみたいな話は，多分その当時でも何となく経営者だったら最低限知っているぐらいの，僕は全然結局は知らなかったんですけど，結果的にはぐらいの知識で言っていたと思います。

谷直史さんの尋問は肩透かしだったが、不誠実さは裁判長にも見えただろう。そして、入倉孝大への尋問は成功し、彼への尋問も防御に成功した。裁判所を出た後の打ち合わせは、まるでUOで戦争に勝った後の蛮族達のように、きゃっきゃとはしゃいでいた。

尋問も終わり、あとは判決だけだ。判決の前に、谷直史さんから和解の依頼があった。「請求の7.5億円ではなく3億円で和解してほしい」とのことだった。彼は回答した。「断る。判決を見たい」

彼の弁護士は、「普通はこの金額なら和解をするものです。高裁までさらに続く費用、相手が倒産して回収できない場合、資産隠しなどのリスクもあります。ですから、普通の人になら必ずこの裁判はここで和解したほうがいいと言います。でも貴方が決めることです」と彼に言っていた。

裁判官でさえも、本当にこの和解を蹴っていいんですか？　と困惑気味だった。勝てるかわからない、回収できるかもわからない、3億のほうが良いんじゃないですか？　後悔しませんか？　と。彼は「回収できるかとかじゃなくて、私は“判決が見たい”と言ってるんです」と言った。裁判官はドン引きしてた。

彼は、「著作権裁判」で和解したことで心が軽くなり、最後まで戦うという結論が先にあった。ここで和解したら、「もし和解せずに戦ったらもっと勝ってたかもしれないと後悔してしまう。俺は折れてしまう。

俺は3億円で心を売りたくない」と。0円～数億円。判決までのストレスは凄(すさ)まじかった。

実際に、回収の算段もついてなかったのだ。この時点では。判決の予定日の3日前に、「判決文が間に合わないので判決は延期する」との連絡が裁判所からきた。それほどの重い事件なのだ。そして本来予定されていた判決日、グラニの事業が売却されたというニュースが飛び込んでくる。

17.損害賠償請求訴訟⑥

グラニ売却は完全に寝耳に水だった。とりあえず情報を取ろうということでグラニの登記を取る。なぜか相川雄太が3ヶ月ほど前に辞任している。なぜだ？　これは全く彼にはわからない。相川雄太のインスタグラムを見つけたが、2017年の10月で止まっていた。

遅れてグラニからお知らせの書面が届いた。何かのビジネステンプレをそのまま貼り付けたのだろうか？　係争相手から「拝啓ますますご清祥のこととお慶び申し上げます」という手紙をもらうという実績を解除[※1]した。

ここで裁判についてざっくり説明する。なぜ裁判官がドン引きしてまで和解のほうがいいと勧めたかというと、裁判で勝ったといっても、それは「銀行とかの手続きで差し押さえができる権利」をもらえるだけであって、裁判で勝った瞬間に金が振り込まれるわけではないからだ。だから、基本的に和解が多い。

「差し押さえ権」があるので、たとえば相手の勤務先がわかっていれば給与の一部を差し押さえたりできる。なので、逃げられない人に対してはある程度有効だが、無い袖は振れないと開き直る人には無効だし、本件のような億単位の債権というのは回収が本当に難しい。

この事件の場合は、GREEからグラニへの支払いというわかっている金の流れがあるので、裁判に勝ったらここを押さえる方向かなとか

※1　**実績を解除：**珍しい経験をしたという意味。プレイの達成目標として一定の行動が定められているゲームがあり、それをクリアすると「○○の実績を解除した」と表示されることから。実績解除の条件は隠されているものも多く、意外な行動をした時に意外な実績が解除されたりする

考えていたのだが、それもグラニ売却[※2]でご破産だ。

ただ、想定外のことが起こったからといっても調べて対応すればいい。グラニ売却は、グラニから主力ゲーム事業をGMG[※3]という会社に分割して切り離し、その分割したGMGをマイネット[※4]に売ってグラニは抜け殻になるというやり方だった。彼と彼の弁護士は調査検討し、「会社分割無効請求訴訟[※5]」を起こすことにする。

これは理屈としては「会社を分割する時には、債権者の保護のため、相応の担保を提供せねばならない。それをしない場合は、会社分割の無効を求められる」という制度だ。だから被告はマイネットと、このGMGという会社になる。

この裁判で勝てばグラニの売却を無効化できる。ただ、関係するマイネットが上場会社であるため、プレスリリースとかに出さないといけないから、通ったところでグダグダになったグラニは倒産するだけかもしれないとは思った。ただ、やると決めたら、やることを全部やるだけだ。

こちらの主張としては、「こちらの確定してない債権（判決確定がまだなので）の最大額（こちらの主張するマックス）である9億円を担保として積まないと無効」というものになる。この時点で判決は出ていたので、理屈はわりと通ってたと思う。

ここで判決に話を戻す。マイネットへの売却が済まされる前、3月22日に判決が出た。判決は満額ではないが、彼の勝利だった。ただ、無邪気にガッツポーズとかは出なかった。彼は長い裁判の経験で、この裁判が地裁で終わるわけがないことをわかっていたからだ。それでも、死ぬほどのストレスは軽減した。

主　　　文

１　被告らは，原告に対し，連帯して，５億７４６９万３８２８円並びにうち５億２７６９万３８２８円に対する平成２７年６月２６日から支払済みまで及びうち４７００万円に対する平成２５年３月２８日から支払済みまでそれぞれ年５分の割合による金員を支払え。

判決というのは、主文、主張、

※2　**グラニ売却：**会社そのものではなくゲームの売却だが、グラニはこの時実質倒産したと谷直史さんが主張するので以後グラニ売却とする

※3　**GMG：**グラニの子会社として事業を分割売却するために設立された会社

※4　**マイネット：**スマートフォンゲームの開発、運営やスポーツ事業を行う日本の企業

※5　**会社分割無効請求訴訟：**会社分割において分割会社に引き続き請求できる債権者についてのみ、類推適用によって会社分割無効の訴えの提訴権者としての地位を認める訴訟

裁判所の認定、裁判所の判断の順に書かれる。「主文」は結論のことだ。世間でいわれるいわゆる「判決」とはこの主文のことだ。次に、双方の「主張」が書かれる。原告と被告の、それぞれの主張を整理したものだ。証人尋問の前に双方がしたものだと思っていい。

「裁判所の認定」とは、裁判所が双方の主張や証拠を調べ、これは実際に事実であろうと推認したものである。双方の主張と証拠からは次のような事実が認められる、という書き出しで始まる。まず、「彼が主張する損害は直接の損害であるとして認める」という結論が先にくる。

結論のあとは、それに対する異議反論、ここでは谷直史さんの主張を一つ一つ丁寧になぜその反論は成り立たないか、裁判所が説明してくれる。たとえば、「VDG草稿があったとかいうけど、谷直史さんはそのVDG草稿の200万円にすら従わず、自ら1万円で発行したのに、何を抜かしてやがりますの？」とか。

> かも，本件新株発行を行ったのが被告会社であり，その募集事項を決定したのは被告谷であって（認定事実(6)），ＶＤＧ草稿の評価結果のおよそ２００分の１，別件鑑定の評価結果の９０００分の１という１株１万円という著しく低廉な価格しか払い込まなかったのも被告谷自身であるから，その被告らが，自ら行っていない公正な発行価額の払込みがあることを前提に，前記の責任追及等の手段をとるべきであるから原告の上記損害賠償請求が認められないとする主張を容易に採用することはできない。

といっても必ず全部に答えるというわけでもない。これも裁判官ごとに癖があって、それぞれ答え方が違うが、この裁判官の場合は谷直史さんの反論するまでもない主張については、「お前がそう思うんならそうなんだろう、“お前ん中ではな”」とのこと。

> ウ　以上の他にも被告らは，株主の取締役ないし会社に対する直接の損害賠償請求を認めるべきでないとしてるる主張するが，いずれも独自の見解であって，採用することができない。

また、「新株発行の主要目的」についても、彼の排除が主要目的なのは明らかであると認定された。「これは特別決議がされているからといって、株主であった彼を著しく不当に扱ってはならないという義務を怠った、被告谷の任務懈怠が否定されるものではない」

この判決での彼の損害額は、新株発行の後に行われたスクイーズアウトの時に確定した株価を、新株発行の時に日付だけずらして減額したものであると認定され、遅延損害金をいれて約6億5000万円を支払えという判決だった。

というわけで、判決をふまえ、グラニとマイネットに訴訟を起こした。彼はやる気満々で、いろいろな作戦を立てていた。すぐに谷直史さんから、「彼の言い分を飲むから和解してほしい」という申し出がきた。9億円を担保に積んでくれるという。

グラニの売却を止めることが目的ではなく、担保を積んでもらうことが主目的だったわけだから、彼は承諾し和解を結んだ。というわけで、通常は回収が難しい裁判において、「9億円まで担保を積ませてとりっぱぐれのない状態」が生まれた。彼の判断は、結果論で正しかったと言える。

谷直史さんは担保を積んだ。担保を積むということは、裁判を引き続き控訴審で争うということだ。この裁判は高裁にいくことになった。

余談ではあるが、マイネットには後にgloopsの三国志バトルも売却された。奇しくも彼が作ったredとpurpleが両方マイネットに揃うことになったのである。奇妙な縁もあるものだ。

グラニはこうして実質倒産した。谷直史さんは後にgumi[※1]の子会社として、株式会社グラムスを立ち上げる。gumiとはドラゴンジェネシス[※2]の件でバチバチに争ってた気がするが、奇妙な縁だなと思った。まあgloopsでソウルサークルを作ってた彼が言うことではないか。

入倉孝大は売却されマイネットの子会社となったGMGの役員になっていたので、谷直史さんにはついていかなかったようだ。河合宜文さんもついていかなかったとブログに書いていた。相川雄太は前述の通りなぜか先に辞任している。福永尚爾も谷直史さんについていかなかったらしい。

こうして、谷直史さんが言うには彼のために作られたグラニという会社[※3]は彼を裏切った（彼の主観）ことで、彼の手によって倒産[※4]した。コアメンバーと呼び合ったメンバーも四散した。売却金14.7億円はどう分配されたのだろうか？　グラニの中で何があったのだろうか？

なぜ相川雄太だけ売却に先立って辞任を？　なぜ誰も谷直史さんの

※1　株式会社gumi：モバイルオンラインゲームの運営や技術開発などを行う日本の会社
※2　ドラゴンジェネシス：gumiが提供していたヴァルハラゲートと似たゲームで、酷似しているとしてグラニはgumiを提訴した（後に和解）
※3　証言あり
※4　谷直史さん準備書面より

新会社についていってない？　というあたりでなんとなく雰囲気は予想できるのだが、実際のところは何もわからない。匿名でも教えてくれる人がいたらぜひ教えてほしい。寿司くらいなら奢(おご)ります。よろしくお願いします。

18.損害賠償請求訴訟⑦

日本の裁判は三審制といって、地裁、高裁、最高裁とある。では高裁は地裁と何が違うかというと、「裁判官の数が増えて、高裁担当の(やや偉いのかな？）裁判官に変わる」。他に、地裁高裁は「事実審」で最高裁は「法律審」という。

事実審とは、「事実関係も含めて認定する」という意味だ。だから、地裁で認められた事実が高裁ではひっくり返る可能性がある。法律審とは、法律の解釈だけで争うし、逆転はほぼ発生しない。だいたい逆転率は1%とかで､実質二審制という言葉もある。この高裁が最終決戦だと彼は思った。

高裁は､まず最初に「控訴理由書」というのを出し合う。これは「なぜ高裁で戦おうと思ったのか、これまでの事情と戦いたい部分」をまとめたものだ。高裁は地裁と違う裁判官になっている。きちんと全資料を読み込んでほしいのだが、裁判官も仕事に使える時間は限られるので、控訴理由書で要点を押さえることになる。

まず彼の控訴理由書を見ていく。判決の概要で、どこが正しい判断だったかを指摘したうえで、どこの判断を変えてほしいのかがまとめられている。彼は地裁では勝ったので、要求は簡潔に「これは5月の株価決定に依(よ)るべきである」が主で、認定された谷直史さんの不正行為などについては異論がない。

どれくらい勝ったかによるが、基本的に勝った方は、勝った点は全面的に「うむ」と同意するだけなので、控訴理由書はあまりおもしろくならない。対して、負けた方の谷直史さん側は、逆転を狙うのであの手この手がまた飛び出すことになる。

谷直氏さんの控訴理由書は全部で44ページにも及ぶ大作なわけだが、まず「はじめに」で、今回の裁判にかける熱い思いが切々と語られている。「ゲームが大ヒットした」「GREEと戦略提携してPRしだした」「その株を不法行為で取得したからこうなった」とかは省かれているが。

> 第１　はじめに
>
> 原判決は，会社法の根本を正解しないままに誤った推論を重ね，荒唐無稽な結論を導いて，控訴人らに対して常識を超えた法外な損害賠償を課すものである。原判決は，控訴人会社設立時に８万円を出資して８％の割合を保有する者に過ぎなかった被控訴人が，わずか５カ月少々に限って控訴人会社の事業に参画しただけで，損害賠償という名の株式譲渡益として，約６．５億円を取得することを容認した。その前提として，原判決は，資本金１００万円で設立された控訴人会社が設立半年未満で株式価値が６６億円になるという常識を逸脱した算定をしているが，その結論だけからも異常な判断が顕著にうかがわれる。
>
> このような判断は，本件の解決に限らず，将来の新株発行の実務に深刻な禍根を残すもので，到底，許されるものではない。会社法の根本に立ち返り，当事者の主張，証拠を冷静に考察された上で判断されることを切望する。

最初の主張は「8万円出資しただけで6億円とか常軌を逸してる。常識で考えておかしい。その5年後会社売った時は全部で14億円だった。これと比べて考えて」らしい。うーん、なかなか斬新な考え方だと思う。「その瞬間での時価」で売買される株式という制度を根底から否定してないかな。

> これは，本件新株発行当初は本件ゲームに関する業績は好調であったという事実のみにとらわれて，ソーシャルゲームの分野ではヒットを発生・継続させるすることは極めて稀であるという経験則をまったく考慮していなかったことによる。

重ねて、「ソーシャルゲームはヒットの発生・継続は極めて稀である」と言いたいらしい。まあ、それについては特に異論はないが、ヴァルハラゲートはその極めて稀な大ヒットをしたんだから、それは論じる必要はないとは思うのだが。

グラニが倒産したのは不当な判決のせい、ということで長々と平家物語みたいな話が続く。瞬間的には90億円の価値があったものが、14億円まで衰退したのは、経営陣の責任を問うのならわかるが、判決のせいではないと思う。判決で企業価値が減ったわけではないのだから。判決は彼がされたことの賠償判断だ。

> エ　平成２５年３月における控訴人会社のひっ迫した資金需要
>
> 控訴人会社のひっ迫した資金需要について，預金残高からみると，平成２５年３月末時点で，本件新株発行による資金調達がなければ，現預金残高は１９２６万円であり（乙１５），翌月（４月）に予定されていた支出の額（約１８５０万円）とほぼ同額で，４月の支出によっては，月中で資金ショートしてしまうことは現実にあり得るところであった（甲２の２）。もっとも，４月末には，本件ゲームによる最初の売上２月分として７２８０万円の入金予定があったも

他に、このマイネットへのグラニ売却をアシストしたらしい人の「私はソーシャルゲームM&Aには詳しいが、当時のグラニはもっと安

かったはず」という意見書とか、会社法に自信がある人の「この判決は会社法の解釈を間違えてる」とかの意見書があわせて提出された。

勝った方は、不満のあるところだけ変更してもらえばよいわけだが、負けた方は全部について主張してどれか一つでも通ればよいという必死な戦い方をするので、地裁でスパッと切られた主張も再生怪獣みたいに登場する。たとえば、「資金調達の目的だった」とか。この辺は高裁の判決でまた切られる。

なぜ資金調達が必要だったかというと、「4月末には7280万円の入金が予定されてたが」、「予定されてた支払いをすると口座に76万円しか残らないので」、「予想外の出金の可能性に対応するためになんとしても899万円を用意する必要があった」らしい。なかなかいいセンスしてる。

> また，原判決が，資金調達目的が仮装の理由付であったと認定した根拠の一つとして「本件新株発行に係る払込金額８９９万円は，被告らが入手したＶＤＧ草稿の評価結果に比しても著しく低いもの」であることを指摘することに至っては（原判決２９頁），意味不明であり，はなはだしく軽率な判断誤りであって，厳しく問われなければならない。なぜならば，控訴人会社が調達する必要のある資金の額とＶＤＧ草稿における評価とは何の関係もないことは容易に気づくことであるからである。原判決における証拠の評価が不十分であったことが露呈している。

これに至っては単純なミスだと思うのだが、「VDG草稿の約200万円に比べて、899株も発行し、1株1万円で899万円の払込は著しく低い」という判決文を「899万円が必要だったことはVDG鑑定と関係ないから裁判官のミスだ！」と騒いでる。こういうノリで大作を書いてると、こういうミスも生まれるんだろう。

また、こっちもたぶんミスなのだが「判決で彼を追い出すのが目的というが、彼は仕事仲間と揉めたりして自分から会社を辞めたんだ!!!!　だから追い出す目的は認められない。資金目的！」とのことらしい。言うまでもない

> ３．　本件新株発行の目的―被控訴人排除が目的でないこと
>
> 本件新株発行の目的について，資金調達であることが前記のとおり明らかであるが，さらに被控訴人を排除する目的でないことを付言しておく。原判決が「本件新株発行本件新株発行の目的はもっぱら被告会社から原告を追い出すことにあったというのが相当」（原判決２９頁）と強引極まりない認定をしているからである。この誤認の背景には，証拠が全くないにもかかわらず，被控訴人について，会社を追い出された被害者であるかのような予断があるのではないかと推察される。真実は，被控訴人が，過去に勤務した会社に対して，パワハラの被害者として紛争を提起し，その際に秘密録音をしたデータを活用することによって，かなりの解決金を取得した事実と同様に，今回の事態に備えて秘密に録音した会話を証拠（甲１７）として，あたかも被害者の立場を演出していることが，如実に語っている。以下に，真実を本件の関連事実等をもって明らかにする。

が、判決のいう「追い出す」というのは「株主」からで、会社辞任は争いがない。

彼が谷直史さんと夜中にイラストレーターの件で大喧嘩し、「辞めます」と書き込んだことを証拠に、彼が自分から辞めたから追い出す目的はなかった！　という長々としたほじくり返しが続くが、スタート地点の「株主から追い出す目的」を間違えてるのでどうしようもない。

この書類では「俺らは大学のサークルとかじゃなくて会社なんだから、いったん辞めるとまで宣言して撤回するなら、きちんとけじめをつけないといけないと思う。ネットから落としたのとかでいいから始末書を出してくれ」と言われて出した始末書が、彼を裏切った理由になっていた。そんな馬鹿な。

> ところが，翌２２日に，被控訴人は，辞任を撤回したいと申し出た。そのため，控訴人谷は，被控訴人の態度に翻弄されることを避けるため，始末書（誓約書）を提出させ，それが妥当であれば撤回を許可することとし，それまでは辞任は保留する旨伝えた（乙５８[谷チャット発言]）。しかしながら，提出された始末書は，インターネットで適当に探した雛形をそのまま使ったようなもので，およそ誠意が感じられない実質的な内容のないものであったため，控訴人谷は，被控訴人には今後態度が改善されることはないと判断し，少なくとも取締役の地位にとどまることは，他従業員の士気への悪影響が生じるなど，今後の会社の経営上大きなリスクになると考えた。一方で，被控訴人は，一旦は自ら辞任を言い出したものの，控訴人会社に留まりたいという意向を示していた。そこで，控訴人谷は，①控訴人会社は退職するが，個人として業務委託契約を締結し，本件ゲームに関する業務に引き続き従事するか，また，②控訴人会社から８００万円を受け取り，控訴人会社との関係を断つという選択肢を提示し，３月４日までに返答するよう求めた（乙５９[水原チャット発言]参照）。

たぶん、理由書に書きやすい理由をひねり出したらこれになったんだと思うんだが、いくらなんでも、立ち上げから一緒にやってきて取締役になった彼を追い出す理由が、「提出した始末書がネットのテンプレで誠意が感じられないから」はあんまりで泣きたくなった。反省文で指導される小学生か？

あとは、判決で徹底的に認定された不正な1万円新株発行については、「専門家の言うとおりにしただけ」が出てくる。ちなみに専門家（VDG）は1株200万円としており、その専門家にすら従っていないと判決でも切られたのだが。

他に新しい主張としては、「会社法は有利発行を認めているので、賠償額は希釈した総額ではなく、希釈した総額から認められている有利発行額分を引いた分である」というのが出てきた。これは法律論の話になるが、彼にも新しくて“面白い”視点だった。採用されるべきとは思わないが。

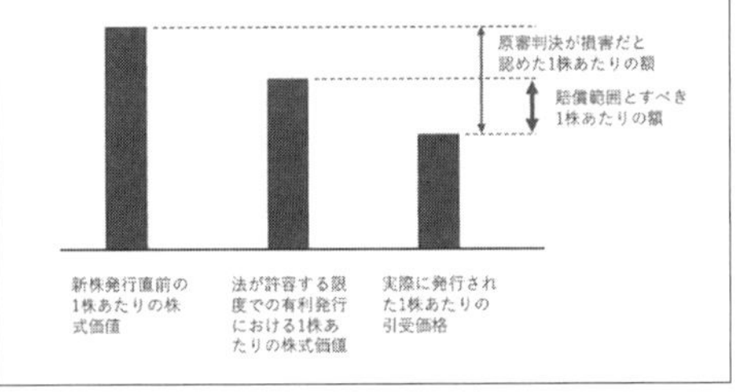

高裁といっても、地裁から新しい証拠とか真実が明らかにならなければ、基本的には、「負けた側が新しく出してきた主張」を、勝った側が潰(つぶ)せれば勝ちという防衛戦になる。谷直史さんの控訴理由書は、素人の彼にも明らかなミスが散見されるし怖い主張はないと思ったが、油断せず、勝ちきらねばならない。

19.損害賠償請求訴訟⑧

お互いに「控訴理由書」を出したら、今度はそれに対する「控訴答弁書」を同日で提出する。これは相手の控訴理由書についての反論や争点を指摘する、地裁における第一準備書面のようなものだ。

まず彼のほうから見ていくと、谷直史さんの理由書に対するツッコミをしていくわけだが、面白い指摘がある。谷直史さんは、彼が提出した録音について、地裁では「録音されていることを知っていたから、きちんと『合法的な範囲で』と述べたのである」と主張していたのが「秘密録音は卑怯(ひきょう)」に変わっていた。

> 訴える紛争において，秘密録音したデータを活用したことを非難するかのような主張をするが，およそ理解できない不当な非難である。また，本件録音も秘密録音とするが，一審被告らは，原審において，「被告谷は同日の会話が録音されている[こ]とを知りながら『合法的な範囲で』原告の８％の持分を無効にすると述べている・・・」（一審被告ら第１３準備書面・９頁）と一審被告谷が録音されていることを認識していたと主張していたところである。本件録音について，一審被告谷の認識にかかわらず正当な行為であることに変わりは無いが，一審被告らの主張は，その場しのぎに主張を変遷させるものばかりで，およそ信用性がない。

たぶん、弁護士も何人も入れ替わってるし、本人も弁護士も過去の主張すべてを把握しているわけではなかったのだろう。しかし、「録音されていたのをわかっててあえて言った」くらいの主張については覚えておいてほしいものだ。

「取締役を自分から辞任したから、新株発行目的が追い出しであることはありえない」については、「株主と取締役は違う」とレスしてるのだが、さすがにミスに呆(あき)れたのか「意味不明である」と煽(あお)りが入っている。

> 第５段落については否認する。一審被告らは，縷々主張し，「本件新株が『原告を被告会社から排除するためにおこなったもの』(原判決３０頁)であるはずがない。」とまとめるが，意味不明である。一審被告らが縷々主張する事実は，一審原告が一審被告会社の取締役を退任することになった経緯であり，本件訴訟で争いとなる株式とは無関係である。一審原告を一審被告会社より排除するつもりがないのであれば，本件新株発行及び本件強制取得をする必要性もないが，現に，一審被告らは，同手続をおこない，一審原告を一審被告会社より排除しているのである。

ちなみに、地裁判決の6億円という額は、「谷直史さんが提出した、別件鑑定の日付を3月にずらした鑑定結果」だった。裁判では、主張してないことを裁判官が勝手に採用したりはあまりない。よって、「9億円になったら怖いから一応日付ずらしたら6億円になるよ」って谷直史さんが主張しておいたら採用された。

そうすると途端に、「あれは参考に書いただけで採用されてはならない数値、それを採用するのは判決が間違ってる！」みたいなことを言い出すのが裁判だ。とりあえず全部についてゴネあうものだ。6億円がかかってるんだからそりゃそうだ。

> 当である。しかも，別件鑑定をもとに，評価基準日を本件新株発行時として株式価値を算定したのは一審被告らであり，それを控訴審において否定するのも理解しがたい。

その他法律論やミスのツッコミはあるがこんなところか。谷直史さんは、この高裁に入ったのが2018年で5年以上経過しているわけだが、「当時からGREEの凋落(ちょうらく)やネイティブシフト[※1]のできないグラニの先行きが暗いことはわかっていたから別件鑑定の株価は間違えている」と主張する。

ただ、もしそう思うなら「別件鑑定で控告」すればよかったのであり、実際には控告せずに高裁で判決が確定している。判決が確定し、認定された事実について後から難癖をつけるなというツッコミは厳しくされているので、彼の弁護士的には、株主と取締役を混同するくらいにはムカつくことだったのかと思う。

ちなみに、“この売却時点では”、グラニはヴァルハラ以外の黒騎士[※2]は赤字で、それをヴァルハラの黒字で補填(ほてん)してなんとか事業継続して

※1　ネイティブシフト：ブラウザゲームからアプリゲームへと移行していくこと
※2　黒騎士と白の魔王：マルチ対戦やギルドバトルなどやりこみ要素のある、コマンド選択式のリアルタイムバトルゲーム

いる状態だった、と物悲しく語られるわけだが、2013年に訴訟が起こった時にはその黒騎士はまだ仕様書も作られていないはずである。ゲーム開発では仕様書は作らないらしいが。

> ６頁が「グラニは，ヴァルハラ事業の黒字で黒騎士事業の赤字を補てんしてなんとか事業継続している状況」とするのもこれに沿う。一審被告らが主張するフリーキャッシュフローには，このように，本件新株発行当時は姿も形もなかった本件ゲーム事業以外の赤字事業から生じる売上原価及び販管費が控除されたものであり，このことからも，「本件新株発行当時の株式価値は，上記の１４億円に本件新株発行時点から本件M＆Aに至るまで控訴人会社が生み出したフリーキャッシュフローの総額約１４億円の合計額である約２８億円を超えることは理論上あり得ず」（本件理由書７頁）という一審被告らの主張は失当である。

この裁判で争ってるのは“2013年の株価”であるから、それから5年後の2018年グラニ売却の時に、グラニの売上がどれくらい落ちたとか、黒騎士が赤字だとか、そういう話は全く理論上は関係ない。ではなぜこういう話をするのか？　鑑定に対する牽制なのだと思う。

“こうして5年後には事業が落ち込んで、たった14億円で売るハメになって、実際ネイティブシフトに失敗して黒騎士は赤字でした。その会社に本当にそんな高い値段をつけて、間違ってるとか思いませんか？”言いたいのはこれだ。理論的には全く間違ってるが、そういう印象を植え付けようとしていたことは確かだろう。

> の事業である本件ゲーム事業を，１４．４億円で売却した。
>
> 　この結果のみを比較しても，原審認定の一審被告会社の株式価値の算定が著しく公正さを欠いたものであったことが明らかであろう。一審原告の本件訴訟の追行態度とも相まって，一審被告会社はマイネットへ本件ゲーム事業を売却するなど，実質的に株式会社グラニという会社は解体され，ゲーム業界から姿を消すこととなった。これは，原審判決が，別件鑑定や，不意打ち的にスクウェア鑑定書を基礎資料として十分な理論的根拠もないままに株式価値を算定してしまったことによって引き起こした悲劇である。

そして谷直史さんからは、ここで地裁では出さなかった「3月時点の株価鑑定の申請」が出される。この、グラニが14億円で売られたという状況になってから再鑑定をすれば、いくらなんでも別件鑑定の9億円、地裁判決の6億円よりは安い賠償金になるだろう。そういう算段があったのだと思う。

それ以外の主張は彼が見るにくだらないものに過ぎなかったので、おそらくすべてがこれ狙いだったんじゃないかと思う。鑑定でどこまで減らせるか、そのためにグラニ売却の時の関係者陳述書まで用意して、グラニの売却寸前時点での窮状を訴えたりしたのだろう。

彼側は、再鑑定の必要はない、別件鑑定（か地裁判決）で足りると主張したが、裁判所は鑑定の許可を出した。よって、ここでバンバン撃ち合う戦いになる。といっても彼側には既に出ている依るべき鑑定があり、それが正しいと主張しているので、新しく主張することはない。

やはりここでも、高裁という戦場は、地裁勝者の防衛戦となるのだ。谷直史さんがあの手この手で、いかにグラニが安かったのかを主張してくるので、それを潰していく戦いになる。

谷直史さんは目の前に6億円のハンマーが置かれてる状態になったので、全力で「当時のグラニがいかにお先真っ暗で価値がなかったか」を、いろんな人や事務所の意見書を取ってきたりして主張する。裏切られ追い出された彼は、いやそんなことはなかったよと反論する。皮肉なものである。

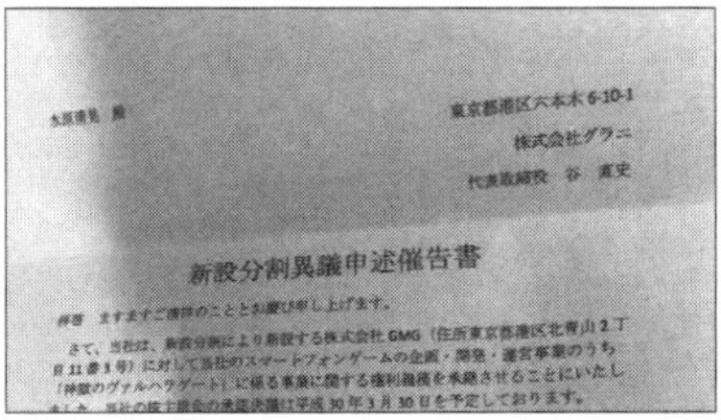
東京都港区六本木6-10-1
株式会社グラニ
代表取締役　谷　直史

新設分割異議申述催告書

拝啓　ますますご清祥のこととお慶び申し上げます。
さて、当社は、新設分割により新設する株式会社GMG（住所東京都港区北青山2丁目11番3号）に対して当社のスマートフォンゲームの企画・開発・運営事業のうち「神獄のヴァルハラゲート」に係る事業に関する権利義務を承継させることにいたしました。当社の株主総会の承認決議は平成30年3月30日を予定しております。

ちなみにここが、谷直史さんが「グラニは一応会社は存続してるが、実質解体（倒産）した」と主張している被告書面であるが、「彼の追行態度」にも苦言を呈しているのは本心であろう。そう、彼は「和解は交渉するつもりすらない」といって蹴ったのだ。一応「満額の9億円でなら和解する」とは言った。

彼のこの「満額で降伏するなら受けてやる」は、実質裁判における全面降伏なのでここまで戦った以上絶対にあり得ない。これは、まあ、谷直史さんの彼への「1万円で株をよこせ」とか、「10万円でなら買い上げてやるが？」とか、「すべての裁判をひっこめて和解しろ」等の意味不明な要求への意趣返しだ。

⑴ 今回実施される鑑定は，鑑定基準時（平成２５年３月２７日時点）での一審被告会社の株式の時価を求める手続である。

時価とは，その時点で，当該資産について不特定多数の当事者間で自由な取引が行われた場合に通常成立する価額（客観的交換価値）である。株式の場合には，譲渡時点での株式の客観的交換価値を，その時点（鑑定基準時）で明らかとなっている決算書等の資料に基づいて専門的知見に基づいて鑑定評価がなされる。なぜなら，第一に，株式譲渡の当事者となるべき当事者にとって，将来の収益，費用等は予測の限度でしか考慮のしようがなく，第二に，将来の実績値を用いた場合，基準時後に会社が行った経営判断の結果を過去の株式評価に反映することになるからである。この理は，鑑定基準時の合理的予測を超えて利益が増大した場合，利益が減少した場合の両者に等しく当てはまる。

なりふり構わず、谷直史さんの書面に本音が書かれている。2013年の株価を鑑定する時、2013年にわかっていたことだけで鑑定するべきである。ライブドアショック※1前のライブドアの株価を、ライブドアショックを踏まえて鑑定してはならない。「2018年に至る事情を含めて鑑定してほしいと切に願う」らしい。

というわけで、しょうがなく、彼の反論書面は「株式会社とは。株式の価値とは、どうやって鑑定されるべきものか。過去の株式価値の鑑定で未来にわかったことを反映してはなぜ駄目なのか」という説諭になってしまっている。

ここで谷直史さんの出した主張を紹介しよう。これは株式に詳しい人には抱腹絶倒ものであろう。「2013年のグラニの株式には、DCF法を利用すべきである。予測値ではなく、会社売却までの実績値が今なら出せるので、それを採用すべきである。売却時点で解散したとして算定すべきである」

> 第１　実績を加味したＤＣＦ法が採用されるべきであること
>
> 　本件鑑定にあたっては，インカム・アプローチ，特にＤＣＦ法が採用されるべきである。また，本件鑑定時においては，鑑定基準時（平成２５年３月２８日）以降の一審被告会社における実績値が確定していることから，これらの情報が用いられなければならない。

これを本当に採用されると思って主張したのか、とにかくなんでもかんでも手当たりしだいに安くなる主張をしてどれか通ればもうけもんと思ったのか。たぶん後者だとは思う。ただ、こういうのを一つずつ潰していくのは、本当に骨の折れる防衛戦となった。

20.損害賠償請求訴訟⑨

谷直史さん側は、「2013年の時点でネイティブシフトという、ブラウザゲームの終焉(しゅうえん)が訪れており、当時谷直史さんは予算がないため他に取れる手段がなくてブラウザゲームで細々と稼ぐためにヴァルハラゲートを出した」という論調に変わった。

> ォン（従来型のガラケー）からスマートフォンへの急激な移行期であり，わずか１年ほどでブラウザゲーム市場の半分が消滅するという時期であった。そのため，多くのソーシャルゲーム開発事業者，特に上場企業では，ネイティブゲーム市場への移行に向けて（これを「ネイティブシフト」と呼んでいた。），多額の投資をし，多数のゲームタイトルを並行して開発することを進めていたのである（以上につき乙６７[久保陳述書]も参照）[8]。

※1　**ライブドアショック**：証券取引法違反容疑で東京地検特捜部がライブドア本社などに強制捜査を行い、これを受けて翌日から始まった株式市場の暴落のこと

これまでの何人も交代した弁護士は、「ヴァルハラゲートがヒットするはずがなかった」くらいのことを言ってたが、この弁護士は「実際にヴァルハラゲートはヒットしたかもしれないが、“2013年の3月にはそれは予想できなかった”」に主張が変わった。最終的にこれじゃないと通らないと思ったのだろうか。

> しかし，この数値は，フィーチャーフォンを除いたスマートフォンの中でのブラウザゲームの内訳を示しているに過ぎない（乙７３・４頁※１参照1）。したがって，一審原告が根拠とする甲９７は，フィーチャーフォンにおけるブラウザゲーム市場の衰退は考慮されておらず，（フィーチャーフォン，スマートフォンを併せた）ブラウザゲーム全体の市場規模推移を考察するにあたっては的外れな指摘で誤導であると言わざるを得ない。
>
> フィーチャーフォンにおけるブラウザゲーム市場は２０１２年から２０１３年にかけて半減していることはすでに示したとおりであり（上記の乙６４・２頁掲

また、ブラウザゲームが失敗した実例として、「モンハンロアオブカード」（グラニがモンハンのIPを借りて出したブラウザゲーム）は失敗した、と主張は続けている。ところでそのブラウザゲームは2014年リリースなわけだが、なんで2013年で終わってたと主張する市場に2014年に出したのか。

> したがって，当時の一審被告会社は，今後縮小する市場であることがわかっていた市場で勝負せざるを得ない状況にあり，本件ゲームがヒットするかは，不透明，未知数であった。

ただこれは、彼側としたら一番潰しにくい面倒くさい主張だ。当時、ネイティブゲームもヒットし始めていたのはそうだが、それとは無関係にブラウザゲームはまだまだ元気だった。ネイティブシフトはこの2年後くらいの話だ。ただ、それを「裁判官わからせ」するのが難しい。

谷直史さんは「ブラウザゲームは2012年から2013年にかけて一気に半減し、ネイティブシフトが起こった」と主張したので、肌感でそんなわけはないと、頑張って証拠を探してきて「フィーチャーフォン※2市場が半減しただけでブラウザゲーム市場は半減してない」と反論をつきつけた。

すると再反論はこうだ。「“フィーチャーフォンにおけるブラウザゲーム市場は”半減していると既に主張したとおりである」しれっと自分が言ってた主張をすり替えて、こちらの小さいミスを論難してくる。なんだこれは。子供の喧嘩、泥レスに持ち込もうとしてるこれが

※2　フィーチャーフォン：日本国内で流通している二つ折りやストレートタイプの携帯電話端末でガラケーのこと

戦術なんだろう。

谷直史さんの主張をまとめると「ヴァルハラゲートをリリースする時点で、今後壊滅的にブラウザゲーム市場が縮小していくことは完全にわかっていたが、開発費がない等の理由でしょうがなくブラウザゲームで作った。偶然その後ヒットしたが、この株価を決める3月にはヒットする可能性は不明だった」

「モンハンロアオブカード」は、本事件とは全く関係ない。しれっと失敗例として、なぜか壊滅したはずの2013年どころか、開発費も潤沢になった2014年にリリースしたこのゲームは論点ではない。こちらとしては、「それらは関係ないことだ、2013年はこうだった」と説明するしかない。

ここで、もし本当に自分の能力を試したい人がいれば、2013年にブラウザゲームとネイティブアプリの市場や、実際に市場の空気感はどうだったか、資料を探して立証できるか試してみてほしい。それはとても困難だ。だから好き放題言える。やはりこの谷直史さんの7人目？くらいの弁護士は優秀な敵だ。

そもそも、会社に90億円の価値がついた株価決定でさえ、既に高裁では2015年だ。だからその時本当にそう思っていたなら、そう主張したらよかった。だがしなかった。2019年になって、2013年はこうだったと、今まで全く主張していなかったことが次々と出てくるのだ。これが裁判だ。

まあ、裁判というのは、自分に都合のいいことだけを並べてなんとか裁判官に“わからせる”ゲームなので、同じく株価決定では全く出てこなかった「VDG草稿」なんてのも出てきたし、こういうふざけた主張もはじめてじゃないが、「高裁は裁判官が代わっている」から真剣に潰さないと、わからせられかねない。

GREEとどういう条件を結んでもらってきたか知らないが、「プレスリリースには出てないが業務提携している会社は他にあった、それらはすべてプレスリリースを大々的に打ったグラニと同等のバックアップを受けていた、だがそれらは成功してない」なんて主張まで出てきた。

こんなことは当然彼も知らなかったことだし、知らないどころか

「"この主張が本当かどうかの確認すらできない"こと」だ。「大々的にプレスリリースを打った提携と、プレスリリースを打たずに陰でひっそりしてた提携が同じだ」なんてありえないと思う。好き放題にいくらでも資料が用意できると思った。

> （3）　当時グリーは一審被告会社以外のゲーム会社とも提携していた
>
> 平成２５年前後当時において，グリーがゲーム会社と業務提携をすることは決して珍しいものではない。戦略的業務提携を締結することができる例は極めて限定されるとの一審原告の主張は事実誤認である。
>
> 乙７０は，一審被告会社がグリーに依頼して開示を受けた，平成２５年前後において，グリーが一審被告会社と同程度の業務提携をしてバックアップした会社及びタイトルに関する資料である。乙７０によれば，一審被告会社と同程度の業務提携をしてバックアップしたディベロッパー（ゲームの開発会社）は少なくとも７社ある。またタイトルは，各ディベロッパーの代表的なものを一つ掲載しているが，ディベロッパーによっては複数タイトルについて提携していることもあり，グリーがバックアップしていたタイトル数は７つにとどまらない。
>
> 一審原告の主張に従えば，これらの提携先がすべて成功を収めていたということになるが，それも誤りである。

彼は谷直史さんが望月の世と思っていた頃、福永尚爾が河合宜文さんにCTOを渡す前、『「業界の流れがネイティブに向かってもWeb、ネイティブ両者に対応できるように、開発言語をC#にする」と、現時点のPHPで書いたソースをC#に移行している』と発言していたのを探し出してきてぶつけた。谷直史論の否定だ。

谷直史さんの反論はこうだ。「それはポジショントーク※1なので真実ではない」。頑張って矛盾するあちら側の発言を探してきたら「ポジショントーク」、あちらが用意した資料や証言はすべて「真実」、ここまで都合のいい口喧嘩があるだろうか。

それでも彼らは、万が一にも負けないよう全力を尽くして反論を頑張った。同じく谷直史さんが、お調子をおぶっこきになられていた頃のインタビューが載った

> て，「ブラウザ市場は，長期的には縮小するかもしれませんが，市場規模自体はまだまだ非常に大きいです。また，ブラウザが一概に劣っているわけではなく，アプリをダウンロードする手間や起動する煩わしさがなくカジュアルにプレイできるメリットも大きいです。最近，SAP がネイティブアプリ市場にこぞって出ていますので，我々からすると，ブラウザ市場はいわばガラ空きになった状況ともいえ，非常に魅力的に見えます。」（甲８７・５枚目）と，現在の主張と正反対のことを述べていたのである。平成２６年９月に発行された雑誌記事のインタビューにおいて，「でも僕が，こういうふうに作って出せば，これだけの売り上げはいくという感覚がもうあったので。」（甲４２・１枚目）と発言していることから明らかなとおり，一審被告会社は，本件ゲームの爆発的ヒットを確信した上で，本件ゲームを開発し，リリースしたのである。

※1　**Position talk**：主観的な見方や希望的観測で自分の保有するポジションに対して有利な方向に導くために情報を流したり発言したりすることを意味する

雑誌等を、彼はいつか武器に使えるかもしれないと集めておいた。谷直史さんがこの手でくることを想定して。これもポジショントークと返事がきた。

これは谷直史さんと相川雄太の2人がお調子おぶっこきになられた記事からだ。彼が当時、一矢報いることすらできてない地を這う状況で、これらの記事を読み込み、使えそうなものを分類して集めた時の、臥薪嘗胆（がしんしょうたん）はここで使い道があった。使わずに済むほうがよかったが、用意しておいてよかった。

これらを用意しておかなければ、“歴史修正裁判官わからせビーム”がヒットしていたかもしれないのは恐ろしいことだ。ここまでくれば彼もストレスも減り、万全に戦える。谷直史さんがここにきて主張する“実はこうだった2013年”潰しゲームが続く。

彼にきちんとした備えがなければ、一番の強敵な主張となったこれらの“今になって言い出す2013年は実はこうでした”は潰せなかったかもしれない。フルカウンターが決まった。谷直史さんは、ブラウザゲームで大成功して調子に乗っていた頃、「あえてブラウザで成功した」と言っていた。完全矛盾だ。

> 5　さらに言えば，平成２５年５月時点の一審被告会社の株価が争われた別件株式取得価格決定申立事件において，一審被告会社は，平成２５年５月から平成２７年５月１９日まで行われた第一審において，ソーシャルゲーム市場が不安定であることを指摘するのみで，ネイティブシフトについてなど何一つ主張していない（甲１０６，１０９）。ネイティブシフトに関する指摘は，第一審の決定が出た後の即時抗告審においてはじめてなされたのである。
>
> 当時の一審被告会社の主張からわかるとおり，平成２５年３月当時の株式価値を算定するにおいて，ネイティブシフトは何も影響しないのであり（かえって，上記一審被告谷のインタビューの弁（甲８７・５枚目）を借りれば，ネイティブシフトによって，ブラウザゲーム市場は競合が減少し「ガラ空き」になった非常に魅力的な市場となっていた。），現在の一審被告らの主張は後付けの主張に過ぎない。

踏みにじられ借金をして、歯ぎしりをしながら集めた調子ぶっこき集が役に立った。もうあの時の悔しさは鮮明には思い出せなかったが、報われたという感覚はあった。あの時、悔しくても、投げ出さずに向き合って集めておいてよかった。いつか強敵の弁護士が出てきた時に備えておいてよかった。

21.損害賠償請求訴訟⑩

フルカウンターを決めると、谷直史さんからの反論は、今までの繰り返しのような腰の抜けたものになった。ただ、その中で「彼が和解の交渉すら応じなかったことが、グラニを実質倒産させた」という主張がまた出てくる。彼はこれに異論がある。

> 繰り返しになるが，一審原告は，一審被告会社に半年程度しか在籍していないが，その間の役務提供の対価と，設立に際して出資した８株（８万円）の対価として，既に合計で１．５億円以上の支払いを受けているのである。他方で，そのような状況の下でも，一審原告は，なお本件訴訟における請求金額全額の主張に拘ったため，一審被告会社は本件訴訟の請求が重荷となって，マイネットへの事業売却を選択せざるを得ず，事実上，一審原告が一審被告会社を潰すという状況を作り出しているのである。

2013年に株式会社グラニの時価総額が90億円と裁判所で決定されたことについて、“抗告をしなかったのに”文句があり、間違いだと谷直史さんは言いたいらしいが、彼は当時のグラニであればもう少し時価総額があったと思う。あの頃のグラニは、ゲーム業界における革命児だった。

当時はゲーム業界、特にMobageとGREEには金がうなるほどあり、右肩上がりの成長を続けてきて、会社がすごい額で買収されていた。上場できなさそうだったgloops360億円もそうだし、GREEがポケラボ[※1]を138億円で買ったのもそうだ。バブルな時代だった。

株式会社グラニの売却時点で、ヴァルハラゲートは当然5年も経(た)って全盛期からは衰え、資金をつぎ込んだ黒騎士と白の魔王の収支は当時赤字だったという。開発費と開発期間も考えると超赤字だろう。彼が最後のひと押しになったにせよ、押したら倒れるくらいに衰弱していた。

ではそれだけ衰退したのはなぜか。会社がどうなるかは、経営陣の責任だ。それは、谷直史さんと相川雄太が主体だったんだろうと思う。彼を追い出した経緯からいって恐怖政治のような空気があったろう。No.2の貢献者が、喧嘩(けんか)の蒸し返しで不意打ちで刺されて追い出された後で、一体誰が意見を言えよう？

他に役員の河合宜文さんと福永尚爾は、少なくとも袂(たもと)を分かった2013年では、彼も大概だが彼よりもさらに世間知らずだった。グラニの役員は潰れる寸前に知らない人達が追加された以外はほぼこのメンツなので、つまり「谷直史・相川雄太独裁ワンマン会社」だったと想

※1　**株式会社ポケラボ：**日本のゲーム会社でグリー株式会社の完全子会社

像できる。

なぜ河合宜文さんと福永尚爾が彼よりも世間知らずだったと思うかというと、それは彼を追い出した時に谷直史さんによって組み直された会社の資本政策、新株予約権があまりにも馬鹿らしいものだったからだ。「会社が認めた時だけ発行できる」という新株予約権だった。保証のない権利に何の意味がある？

その点は、株なんて8株でいいですよ、相川雄太にも、入倉孝大くんにもあげてくださいと言った彼も似たようなものだ。ただ彼は、自分がされた仕打ちを理解して戦った。それを横目に見ていて、こんな子供だましな新株予約権を受けた河合宜文さんと福永尚爾は、彼よりも世間知らずだと思う。

2013年には90億円の価値はあった株式会社グラニが、なぜ2018年には14億円になったのかというと、それはもう5年間の経営結果でしかないと思う。つまりは谷直史さんと相川雄太の責任だと思う。権限は責任と表裏一体であるべきだ。

黒騎士と白の魔王はリリースを延期したりしていたが、あくまで完全に推測になるのだが、谷直史さんは仕事が遅いとずっと自分で卑下していたとおり、仕事が遅かったのではないかと思う。オーディンバトルのラグナロクも、三国志バトルの立ち上げも、彼が来るという奇跡が起こらなければ潰れていた。

それ以外にも、グラニの経営陣（谷直史さんと相川雄太）の意思が統一されていたとは考えられない。谷直史さんは、家飲みの時にベッドの上にハイブランドの買い物袋が散乱していたように、見栄が好きな人で、ヒルズにオフィスを移転した時も、「初心」として第一オフィスの階段を再現している。

ところが、相川雄太はこの第一オフィスを「豚小屋」と呼ぶのだ。これは許せない。彼らの最初の城だと、円になって座って夢を語ったり、半年間ヴァルハラゲートを開発してる間いろんなことがあった思い出のオフィスをなぜ相川雄太は豚小屋などと呼べるのか。彼には全く理解しがたい。

社長が「初心」だと呼んで、会社の中にわざわざオブジェで再現している、みんなでスタートした思い出のオフィスを、開発には一切関与してない、そこでろくに仕事をしたこともない副社長が「豚小屋」だと呼ぶ。こんな会社はうまくいかないだろうなと彼は思う。

株式会社グラニは2018年に実質倒産するわけだから、2017年には青息吐息だったのだろうと思うが、死にかけの会社ほど無茶をやるようだ。黒騎士と白の魔王は、ご当地アイドルイベントやオーケストラとか、彼には理解しがたいものにジャブジャブ金を突っ込んでる。判断力も落ちてたんだろうか。

ただ、彼にとっても裁判が凄(すさ)まじい人生最大のストレスであったように、お調子をおぶっこきになられていた頃は彼のことを小さく見ていただろうが、会社が行き詰まるにつれて、谷直史さんにとっても裁判は凄まじいストレスになったろうなとは思う。最終的には会社へのトドメになったのだから。

裁判で証拠としてお調子おぶっこき集を提出したところ、「こういうものは広告宣伝を兼ねるからネガティブなことを言えないポジショントークなので、それを証拠として反論するのは禁止」らしい。なんとも都合のいいルールだ。フルカウンターが痛かったのか、谷直史さんはルールを制定してきた。

そもそも，こういったインタビューは，会社の広告宣伝を兼ねているのであるから，およそネガティブなことを言わないものである。一審原告の主張は単なる揚げ足取りに過ぎない。

ここで、谷直史さん側の「原審判決に対して主張したいこと」も一通り終わったので、ついに「株価鑑定」が実行された。第三者の、裁判所が選んだ鑑定人に、あらためて2013年3月のグラニの株価を鑑定してもらう、というものだ。

ここが最後の逆転の可能性があるポイントだったろう。結局、谷直史さんが出してくる鑑定書も、彼が出してくる鑑定書も、両方ともが当然に「依頼者に都合のいい」視点の混じったものであり（彼はつとめて当然な事情だけで、無茶苦茶なことを入れてないつもりではあるが）、第三者の鑑定のほうが強い。

これを待つ間のストレスはすごかった。しかし彼にはできることはない。せいぜい天に任せて祈るくらいだ。2013年に確定した過去のことについて鑑定をするのだから、新しい事情は谷直史さん側から不思議にも出てきたものくらいしかない。彼にできることはない。

鑑定結果が出た。総額は、地裁での判決より少し下がったが、だいたい彼への支払いが6億円くらいになる、という鑑定結果だった。判決で少し減って5.4億円になってるのは、鑑定以外の複利計算とかの事情だ。彼は胸をなでおろした。もう、ここから大きく覆ることはないだろうと、直感で思えた。

裁判では、こういう「勝敗がだいたい見えた」タイミングで、和解の打診がある。地裁で蹴っていたし、彼は高裁でもずっと一貫して和解するつもりはないと蹴っていたが、「4.5億円で和解してほしい」という話はきた。彼の返答は「馬鹿め」だった。裁判官ごしに相手にどう伝えられたかは知らないが。

22.損害賠償請求訴訟⑪

地裁の時と同じく、争点と鑑定結果が出たということで「最終準備書面」というのを双方が提出することになった。この裁判で判定してほしいことを書くので、彼側の書面は「鑑定には不満があるし谷直史さんの行為は一連の不法行為だ」程度だ。

対する谷直史さんの書面は2部構成になっている。この高裁においてはこの主張が最後のチャンスということになるからだろう。これらの書面を読んだ彼の感想は、一言でいうと「おセンチ」だった。弁護士の作戦なのか、依頼人である谷直史さんの意向なのかはわからないが、まるで講談なのだ。

ベケベン！ はじめに！ 本件については濁りなく事実を見つめていただきたい。のっけから飛ばしてくる。ちなみに、細かい点でツッコミを入れるなら、6億円にまで膨れ上がったのは谷直史さんの不法行為ということで弁護士費用も乗せたことと裁判の遅延損害金（本件で年利5%）も含めた金額だ。

> はじめに
>
> 本件の事案について、濁りなく事実を見つめていただきたい。そうすれば、資本金１００万円で設立された会社の株式につき設立時に８万円を投じた者に対して、わずか半年後に６．５億円を取得させるという荒唐無稽な結論を到底導き得ないことが明らかになるでしょう。貴裁判所におかれては、是非とも、この不合理さを正していただきたい。

そこからは、地裁でバッサリ切られたようなことも含めて、すべてを主張し直していくことになる。たとえば「この新株発行が不法行為であることは、原告のその余の主張をとりあげるまでもない」と断じられたことさえも、「自分に都合のいい要素」だけをつなぎ合わせて主張する。

これはあくまで彼の感覚だが、この辺なんてのは完全にぶった切られた要素である上に、高裁でも争点にされていない。最終準備書面でいきなり蒸し返したところで、ここでひっくり返る可能性はほぼゼロではないかと思う。だって、「もし不法行為か否か」でひっくり返すなら、鑑定をする必要がない。

> 第２　本件新株発行は適法に行われたこと
>
> 本件新株発行は、会社法の手続きをすべて正しく履んだうえ行われたものであり、何ら違法なところはない。
>
> １　本件新株発行は、「著しく不公正な方法」（会社法２１０条２号）には該当せず、それ故に不法行為に該当することもない（控訴理由書２１頁～２２頁）。
>
> このことは、本件新株発行が、有利発行に関する所定の手続きを経ていること、原告を除く他の少数株主は本件新株発行に賛成していたこと（いわゆるマジョリティ・オブ・マイノリティの理論、乙３４）、弁護士、会計士らの専門家の意見を徴してその指示に従ったこと、その意見に従い発行価格を半年前の振込価格と同額としたこと等の事実に照らして明らかである。

それでも主張するのは、「可能性はゼロじゃない」と思うのか、「依頼者、ここでは谷直史さんに共感し慰撫するため」なのかのどちらかじゃないかと思うが、彼側の弁護士はこういう講談はやらず、必要な事項だけ書いているし、その方が裁判官に“読んでもらえる”とは思うのだが。

株式会社グラニの末期がオーケストラ等で逆に華々しかったように、負けを覚悟した時の腹積もりとして、「言いたいことをすべて言ってスッキリしておく」みたいな気持ちがあるのかもしれない。そう思えるくらい、末期の谷直史さんの書面は、法で判断される裁判なのに感情に訴えようとする風潮が強いのだ。

> しかし、一審被告会社には資金調達の必要性があったことは証拠によって明らかであり（控訴理由書１７頁～２１頁）、このことは原判決も一部認める通りである。正しく手続きに則ってされた新株発行について、極めて曖昧な事実、しかも誤認の事実によって、安易に目的が一審原告を追い出すことにあったと断定して、株主総会の総意を覆すことは極めて異例といわなければならない。
>
> 原判決は、おそらく、本件新株の引受価格が１万円とされたことに捕らわれて、本件新株発行を不公正とみたのであろう。たしかに、本件新株の引受価格は、結果から遡ってみれば不当に低く見えるが、引受価格の決定については、１審被告谷において有識者の意見を徴したうえのことであり、しかも、ソーシャルゲームを扱う業界の特殊で予測しがたい事情に負うものである。原判決はこれらの点を考慮することなく、誤判を招いたものである（控訴理由書２４頁～２５頁、）。

裁判をやったことがないとこういうのはわからないだろうが、「最終準備書面」とは、その後相手が反論できない最後に提出する書面で、ここでの主張が新しく採用されるということはほぼほぼありえない。最終準備書面の前に、「双方もう言いたいことは言い終わりましたか？」という確認をする。それが裁判だ。

裁判という戦争は、判決という結果に向かって“裁判官わからせ”を積み上げ合うゲームであって、裁判官が「もういいでしょう、結審します」と言うのは、最終準備書面を出して終わりますという意味で、「もう勝敗は決しました」という意味に等しい。最終準備書面は形式的なものでしかないと思う。

もちろん、たとえば本件でいうなら、「鑑定結果にある重大なミス」とかを指摘すればそれが反映されることはある。というか、株価決定の時に彼側が間違いを見つけて訂正を求めたら、「間違ってたから訂正するけど計算方法変えてもっと値段を下げます」という無茶苦茶な訂正を食らった。

新株発行の目的もいまだに「どう見ても資金調達」だと言いたいらしい。これも、原審の判決やここまでの争点を鑑みれば、「言うだけ無駄」という風に彼は思うのだが、言わないと気がすまなかったのだろうか。文章に感情が込められているのがわかるだろうか？　どうかわかってくださいという気持ちが。

> 確定した判例に従えば、任務懈怠あるいは経営判断の合理性については、手続きの履践の正当性によって判断されるが、本件新株発行については、所定の手続きを経ていることは、前記のとおりであり、一審被告谷の一連の行為についても、非難されるところはなく、ましてや悪意又は重大な過失があったといえないことは明らかである。このことは、一審原告の退職の経緯を見るだけで明らかであり、双方で十分に協議が尽くされ、一審原告も納得済みであることからも容易に推認することができる（控訴理由書２４頁～２５頁）。

裁判所は「谷直史さんに彼を追い出す意志があったことは録音やその後の行動などから明白」と認定したわけだが、言い訳のできないところは一切触れず、「合法な手続きを踏襲したから合法であり、彼も退職に納得していることから明らか」らしい。なぜ彼の退職と株が関係あるのか、ツッコミを入れたい。

ここまでが前半で、ここからが後半だが、後半でもまた「はじめに」で、「このような判決が認められては今後の新株発行に禍根を残す」らしい。彼が「こんな不法行為が認められたら、今後の新株発行とベンチャー企業は終わる」と主張したのを根に持っていたのだろうか。

ここからは最終準備書面なのに新説が飛び出す。「この不正取得がなければ、2018年にグラニは14億円で売れたから、その8%は1億だったはずだ。2013年に6億円なのはおかしい」だそうだ。どこから突っ込んでいいのかわからない。不正取得せずに、裁判のストレスがなければ会社も傾かなかったかもね。

第1　はじめに

原判決は，会社法の根本を正解しないままに誤った推論を重ね，荒唐無稽な結論を導いて，一審被告らに対して常識を超えた法外な損害賠償を課すものである。原判決は，一審被告会社設立時に８万円を出資して８％の割合を保有する者に過ぎなかった一審原告が，わずか５カ月少々に限って一審被告会社の事業に関わっただけで，損害賠償という名の株式譲渡益として，約６．５億円を取得することを容認した。その前提として，原判決は，資本金１００万円で設立された一審被告会社が設立半年未満で株式価値が６６億円になるという常識を逸脱した算定をしているが，その結論だけからも異常な判断が顕著にうかがわれる。

このような判断は，本件の解決に限らず，将来の新株発行の実務に深刻な禍根を残すもので，到底，許されるものではない。会社法の根本に立ち返り，当事者の主張，証拠を冷静に考察された上で判断されることを切望する。

このあとは、高裁で行われた鑑定についての無茶苦茶な理論、たとえば「その後裁判で支払った金も2013年に原因が発生しているから費用として株価鑑定に使うべきだ」とか、「有利発行自体は合法だから、不法行為だとしても有利発行の差額を減額すべきだ」とか珍説が飛び出すが詳細は割愛する。

谷直史さんの最終準備書面は彼には全然怖く思えなかったので、高裁の判決を待つ間のストレスは、地裁や鑑定を待つ時に比べれば心穏やかに過ごせた。常人ならギリギリ耐えられない程度の苦痛でしかなかったと思う。コロナ禍で判決が延びたりもあったが、やっと判決が出た。

主　　　文

1　第１審被告らの控訴に基づき，原判決を次のとおり変更する。

(1)　第１審被告らは，第１審原告に対し，連帯して，３億９９９８万５８１４円及びこれに対する平成２５年３月２８日から支払済みまで年５分の割合による金員を支払え。

判決は高裁の場合、「元の判決から変更した部分」がある場合、その変更した部分を書い

事案の概要」の１ないし３に記載のとおりであるから，これを引用する。ただし，原判決を次のとおり訂正する。

(1)　原判決４頁８行目の「福永」の前に「第１審原告と同じく１月１日に取締役に就任していた」を加え，１０行目の「就任した」を「就任し，第１審被告谷及び福永を併せた４名となった」と，１２行目の「３月２７日，」を「３月２７日午後０時から」とそれぞれ改め，１５行目の「成立した」の次に「（甲２の１・２）」を加え，２２行目の「３月総会と同日」を「同日（３月総会の開催日）午後３時から第１審被告会社の取締役会を開催し」と改め，２３行目の「決定した」の次に「（甲３）」を加える。

ていく形になり、かなり読みづらい。地裁の6.5億円払えから変更し、金利を含め、5.4億円払えとの判決だった。

実際に変更された部分を見てみると、このように福永、改め「第一審原告と同じく1月1日に取締役に就任していた福永」といったように、完全版というか、校正版というか、高裁の判決文だけで読んでもほとんどわからないものとなっている。

ア　第１審被告らは，前記第２の３(1)のとおり主張する。

しかしながら，上記主張はおおむね原審段階の主張の繰り返しにすぎず，第１審被告会社の株主総会において第１審原告以外の全ての株主の賛成を得られたことをもって少数株主である第１審原告の権利利益を保護する必要がなくなるなどといえないことは明らかであるし，本件新株発行により第１審原告は第１審原告保有株式の持分比率の低下に伴う価値の希釈化という直接の損害を被った（一方，第１審被告会社は本件新株発行により払込金額８９９万円を取得し，利益を得こそすれ損害を被ったとはいえない。）

修正・変更部分ではない、「高裁の判断」の部分を見る。谷直史さんの主張は地裁での主張の繰り返しに過ぎず、MOMなどという理論が通らないことは明らかである。要するに、谷直史さんの講談主張は通らなかった。

谷直史さんの新株発行目的についても、主張する資金調達目的は不明であるし、入金も予定されていたし、他に調達方法もあったのであって、「仮装の理由付けといわざるを得ず、彼を追い出すことこそが目的であった」と、当然でありながら最も立証が難しいと言われたことも認定された。

そして，第１審被告会社は同年３月から５月にかけてグリーから確実に多額の入金が見込まれていたこと，本件新株発行に係る払込金額が１株１万円に８９９株を乗じた８９９万円であることは第１審被告らが入手したＶＤＧ草稿（乙２９）の評価結果に比しても著しく低いものであり，８９９万円の具体的使途も証拠上不明である（なお，本件新株発行により第１審被告会社が得た８９９万円程度の資金調達は，本件新株発行によらずとも本件ゲームの成功を共有していた関係者から貸付けを受ける等の方法により可能であったと考えられる。）ことに鑑みると，第１審被告らの主張する資金調達目的は仮装の理由付けといわざるを得ず，本件新株発行の目的は，専ら（主要目的を含む。）第１審被告会社から第１審原告を追い出すことにあった（第１審被告会社の株主から排除することを意味するから，第１審原告が退職の意思を有していたことによってこれが否定されるもので

高裁判決の締め文はこのようになっている。彼側の株価決定での計算ミスを指摘した件や、一連の連続した不法行為であるという主張も採用されなかった。採用されたら9億円超えだったし、そうあるべきだと彼は思ったが。

彼は納得がいかない点もあったが、もう裁判は疲れたから、相手が

やりたがらないなら最高裁はやらなくてもいいよと弁護士に連絡したが、谷直史さんは最高裁までやってみたいということなので、彼も受けることにした。

日本の裁判は地裁・高裁・最高裁と三審制となっているが、地裁・高裁が事実を争う事実審、最高裁は法律を争う法律審と別物であり、最高裁は「法律の判断の誤りや、憲法違反、過去の判例との矛盾」の場合には判定し、それ以外はほとんど棄却するという、別物の裁判となっている。

まあ、やるというからには彼もきっちり用意して最高裁に挑むが、最高裁は審議されること自体が1%くらいで、99%は却下されるだけだとデータがある。もちろん、ガチャ[※1]と違って、裁判は中身で判定されるものであるから、確率が物を言うわけではないのだが。

彼側の法律論が最高裁で採用されると、谷さんは「彼がやめてもいいといったのに最高裁に挑んだせいで損失に3億円ちょっとおかわり追加」という最高の形になるし、楽しそうだなとは思う。逆に彼が負けたら、遅延損害金の金利が苦しくて裁判が終わってないのに支払ってきた5.4億円を返さねばならない。

4　第１審被告らの損害賠償責任について

以上によると，第１審被告谷は，第１審被告会社の代表取締役として行った違法な本件新株発行により，第１審原告に対して第１審原告保有株式の経済的価値の希釈化という前記の損害を与えたものであるから，不法行為（民法７０９条）に基づく責任を負い（第１審被告谷は，前記のとおり，会社法４２９条１項の責任も負うことになるが，第１審原告が本件新株発行の日からの遅延損害金を求めているため，不法行為に基づく請求を認容することとする。），第１審被告会社も，第１審原告に対し，会社法３５０条に基づき，本件新株発行による損害を賠償する責任を負い，第１審被告谷の損害賠償責任とは不真正連帯の関係になる。

5　結論

よって，第１審原告の請求は，第１審被告らに対し損害賠償金３億９９９８万５８１４円及びこれに対する平成２５年3月２８日から支払済みまで民法所定の年５分の割合による遅延損害金の連帯支払を命ずる限度で理由があり，その余は理由がないから，第１審被告らの控訴に基づき原判決を上記のとおり変更し，第１審原告の控訴は理由がないから棄却することとして，主文のとおり判決する。

東京高等裁判所第１７民事部

裁判長裁判官  

※1　**ガチャ**：カプセルトイと呼ばれる抽選式の玩具購入方式の呼び名またはカプセルトイのように中身がランダムで決まるソーシャルゲームのアイテム課金方式の通称

こう書くと裁判が終わってないかのように見えて、なぜ彼が今心穏かなのか不思議だろう。ただ、「事実審が終わり、谷さんの行為の数々が事実認定としてある状況」から逆転負けする可能性があるとは彼はあんまり思えないのだ。

「それはそれで日本の株式制度の終わりを意味する盛大な最高裁判決」になるし、そもそも最高裁がそんなに大変なものであると弁護士ならわかってるはずだから、「覆せるような武器」が何かあるなら最高裁までやらずとも、高裁で出すはずだ。出し惜しみする理由がない。

とすると、彼は「統計としては1%くらいしかそもそも審議されないようなもの」と思った最高裁を、谷直史さんは「1%の確率で逆転できるガチャ」だと思ったのだろうか？　それとも、高裁判決を読んだ時にいなずまのようなヒラメキでもあったのだろうか？　わからないが。

彼は弁護士を代えてないが、谷直史さんは何度も何度も交代させている。どういう報酬体系か知らないが、弁護士費用だけでも彼の何倍かになってたりするのだろうか。黒騎士と白の魔王の末期にじゃぶじゃぶ謎イベントを打ったような気質からすると、引き返せなくなってるのだろうか。

たぶん谷直史さんも、株式会社グラムスで作っている新作があるから、裁判という負担は解消したいだろうし最高裁はやらないと思ってたが、やりたいというのは、何か考えがあるのだろう。

23.ゲームと才能③

彼はブラウザ三国志では、たぶん本気を出してプレイしたことがない。なぜかと言うと、当時工夫と呼べる工夫をした覚えがほとんどないのだ。だからほとんど覚えていない。彼は興味のないことはすぐ忘れてしまう。人の名前を覚えるのも苦手だ。

ネトゲ戦記を書くにあたって、当時の空白日記を読み返して、ああそういえばこんなこと書いてたなと思い出すくらいで、どちらかというとチャットでドヤ芸[※1]を磨いてたことの方が覚えてたくらいだ。ブラウザ三国志は彼の才能とマッチしすぎていた。何の工夫もせずとも

※1　**ドヤ芸：**自信満々な感じで披露する芸風

当然なことだけすれば最強だった。
彼は一言で言ってしまえばその時のノリだけで遊んでいたし、いつ負けてもいいという気持ちで不合理なこともしたし、外交はすべてその場の気分で返事を書いていた。周りのネチネチしたプレイが気持ち悪かったのもある。
大戦争の開始も、そんな気分になったから今から戦争やるぞくらいのノリで始めたと思う。FF11があまりにも気持ち悪く、彼にやりたくないプレイをさせたので、やりたいことだけやろうという気持ちが強かった。ブログも、あまりにみんなゲームが下手すぎて呆(あき)れたから教えてあげるつもりで書いていた。
ただ、そんな好き放題さこそが彼の強みで、すべての判断を直感に任せた結果、ゲームがつまらなくなるくらい結果を出せた。たぶん、ブラウザ三国志を引退した後gloops転職とグラニ起業へとつながるので、彼は自分の才能を最も生かせる形で試してみたかったのだと思う。
ああ、だから、ブラウザ三国志で手を抜いたというわけでもなく、ブラウザ三国志ではじめて彼は縛りなく全力でプレイしたとも言える。実際にブラウザ三国志をプレイした後、gloopsに転職してからは、彼は自分はゲームの天才だと自分から言うようになった。自分の自信を賭けて勝負するようになった。
ブラウザ三国志は本当にどうかした設計をしており、ある意味UOよりもシビアな、ACのようなゲームだった。ゲーム内で戦争に負けると、そのアカウントはそれまで積み上げた資産価値をほぼ失うのだ。まあ、本当にやる気があれば次の期から再起も図れるかもしれないが、シビアすぎるサバイバルゲームだ。
だからこそ彼は勝てた。なぜかというと、皆このサバイバルゲームで負けるのが怖すぎて、あまりにも保守的で、昔の成功例にすべてにおいて依存していたのだ。彼は鯖最強の同盟盟主として様々な同盟とやり取りをしたが、名前と性格が違うくらいで、やってることは皆同じだった。
そう、ブラウザ三国志についてつまらないと思ったのは、みんながみんな、新しいことをしないことだ。だから、隣の鯖だかで、最初期のセオリーではない時期に戦争を仕掛けた話に彼が強く興味を持ったのは、それが新しいからだ。残骸を見る限りでは、ドワクエ[※1]でさえ見るべきところはなかった。

デュエルという新しい仕組みで最強を目指したプレイに少し興味を引かれたのも、それが新しかったからで、ブラウザ三国志はゲームとして熾烈で新しすぎた故に、プレイヤーがあまりにも保守的になって、ほとんど成長しなかったゲームだと思う。

まあ、自分だけでなく、同盟員全員の命運も背負って、最悪ボロボロに負けた場合は何十人何百人にこのゲームを引退させてしまう立場なんだから、しょうがないといえばしょうがないのかもしれないが。彼はもうFF11で全プレイヤーのトップという立場を知っていたから、関係なかった。

セガで面白い仕事もできず燻っている苛立ちをぶつけたかったのかもしれない。だから、皆ビクビクと保守的にならざるを得ないゲームで、すべての束縛から自由で最強のゲーマーである彼が負ける可能性はなかったのかもしれない。実際、とても気持ちよく勝てた。

まあこういうのも、こうして振り返ったらこう思うというだけで、当時は大戦中なんて目覚ましを30分ごとにかけて、10分起きて操作しては20分寝るなんていう、ブラウザ三国志プレイの極みともいえる遊び方をしてたし仲間内で最も必死にプレイしてたのは彼なのだと思うが。

ブラウザ三国志は、MMO[※2]が衰退し、“対等”に知恵を絞り尽くしあって戦えた最後のゲームだと思う。ここでは、対戦格闘ゲームやMOBA[※3]のようなスポーツゲームや、トランプの範囲でしかプレイできないカードゲームは除き、できることが一般人には多すぎてついていけない“ゲーム”の話だ。

ちなみに、そういうゲームは死滅したのかというと、最も大きなものが残っているし、人類社会が続く限り存在する。それは社会であり、仕事であり、人生だ。ゲームは、それらのシミュレーションに過ぎず、ゲームを遊び尽くして飽きたなら、仕事というゲームを遊ぶべきなのだ。

※1　**ドワクエ：**kawangoが主催するブラウザ三国志の同盟で、当時最も有名な同盟だった
※2　**Massively Multiplayer Online：**大規模多人数同時参加型オンラインゲームのこと
※3　**Multiplayer Online Battle Arena：**プレイヤーが2チームに分かれて味方と協力しながら敵チームの本拠地を破壊した方が勝利というゲーム

彼は芸術のようなランス10のようなゲームも、反射神経を要求してくるアクションゲームも、ソシャゲのような暇つぶしも今でも好きだし、ゲームすべてを愛しているが、彼が本気になりたいのは過去のUOやFF11やブラウザ三国志で、それはもうなくなったから、ネトゲはブラウザ三国志で引退した。

そして彼は自分の才能を、ベンチャー企業での仕事というゲームに注ぎ込んでみる決心をした。望まなかったにせよ、裁判というゲームも長くプレイすることになった。仕事は今でも新しい発見があって面白いが、裁判はできればもうやらずに済めばいいなと思う。

裁判というゲームは、彼は必死になって戦ったし、彼の才能が向いてる部分もあるとは思うのだが、弁護士として経験を積めばわからないが、基本的に原告としては一発勝負で経験を積めないので、彼の最強の武器である直感がほとんど働かないのだ。だからこんなゲームはしたくはなかった。

では何を頼りに裁判で戦ったかというと、彼が才能を振り回して戦ってきた“経験”だった。才能の及ばぬゲームは、経験で戦えばいい。彼が和解を蹴ると腹をくくったのも、そうしないとこの人生というゲームの残り時間が詰んでしまうと、経験からわかっていたからだ。

ネトゲ戦記のうち、ネトゲ部分の彼は才能だけを使って暴れたものであり、仕事部分は才能と経験を使って戦ったものであり（セガ時代は除く）、裁判部分は経験を主に使って戦ってきたものである。これが、人生というゲームにおける、彼の才能だと思う。

24.最高裁

彼と谷直史さんの双方が谷直史さんの希望により上告したわけだが、谷直史さん側の出した書類は高裁控訴の際に出した書類とほぼ変わらなかった。ほぼ変わらないのに上告するということは、本人の希望なのだろう。彼側はかなり力の入った上告受理申立書を出した。

高裁までは控訴すれば必ず開かれ弁論が始まる。だが最高裁に関しては、開かれないで棄却で終わるかもしれないし、その審理についてもいつまでかかるかわからない。長いケースだと数年上告を保留されるケースもあるし、すぐに棄却されるケースもあるという。

「日本は三審制じゃなく二審制だ（高裁で終わりだ）」という話もあるくらい、最高裁というものは開かれない。高裁から上告した事件のうち、98%は最高裁を一切開かずに書面でいきなり棄却して終わりだ。ただ連絡を待つしかない。

厳密に言うと最高裁ですべてがひっくり返るかもしれないので、裁判が全く確定してない状態で待っているに等しい。そう考えるとストレスは常にあるのだが、さすがに何年も戦っているとそのストレスにも慣れてはきたのだろう。最高裁の連絡を待つ間は、彼も不眠になったりはしなかった。

2020年5月の高裁判決から1年と半年ほど経ったった2021年12月、最高裁から連絡がきた。「谷直史さん側の上告を棄却する。彼側の上告を受理する」。彼らは色めき立った。この時点で高裁の判決が確定し、それよりも悪くなることはなくなった。

地裁と高裁は事実審といい、どんな事実があったのかを含めて裁判する。最高裁は法律審といい、法律の解釈や判例との矛盾だけを裁判する。最高裁とは「高裁の判決について、法律の解釈ミスはないか」を争う裁判である。本件で言うなら、「谷直史さんが不正行為をしたこと」は前提条件となり確定している。

また、裁判とはそもそも争点について争うものだが、最高裁は採用された一つの争点についてのみ争う。なので、彼側の争点が採用されたというのは、「高裁で勝った分は確定し、そのうえで+αで増えるか増えないか」のワンサイドゲームなのだ。

最高裁が開かれるというのは年に数十件しかないことで、仕事として毎日のように裁判所に通う弁護士でさえ、一生で1回あるかないかのレアなことだという。遅れて争点が送られてきた。元本組入という一番額の小さい争点で、これで勝っても1000万円くらい増えるだけだった。

最高裁で勝っても1000万円しか増えないというのはがっかりしたが、高裁までの勝ちは確定したということで、彼と彼の弁護士達は祝勝会を開いた。彼らはこの8年を語り合った。彼の弁護士は「正直勝てないと思っていた。でも、あんまりな話だし、面白そうだからやってみたいと思った」と言った。

今なら彼にもわかる。実際そうなのだろう。途中で会社法の権威に話を聞きに行ったら、「これは違法性の立証が難しいから負けるだろう」と言われた。そう、“谷直史さん達が数々の自爆をしていなければ、彼は負けていた”のだ。だからこそ勝利の美酒が喉に染み入る。勝ち取ったのだから。

高裁の判決でも、「谷直史さんのやった新株発行は、手続きこそ合法であれ、その目的ややり方からいって、不法行為である」と認定された。これは判例がなく、とても画期的な判決らしい。実際判例関係の雑誌にも取り上げられていた。

高裁の時点では、まだ最高裁でそれがひっくり返る可能性もあったので言えなかった。最高裁で相手の上告だけが棄却され、高裁判決が確定したことで、勝ちが確定したことで、やっと、“本当は受けた時は負けると思っていた”と彼の弁護士は言えたわけだ。

結論から言うと最高裁での弁論は棄却された。高裁の判決を維持するという判決だ。最高裁は弁論を開かず棄却できるので、98%はそうなる。そんな馬鹿なと思うが、レアケースの「弁論を開いたが棄却」を引いたらしい。肩透かしだ。

彼も1000万円を勝ったつもりだったのでガッカリしたし、弁護士もがっかりした。谷直史さんは一度も来なかったが、相手の弁護士は棄却を受けてニッコニコだ。なんだか腑に落ちない。最高裁では双方棄却で引き分けだし、高裁でいうと彼が勝ったのに、なぜ負けた雰囲気が出ているんだ。

ただまあ、これでやっと、全部の裁判が終わった。2013年の3月から8年以上も続いた戦いが終わった。改めてネトゲ戦記をここでいったんの終わりとする。

How I dropped out of high school to become a legendary online gamer, became a game developer,
started a venture company, was betrayed and almost died, and then spent seven years fighting back to get ¥600,000,000.
ゲート前につき
駐車禁止

あとがき

まず、この本を出版するにあたって尽力いただいた担当編集氏と、出版社の皆さんに感謝する。
中学受験は文字通りの強要でスパルタで、良い思い出はないが、しかしいくつかの思い出はたしかに両親の愛を感じるし、全てよかれと思って与えたものだったのだと今では思う。そうでなければ今の僕はなかったのだから、両親に感謝する。
友達と、恩師に感謝する。

UOからずっと一緒に遊んできたぱきちと、本を作ろうと誘ってくれたSOPPに感謝する。そして、一緒に遊んだプレイヤー達にも。

FF11で付き合わせたCionと、タル組の皆に感謝する。
ブラウザ三国志で引き回した皆に感謝する。

5年でやめるまでの、セガでの経験にも感謝する。
裁判において、親からの教えで絶対に他人に金を貸すなというのがあるが、今回の件は許せないのでいくらでも貸すといって軍資金を貸してくれたlalha氏と、何の得もないのに仁義で証言を出してくれた渡邊耕一氏に感謝する。

一緒に7年間戦ってくれた、3人の弁護士に感謝する。

そして、会社の設立で声をかけてくれて、あらゆる意味で、最も俺の人生に影響を与えた谷直史さんに感謝する。

ネットゲームと裁判を通して思ったことは、人と人とはわかりあえないし、話し合いで解決できないということ。

それをゲームではゲームシステムによって解決し、裁判は法と裁判官によって解決してきた。

ゲームも勝てないと眠れないくらい悔しいし、グラニとの裁判中に、成功者としてインタビューを受ける谷さんの記事をスクラップし、裁判で使える資料にならないか何度も読み直していた頃は人生で最も悔しかった。

物の味があまりわからなくなり、3時間以上連続して眠ることができず、人と会う気にもならないので見落としがないか何度も何度も1ヶ月の間裁判の資料すべてを読み直していた。

和解を蹴った理由は、そうしているうちに「この裁判で芋を引いたら残りの人生で真っすぐ立って歩けない」と確信したからだ。期待値や合理性でいうと間違っていることは、弁護士からの説明で理解していた。

おそらく谷さんも、俺が和解すると思って会社売却の準備を進めていたのだろう。その会社売却と、和解拒否が奇跡のように噛み合い、差し押さえに成功しただけだった。

だから、俺から言えることは、

よほどゲームを愛していなければ、ネットゲーム廃人になんかならないほうがいい。

他にどうしてもやりたいことがあるのでなければ、学校は中退しないほうがいい。

よほど許せないのでなければ、裁判なんてやらないほうがいい。

どうしても譲れないのでなければ、信頼できる弁護士がすすめるなら、和解して終わらせたほうがいい。

そして最後に、時には挫けそうになった俺の人生を支えてくれた、ゲーム、アニメ、漫画、映画、小説といったすべての作品に感謝する。

ネトゲ戦記

発 行 日　2024年2月21日　初版発行
2024年3月15日　第二刷発行
著　　者　暇空　茜
発 行 者　山下直久
編 集 人　松井健太
発　　行　株式会社KADOKAWA
〒102-8177 東京都千代田区富士見2-13-3
0570-002-301（ナビダイヤル）
編集企画　アライブ編集部
装　　幀　沼　利光
印　　刷　TOPPAN株式会社
製　　本　TOPPAN株式会社

お問い合わせ　https://www.kadokawa.co.jp/（「お問い合わせ」へお進みください）
※内容によっては、お答えできない場合があります。　※サポートは日本国内のみとさせていただきます。　※Japanese text only

©Akane Himasora 2024　ISBN 978-4-04-683394-5 C0095　Printed in Japan